Ullstein Krimi

Ullstein Krimi
Ullstein Buch Nr. 10241
im Verlag Ullstein GmbH,
Frankfurt/M – Berlin – Wien
Titel der amerikanischen
Originalausgabe:
Wild Town
Übersetzt von Ute Tanner

Vom selben Autor
in der Reihe der
Ullstein Bücher

Der Mörder in mir (10170)
Getaway (10186)
1280 schwarze Seelen (10201)

Deutsche Erstausgabe
im Verlag Ullstein GmbH,
Frankfurt/M – Berlin – Wien

Umschlagentwurf:
Atelier Noth & Hauer, Berlin
Foto-Graphik:
Welfhard Kraiker & Karin Szekessy
Printed in Germany 1984
Druck und Verarbeitung:
Ebner Ulm
ISBN 3 548 10241 7

März 1984

CIP-Kurztitelaufnahme
der Deutschen Bibliothek

Thompson, Jim:
Gefährliche Stadt: mit e. Bibliogr. / Jim
Thompson. [Übers. von Ute Tanner]. –
Dt. Erstausg. – Frankfurt/M; Berlin; Wien:
Ullstein, 1984.
(Ullstein-Buch; Nr. 10241:
Ullstein-Krimi)
Einheitssacht.: Wild town ‹dt.›
ISBN 3-548-10241-7
NE: GT

Jim
Thompson

Gefährliche Stadt

Mit einer Bibliographie

Herausgegeben von
Martin Compart

Ullstein Krimi

1

Früher war es eins dieser Viehtreiberkaffs gewesen, wie man sie überall in West Texas und Far West Texas findet. Eine staubige Straße, die sich irgendwo zu einem Ort weitet, eine triste Ansammlung von Häusern mit falschen Fassaden und Wellblechvordächern, die auf den Gehsteig herausragen. Eines Tages war einer mit einer klapprigen Bohrausrüstung angerückt, ein Wildcatter, einer, der riskante Erdölbohrungen macht. Er gab Optionen für Pachtverträge aus, und aufgrund der Pachtverträge bekam er Kredite zu hohen Zinsen. Mit allen Mitteln arbeitete er – mit Betteln, Stehlen, Scheckfälschung, mit großen Versprechungen und mit Vorschüssen von den großen Firmen, die an Probebohrungen in diesem Gebiet interessiert waren, und so brachte er schließlich seine Bohrung nieder.

Die Ölquelle spuckte dreitausend Barrel erstklassiges Öl pro Tag. Über Nacht kriegte die Stadt einen Umfang wie eine Frau, die im achten Monat mit Drillingen schwanger geht. Eine Frau, die so genommen werden will, wie sie ist. Der ihr Aussehen scheißegal ist. Die vielen Leute, die hereinströmten, mußten irgendwo wohnen, und hier draußen, wo es weit und breit nichts als Gras gab, fiel es schwer, Baumaterial heranzuschaffen. Und überhaupt – wer wird schon viel Geld in eine Boomstadt stecken? So ein Boom ist eine vergängliche Sache. Ein See aus Öl kann genausogut austrocknen wie jeder andere See auch.

Die meisten Neubauten waren deshalb Provisorien, möglichst schnell und möglichst billig hingestellt. Buden aus Wellpappe oder aus rohen Planken, unbearbeitet, ungestrichen. Oder Häuser, die halb aus Holz, halb aus Leinwand waren. Zelthäuser nannte man sie oder – häufiger – Lumpenbuden. Von Schwefel und Salzspray angenagt, sahen sie tatsächlich aus wie Haufen von Flicklappen. Sie wucherten in die Prärie hinein, durchzogen den Wald von Bohrtürmen. Schäbig, verdreckt, in dem nie abflauenden Wind knarrend, kaum geboren und schon vergreist, eine Lumpenstadt, die – paradoxerweise? – auf der Woge des großen Geldes ritt.

Das war so der Normalzustand. Die Ausnahme war das vierzehnstöckige Hanlon Hotel, benannt nach seinem Besitzer, dem Wildcatter, der mit jener ersten Bohrung fündig geworden war. Für die meisten Leute war es ein Beweis dafür, daß alle Wildcatter verrückt sind, und zwar um so verrückter, je mehr Erfolg sie gehabt haben. Dieselben Leute versäumten nie darauf hinzuweisen, daß Hanlon von dem ersten unkontrollierten Ölschub aus seinem Bohrloch herausgeschleudert worden war und daß der Sturz aus zwanzig Meter Höhe offenbar nicht nur seinen Körper, sondern auch seinen Denkapparat lädiert hatte.

Vielleicht hatten sie damit sogar recht. Manchmal, wenn er wieder seine Kopfschmerzen bekam, dachte sich Mike Hanlon, daß sie durchaus recht haben konnten. Aber er war immer ein Einzelkämpfer gewesen und hatte sich einen Scheißdreck um das Gerede der Leute gekümmert, und so hielt er es auch jetzt. Seine Tage als Wildcatter waren vorbei. Der Tod saß ihm schon in den Beinen und kroch langsam, aber unerbittlich in seinem Körper hoch. Aber er hatte beim Öl bleiben wollen, bei seinem Öl, an das diese Idioten alle nicht hatten glauben wollen. Und er hatte endlich einmal vernünftig wohnen wollen, nicht in einer verlausten Klabache oder einer abrißreifen Bruchbude.

Und deshalb hatte er das Hotel gebaut. Einfach, weil ihm danach war. Und weil er mehr Geld hatte als Zeit, um damit zu tun, wonach ihm gerade war. Aus dem gleichen Grunde hatte er sich eine hübsche Frau genommen. Sie hatte sich in seinem Hotel als Empfangsdame beworben. Statt sie einzustellen, hatte er sie kurzerhand geheiratet. Daß er sich keine Unschuld vom Lande geangelt hatte, war ihm klar. Wer sich in Ragtown, der Lumpenstadt, nach Arbeit umsieht, hatte anderswo schon reichlich Erfahrungen gesammelt. Und Joyce – so hieß sie – war vermutlich auf dem Rücken schon weiter gekommen als er auf seinen zwei Füßen.

Mike Hanlon störte sich daran nicht. Er selbst hatte sich die Gelegenheit für eine schnelle Nummer nie entgehen lassen. Nach seinem Unfall war es mit dieser Freizeitbeschäftigung vorbei, aber darum, fand er, brauchte sie sich keinen Zwang aufzuerlegen. Nur diskret sollte sie es machen, damit die Leute nichts zu reden hatten und er nicht am Ende als armer Trottel dastand.

Das war alles, was er von ihr verlangte oder erwartete. Ja, und ein bißchen hübsch herrichten sollte sie sich natürlich für ihn und nett zu ihm sein. Mit ihm quatschen. Eine Flasche mit ihm leeren, wenn ihm mies war. Ihn gelegentlich im Rollstuhl durchs Hotel fahren, damit er sehen konnte, um wieviel seine Angestellten, diese verdammten Langfinger, ihn wieder erleichtert hatten. Mike hatte was gegen Langfinger, und es war deren Glück, daß er noch nie einen auf frischer Tat ertappt hatte. Da er selbst ein ausgesprochener Könner auf diesem Gebiet gewesen war, wußte er, daß Diebe den Reichen ganz schön zu schaffen machen können.

Aber zurück zu Joyce. Er erwartete wenig von ihr und verlangte noch weniger. Nicht einmal, daß sie sein Schlafzimmer teilte. Und eines nicht zu fernen Tages würde sie alles erben, was er besaß. Deshalb war er davon überzeugt gewesen, daß ihre Vereinbarung gut funktionieren würde. Sie konnte doch zufrieden sein – oder?

Sie hatte einen guten Gaul. Es wäre ganz schön blöd gewesen, ihn vor dem Ziel noch einmal zu wechseln. Aber allmählich wurde ihm klar, daß ihr das nicht genügte. Nicht, daß er ihr irgendwas nachweisen konnte. Er merkte es einfach, er hatte einen Riecher für so was. Und guten Grund, sich auf seinen Riecher zu verlassen.

Er versuchte, seine geringen Ansprüche noch herunterzuschrauben. Das half nichts. Er wurde anspruchsvoller und hielt den Daumen auf dem Geld. Sein Instinkt – sein Riecher – sagte ihm, daß auch das nicht das Richtige war. Er begriff es nicht. War es Ungeduld, war es die reine Dickköpfigkeit, die sie zum Mord trieb? Und rausschmeißen konnte er sie nicht. Jedenfalls nicht, ohne halbe-halbe mit ihr zu machen. Das stand im Ehevertrag, und um den kam er nicht herum.

Wenn er die Scheidung einreichte, ging die Hälfte von allem, was er besaß, an sie. Wenn sie auf Scheidung aus war oder »auf andere Art und Weise eine Trennung von Tisch und Bett herbeiführte«, ging sie leer aus, denn »in diesem Fall gelten die bereits geleisteten Zahlungen in bar und in Sachwerten als angemessene Abfindung«.

Mike dachte nicht daran, sich loszukaufen. Das hatte er bisher noch nie getan und mochte in diesem Alter auch nicht damit anfangen. Außerdem, dachte er bitter, wird sie sich mit fifty-fifty wohl nicht zufriedengeben. Das ist eine Lady, die aufs Ganze geht. Wenn ich ihr weniger gebe, wenn ich ihr Grund zu der Annahme gebe, daß sie weniger kriegt, bringt sie mich vielleicht gleich um die Ecke. Da saß er nun in seinem Rollstuhl, wälzte Probleme und wurde ganz wibbelig dabei. Schließlich trug er dem Chief Deputy Sheriff – der in der Praxis genausoviel zu sagen hatte wie der Sheriff selbst und im ganzen Bezirk bestimmte, was Sache war – seine Schwierigkeiten als hypothetischen Fall vor. Das Gespräch war nicht dazu angetan, ihn zu beruhigen.

Der Deputy kam aus einer der alteingesessenen Familien von West Texas und hieß Lou Ford. Er lächelte unentwegt und brachte Mike Hanlon gründlich auf die Palme.

»Ich fasse also zusammen«, sagte er in seinem nölenden Texastonfall. »Diesem Mann, sagen Sie, will seine Ehefrau ans Leben. Aber bisher hat sie noch nichts gegen ihn unternommen, und er hat keine Beweise dafür, daß sie einen Anschlag gegen ihn plant. Die Frage ist also: Was soll er machen? Habe ich Sie richtig verstanden, Mr. Hanlon?«

»Völlig richtig.«

Ford runzelte die Stirn, zuckte die Schultern und schüttelte hilflos lächelnd den Kopf. »Jetzt lassen Sie mich mal was fragen, Mr. Hanlon. Wenn eine Wölfin sich in anderthalb Tagen mit anderthalb Hunden paaren kann – wie lange braucht sie an einem regnerischen Morgen, um läufig zu werden?«

»Sie wollen mich verarschen, was? Das werde ich Ihnen schon abgewöhnen, Sie Hundesohn«, brüllte Hanlon ihn an. »Das . . . He, Sie, wo wollen Sie denn hin? Kommen Sie sofort zurück.«

»Sobald ich mir 'ne Kanone beschafft habe«, versprach Ford auf dem Weg zur Tür. »Ich besitze nämlich keine.«

»Eine Kanone? Aber . . .«

»Oder nehmen Sie den ›Hundesohn‹ zurück? Lieber wär's mir schon. Ist mir irgendwie peinlich, einen Mann abzuknallen, der im Rollstuhl sitzt.«

In seiner Stimme lag Bedauern, in seinen Augen stand der kalte Tod. Er sah Hanlon an mit diesem unentwegten Lächeln um die Lippen, und dem Wildcatter lief es eiskalt den Rücken herunter. Grollend entschuldigte er sich. Aber einen weiteren Tritt vors Schienbein konnte er sich doch nicht verkneifen.

»Hab mir gleich gedacht, daß Sie sich wegen dieser Sache kein Bein ausreißen würden. Sie haben zu viel damit zu tun, Ihre Schmiergelder einzusammeln.«

»Aber, Mister Hanlon«, sagte der Chief Deputy vorwurfsvoll. »Was denken Sie denn von mir? Ich bin ein ehrlicher Mann.«

»Ehrlich? Daß ich nicht lache. Sie kassieren doch für Ihre Kollegen mit. Würd mich nicht wundern, wenn Sie mit ihr unter einer Decke stecken.«

»Na so was«, sagte Ford mit seiner nöligen Stimme. »Da bleibt mir aber die Spucke weg. Und wir hatten schon gehofft, wir könnten Sie für dumm verkaufen.«

»Damit kommen Sie nicht durch, das kann ich Ihnen versprechen. Ich werd's Ihnen zeigen. Ich hol die Texas Rangers.«

»Und was wollen Sie denen erzählen, Mr. Hanlon?«

»Hab ich Ihnen doch schon gesagt. Ich – ich . . .«

»Ein Rätsel haben Sie mir aufgegeben, sonst gar nichts. Von einer Anzeige hab ich nichts gehört. Oder von irgendwas, wo man 'ne Anzeige draus machen könnte.«

»Na schön, zu einer Anzeige reicht es nicht, das will ich zugeben. Etwas Konkretes habe ich nicht vorzuweisen. Aber es muß doch irgendwas geben . . .« Er verstummte hilflos und sah den Deputy finster an.

Ford schüttelte in gut gespieltem Bedauern den Kopf. »Tja, sollte man wirklich denken, daß sich da was machen läßt, nicht? Yes, Sir, das sollte man denken. Ehrlich. Zu dumm, daß ich ein solcher Trottel bin.«

»Raus«, sagte Hanlon heiser.

»Ehrlich, Mr. Hanlon? Ich könnte natürlich auch noch ein bißchen bleiben und Ihnen beim Rätselraten helfen, nicht?«

»Hören Sie schwer? Raus.«

»Mir auch recht.« Ford nickte freundlich. »Ich hab da 'ne Spielhölle, wo ich heute noch nicht abkassiert habe.«

Auf seinen hochhackigen Stiefeln federnd, verließ er den Raum. Hanlon begriff, daß er Mist gebaut hatte. Daß Ford Schmiergelder nahm, stand für ihn so ziemlich fest, aber daß er es rausgelassen hatte, war nicht klug gewesen. Diese Westtexaner waren ein eigener Schlag, leicht gekränkt, die treuesten Freunde und die gefährlichsten Feinde, mit einer Sprache, die voll von derbsten Ausdrücken und zartesten Wendungen war. Sie hatten ihren eigenen Begriff von Anstand und Moral, von Recht und Unrecht. Bei bestimmten Vergehen kannten sie kein Erbarmen. Andere, die dem Buchstaben des Gesetzes nach schwerer wogen, übersahen sie, ohne mit der Wimper zu zucken.

So hatte erst kürzlich ein Mann zwei Jahre Knast bekommen, weil er ein Pferd geprügelt hatte. In derselben Woche war die Anklage wegen Einbruchs gegen einen Mann fallengelassen worden, der in einen Schnapsladen eingebrochen war. Der Mann war zur Tatzeit pleite gewesen und hatte einen gottsjämmerlichen Kater gehabt, zwei der schlimmsten Dinge, die es auf der Welt geben kann, wie jedermann weiß.

Er war in den Schnapsladen eingedrungen, um sich was zu trinken zu holen, weil er es nötig hatte. Gewiß, so ein bißchen hatte er damit gegen das Gesetz verstoßen, aber wenn einer was zu trinken braucht, ist er für seine Taten eben nicht voll verantwortlich.

Das mit Ford hab ich gründlich vermasselt, dachte Hanlon deprimiert. Ich hätte besonders nett zu ihm sein sollen, hätte ihn fragen sollen, wie's ihm geht und was er vom Wetter hält. Hätte ihm dick Honig ums Maul schmieren sollen. Hätte ihm wegen seiner lausigen Vorfahren bis hin zu den spanischen Eroberern schön tun sollen.

Wenn ich es so angefangen hätte, wenn ich nicht so blöd drumrum geredet, wenn ich ihm gleich von Anfang an reinen Wein eingeschenkt hätte . . .

Es hätte nichts geholfen, entschied Hanlon. Ford hatte ihn schon vorher nicht leiden können. Keiner von denen, die schon vor dem Boom hier gewohnt hatten, konnte ihn leiden. Zuerst waren sie richtig nett gewesen. So was von sympathisch und offenherzig war ihm bis dahin noch nie vorgekommen. Aber dann hatte er mit seinen Kniffen und Winkelzügen angefangen, hatte es hier und da mit der Wahrheit nicht so genau genommen, hatte Versprechungen gemacht, ohne sie zu halten. Unverständlich, daß sie das so krumm genommen hatten. Daß sie nicht kapiert hatten, daß so was einfach zum Geschäft gehört. Daß sich jeder, wenn's ums Geschäft geht, sich selbst der Nächste ist. Nein, das hatten sie nicht kapiert, und seine Entschuldigungen oder Erklärungen hatten sie nicht akzeptiert. Für sie war er von da ab Luft. Sie behandelten ihn wie eine Kreatur, die noch nicht mal Verachtung verdient, die man nur ignorieren kann, diese arroganten, aufgeblasenen Typen . . .

Hanlon griff hastig zur Whiskey-Karaffe, schenkte sich mit zitternden Händen einen großzügigen Schuß ein, goß ihn herunter und schenkte nach. Allmählich beruhigte er sich wieder. Der Mensch ist nun mal so eingerichtet, daß er nicht ständig auf der Palme sitzenbleiben kann.

Ein paar Tage später brachte Joyce McKenna in seine Suite.

McKenna war ein Mann Ende Dreißig mit kräftiger Figur, verschlossenem Gesicht und Augen, die aussahen, als hätte er gerade geweint. Er war gekommen, um sich als Hausdetektiv im Hanlon zu bewerben.

»Was ist mit Ihren Referenzen?« fragte Mike. »Was haben Sie bisher gemacht?«

»Und was ist mit Ihren Referenzen?« fragte McKenna zurück. »Was haben Sie gemacht, ehe Sie hier angefangen haben, den feinen Mann zu spielen?«

Hanlon lachte. »Bißchen blaß sehen Sie aus. Als ob Sie in letzter Zeit nicht viel an die frische Luft gekommen sind.«

»Wenn einer 'ne klare Antwort will, soll er gefälligst auch 'ne klare Frage stellen«, sagte McKenna grob. »Jawohl, ich hab gesessen. Fünf Jahre. Weil ich einen armen Irren umgebracht habe. Und davor sechs Monate, weil ich meine Frau zusammengeschlagen habe. Und davor zwei Jahre bei der Army, weil ich auf einen General geschossen habe. Und – ach, rutscht mir doch den Buckel runter, alle miteinander. Sie auch. Ich denk nicht dran, vor Ihnen zu kriechen oder um milde Gaben zu betteln. Stecken Sie sich doch Ihren miesen Job in . . .«

»Na, na«, sagte Hanlon. »Immer mit der Ruhe, McKenna.«

Es war natürlich ein Trick. Als Bewerber redet man einfach nicht so schonungslos offen und gibt sich nicht so absichtlich ungehobelt. Aber sie brauchten einen Hausdetektiv, und zwar so schnell wie möglich. Und wer sagte ihm, daß der nächste Bewerber besser sein würde? Daß er es nur auf einen Job und nicht vielleicht auf sein Leben abgesehen hatte?

Außerdem fand Hanlon den Typ sympathisch. Jawohl, ihm gefiel dieser Weiberprügler und Knastbruder, dieser Mann, der schon einmal getötet hatte und wahrscheinlich bereit war, es wieder zu tun.

»Ich will nicht neugierig sein, Mr. McKenna«, sagte er höflich, »aber wo ist Ihre Frau jetzt?«

»Weiß nicht.« McKennas Haltung änderte sich fast unmerklich. »Wir sind nicht mehr verheiratet – Sir.«

»Ich meine das so: Der Hausdetektiv muß hier im Hotel wohnen, muß ständig abrufbereit sein. Und wenn einer verheiratet ist, funktioniert das auf die Dauer meist nicht.«

McKenna sah ihn halb argwöhnisch, halb hoffnungsvoll an. »Soll das etwa heißen, daß ich den Job kriege?«

»Was sonst? Können Sie mir auch nur einen einzigen vernünftigen Grund nennen, der dagegen spricht?«

Er lachte leise vor sich hin. Lachte, wie nur einer lachen kann, dem alle anderen Möglichkeiten verbaut sind.

2

McKenna hieß David mit Vornamen, aber so lange er zurückdenken konnte, hatten ihn alle immer Bugs, Spinner, genannt. Der Name paßte zu dem schweren, typischen Kerl, der mit zehn fast so groß war wie sein Lehrer. Er paßte zu dem, was das verunsicherte Kind, der von Selbstzweifeln geplagte halbwüchsige Mann anstellte. Er besaß das Talent, immer das Richtige zur falschen Zeit zu tun. Seinen Freunden mit Argwohn zu begegnen, seinen Feinden mit Vertrauen. In Kleinigkeiten lächerlich nachgiebig, dem Wesentlichen gegenüber scheinbar gleichgültig zu sein.

Total verrückt, sagten sie über ihn. Ein echter Spinner. Völlig humorlos. Nettigkeit ist für ihn ein Fremdwort. Auf den nächsten besten Baum würde er klettern, um sich Ärger einzuhandeln, dabei brauchte er, um seine Ruhe zu haben, bloß auf der Erde zu bleiben. Ja, so redeten sie, und diese Sprüche kennzeichneten den finster blickenden, mürrischen, jähzornigen Mann recht gut. Nur seine Augen straften die Beschreibung Lügen. Zornig-ratlose Augen. Augen, die feucht von ungeweinten Tränen schienen und es vielleicht auch waren.

Nach den fünf Jahren Knast – die empörte und gekränkte Bewährungskommission hatte dafür gesorgt, daß er sie bis zur bitteren Neige hatte auskosten müssen – verschlug es Bugs McKenna nach Dallas. Er bekam einen Job als Tellerwäscher in einer schmierigen Imbißstube. In der Nachtschicht. Tagsüber setzte er sich meist in die Stadtbücherei. Da kann mir nichts passieren, dachte er. Außerdem kostete es nichts, und etwas Besseres fiel ihm nicht ein.

Aber nach Meinung der Bibliothekarin hatte er einen »verschlagenen« Blick. Außerdem konnte er, wie sie der Polizei gegenüber erklärte, unmöglich echtes Interesse an den Büchern haben, die er sich aus dem Regal nahm – Kafka, Schopenhauer, Addison und Steele. Also wirklich, ich bitte Sie . . .

Die Cops stellten Bugs ein paar Fragen. Bugs reagierte mit einer in der Praxis undurchführbaren Anregung, die ihre Schlagstöcke und gewisse Teile ihrer Anatomie betraf.

Ersparen wir uns die Einzelheiten. Bugs wurde unsanft aus Dallas hinauskomplimentiert. Als Andenken nahm er frische Beulen am Kopf und frische blaue Flecken an seiner Seele mit.

Als er durch einen Vorort von Fort Worth kam, sah er ein kleines Mädchen, das vom Dreirad gefallen war. Er half der Kleinen hoch, klopfte ihr den Staub vom Kleid, hockte sich hin und alberte liebevoll mit ihr herum, bis sie wieder lachte. Und dann kam ein Streifenwagen um die Ecke . . .

Bugs saß zwei Wochen im Gefängnis von Fort Worth. In Weatherfield, der nächsten Stadt in westlicher Richtung, waren es drei Tage. In Mineral Wells wurde er wieder drei Tage zur »Überprüfung« eingelocht. Als er herauskam, spuckte er Blut, aber weichklopfen hatten sie ihn nicht können. Was er dem Cop, der ihn zur Stadtgrenze brachte, zum Abschied an den Kopf warf, war so haarsträubend, daß ein Blecheimer darüber rot geworden wäre.

Aber er wußte, daß sie ihn nun doch bald schaffen würden, wenn er nicht eine kleine Atempause bekam. Er mußte raus aus den Städten, weg von den dichtbesiedelten Gebieten, und zwar schnell, sonst war er tot. Statt an die Autobahnen hielt er sich jetzt an die Güterzüge, und mit ihrer Hilfe bewegte er sich immer weiter nach Westen. Und schließlich landete er in diesem Kaff. In Ragtown. Westlicher ging es eigentlich nicht mehr. Westlicher hielt es nur noch der Präriehund aus. Oder die Tarantel.

Eine halbe Stunde nach seiner Ankunft saß er im Knast.

Es war, das räumte er widerstrebend ein, ein bißchen auch seine Schuld. Er war von dem Güterzug abgesprungen und in die Bahnhofstoilette gegangen, um sich zu waschen. Kurz nach ihm kam ein Mann mittleren Alters mit wettergegerbtem Gesicht herein. An seinem karierten Hemd steckte ein silberner Stern. Im Pistolengurt trug er eine Fünfundvierziger mit Elfenbeingriff.

Als er sich über den Trinkbrunnen beugte, drehte sich Bugs, der am Waschbecken stand, um und sah ihn haßerfüllt an. Der mit dem wettergegerbten Gesicht richtete sich langsam, mit einem höflich-verwunderten Stirnrunzeln, auf.

»Ist was, Fremder?« fragte er.

»Blöde Frage«, fuhr Bugs auf. »Ich bin schließlich kein Trottel. Sie haben mich von dem Güterwagen springen sehen, in Ihren Augen bin ich ein Tippelbruder. Bin ich auch. Name David alias Bugs McKenna. Letzte ständige Adresse Texas State Penitentiary, danach Stadtgefängnis Dallas, Stadtgefängnis Fort Worth, Stadtgefängnis Weatherford, Stadt . . .«

»Na hören Sie mal . . .« Der mit dem wettergegerbten Gesicht machte eine ratlose Handbewegung. »Was soll denn der Quatsch?«

»Hören Sie bloß auf mit dem Scheiß. Sie sind mir wohl nur nachgegangen, weil Sie was trinken wollten, wie?«

Der Mann wollte nicken, dann verengten sich seine grauen Augen, und seine Stimme senkte sich zu einem bedrohlichen Schnurren. »Ach, so einer bist du. Einer, der sich ohne Zoff nicht wohl fühlt, was? Okay, den kannst du haben.«

Er griff sich den Revolver von der Hüfte. Bugs zögerte, nervös und etwas verlegen, und ärgerte sich wieder mal über sein vorschnelles Mundwerk.

»Wissen Sie, mich hat's ganz schön hart getroffen«, murmelte er. »Ich wollte nicht . . .«

Der Hahn klickte. »Geschenkt. Gehst du freiwillig, oder soll ich nachhelfen?«

Bugs ging freiwillig.

Die Haftzellen waren im Keller des Gerichtsgebäudes, eines alten

Backsteinbaus. Mit Lüftung und Beleuchtung war es nicht weit her, aber die Pritschen waren sauber, und über die Verpflegung, die eins der Restaurants von Ragtown lieferte, konnte man beim besten Willen nicht meckern. Jeder Gefangene bekam drei anständige Mahlzeiten pro Tag, während man in den meisten Städten nur zweimal am Tag etwas kriegte, und dann meist noch einen fast ungenießbaren Fraß. Sogar Tabak für ein paar Selbstgedrehte gab's dazu oder ein Stück Kautabak, ganz wie man wollte.

Irgendwo, überlegte Bugs, muß die Sache einen Haken haben. Wahrscheinlich stecken sie einen hinterher in eine Straßenbaukolonne, wo man zwölf Stunden am Tag schuften muß, um alles wieder abzuarbeiten. Aber die anderen Gefangenen – keine Einheimischen, alle auf Gastspielreise, wie er – belehrten ihn eines Besseren.

»Hier draußen sind die Leute einfach anders«, meinte ein Ölarbeiter. »Wenn sie dich in den Knast stecken, sorgen sie auch für dich. Kann schon sein, daß sie mal einen abknallen, aber verhungern lassen sie dich nicht.«

»Und handgreiflich werden sie auch nicht?«

»Nee, wenn du nichts gemacht hast, schieben sie dir auch nichts unter. Die machen dich nur fertig, wenn du selber Rabatz machst. Zu mir sind sie jedenfalls immer anständig gewesen«, setzte der Mann hinzu. »Ich bin zum fünften Mal drin. Trunksucht und Erregung öffentlichen Ärgernisses. Und ich kann mich eigentlich nicht beklagen.«

»Eigentlich? Da ist also noch was . . .«

»Nee, ehrlich, gegen die Behandlung kannst du nichts sagen. Nur wie's hier in der Stadt zugeht . . .« Er schüttelte den Kopf. »Der Chief Deputy, den sie hier haben, Lou Ford heißt er, bei dem hab ich das Gefühl, daß er dich am liebsten umlegen möchte. Hier ist mächtig was los, verstehst du. Spielhöllen, schwarzer Schnaps, Bumslokale. Und die das alles betreiben, das sind ganz schön ausgebuffte Typen. Aber bei Lou Ford riskieren sie keine Lippe. Der treibt sie zu Paaren, sag ich dir. Mit links macht er das.«

»Er ist der Chief Deputy, sagst du. Und was ist mit dem Sheriff?«

»Der ist alt und krank, den siehst du fast nur, wenn Wahlen anstehen. Der Macher ist Ford. Er hat die Stadt und den Bezirk fest im Griff, ohne den läuft nichts. Dabei ist er überhaupt kein harter Typ. Jung, gut aussehend, immer lächelnd . . .«

»Aber ein guter Schütze, wie?«

»Eben nicht. Der einzige von der ganzen Bande, der keine Kanone hat.« Der Mann breitete hilflos die Hände aus. »Wie er es macht, ist mir schleierhaft. Erklären kann ich das nicht. Den mußt du selber in Aktion sehen.«

Bugs war früh am Morgen verhaftet worden. Am Nachmittag holte ihn der Schließer aus der Zelle und brachte ihn hinauf ins Erdgeschoß. Jetzt geht's zur Verhandlung, dachte er. Statt dessen drückte der Schließer ihm einen Zehndollarschein in die Hand und deutete auf die Tür.

»Von Lou Ford«, sagte er. »Er will dich sprechen und hat gemeint, daß du dich vielleicht erst ein bißchen menschlich machen willst.«

»Was ist mit der Anklage gegen mich?«

»Gibt keine. Lou hat sie fallen lassen. Er ist zu Hause und erwartet dich, sobald du fertig bist. Wo er wohnt, kann dir jeder hier sagen.«

»Moment mal.« Bugs stellte schon wieder die Stacheln auf. »Was hat er mit mir vor? Wenn ich nun nicht zu ihm will?«

»Dann kriegst du noch früh genug zu erfahren, was er mit dir vorhat. Ob du nun hingehst oder nicht.«

Bugs ließ sich rasieren und einen Haarschnitt verpassen. Er kaufte sich ein weißes Hemd und einen Schlips und ließ seinen abgetragenen Anzug reinigen und bügeln. Damit hatten die Boomstadt-Preise seine zehn Dollar schon fast aufgefressen. Für den Rest ließ er sich die Schuhe putzen und kaufte sich eine Packung Zigaretten. Dann machte er sich auf den Weg zu Lou Ford.

Die Stadt hatte zwei alte Wohngebiete. In dem einen, das, wie überall, auf der »falschen« Seite der Bahn lag, lebten die Mexikaner und weißes Proletariat. Das andere lag auf einer Anhöhe, die Stadt zu Füßen, ein paar Blocks mit baumbestandenen Straßen und geräumigen zweigeschossigen Häusern. Bis auf farbliche Unterschiede – Hellblau, Weiß und Braun wechselten sich ab – waren die Häuser fast identisch, eine ansprechende Mischung aus Kolonialstil und spanisch-maurischen Einflüssen. Jedes Haus hatte eine galerieartige Veranda, die sich über die ganze Vorderseite erstreckte. Trotz des chronischen Wassermangels war vor jedem Haus eine breite, von Büschen und Bäumen gesäumte Rasenfläche.

Fords Haus war an der Ecke. Ein neues Cadillac-Kabrio stand in der Einfahrt. McKenna ging die Stufen zur Veranda hinauf und klopfte. Nichts rührte sich. Er drückte den Klingelknopf, der aber offenbar kaputt war. Er klopfte noch einmal. Dann bückte er sich und las den Namen auf dem stumpfen Messingschild: »Dr. Amos Ford. Herein!«

Der Doktor, soviel hatte Bugs inzwischen erfahren, war Lous Vater gewesen, ein liebenswürdiger und zum Leichtsinn neigender Mann, der vor einigen Jahren gestorben war und seinem Sohn nichts hinterlassen hatte außer diesem mit hohen Hypotheken belasteten Haus. Dem Schild, das Besucher aufforderte, ohne weiteres einzutreten, war wohl nicht mehr so recht zu trauen. Es war vermutlich nur aus Gründen der Sentimentalität oder einfach aus Schlamperei noch an der Tür. Andererseits . . .

Er war fremd hier in der Stadt. Warum sollte er die Aufforderung nicht wörtlich nehmen? Oder sollte er hier draußen stehenbleiben und sich die Knöchel wundklopfen? Ford hatte ihn herzitiert, und das Schild forderte ihn zum Eintreten auf. Bugs folgte der Aufforderung.

Er stand in einer engen Diele, die ganz dunkel war, da die beiden rechts und links von der Diele abgehenden Türen geschlossen waren. Nur von oben, offenbar aus einer offenen Tür im Obergeschoß, kam etwas Licht. Von oben hörte man auch gedämpfte Geräusche, wie von einem Handgemenge, man hörte das Quietschen von Bettfedern, eine ironisch-besänftigende Männerstimme, die rasche, zornig-leise Stimme einer Frau.

»Aber nicht doch, Amy, du weißt, daß . . .«

»Ich kenne dich, Lou Ford.«

»Aber sie bedeutet mir nichts, Amy. Ehrlich nicht. Es ist rein geschäftlich.«

»Du lügst. Was sind das für Geschäfte? Los, raus damit. Ich warte.«

»Es ist vertraulich, Schätzchen, das habe ich dir doch schon gesagt. Ich kann nicht darüber reden. Können wir es nicht dabei lassen? Ich . . .«

Ein empörtes Aufschluchzen. Ein scharfes Klatschen. So, als ob eine Handfläche auf einer Wange landet. Dann stürzte das Mädchen aus dem Zimmer, zornig weinend, ein Bündel Unterwäsche in der Hand.

Im Lichtstrahl, der durch die Tür fiel, stieg sie, von einem Fuß auf den anderen hopsend, in ihr Höschen und zog den BH an.

Das war alles, was Bugs sah, was er sich zu sehen erlaubte. Er ging leise zurück auf die Veranda, tief errötend, befangen und verstört von dem, was er gesehen hatte.

Ja, so war er. Erstaunlicherweise. Sittenstreng und sehr, sehr altmodisch, obgleich diese Dinge in seinen Augen keine Frage der Mode waren. Er hatte getötet. Er hatte sich in dreckigen, deprimierenden Jobs durchgeschlagen, hatte jahrelang zusammen mit wüsten Typen im Knast gesessen. Gewalt, Verderbtheit und Schmutz – das war sein Milieu gewesen. Und doch hatte er in seinem ganzen Leben nur dreimal ein unbekleidetes weibliches Wesen angeschaut. Und von den dreien war eines seine Frau gewesen.

Er wünschte, das dritte wäre nicht dieses Mädchen gewesen. Er wünschte, mit einer Art von wühlendem Hunger, er hätte sie nicht in ihrer Nacktheit gesehen.

Und er sehnte sich danach, sie näher kennenzulernen. Sie zu verwöhnen, ihr die Liebe und Achtung entgegenzubringen, die sie verdiente. Egal, was sie getan hatte. Egal, wie die Situation allem Anschein nach war.

Denn er hatte nicht nur ihre Nacktheit registriert. Auf den ersten Blick war sie nicht anders als Hunderte anderer Frauen auch. Eine junge Person mit hübschen Rundungen, einem gut geschnittenen Gesicht und hellbraunen Haaren in einem Nackenknoten. Klein und zierlich. Aber es war eben nicht bei diesem ersten Blick geblieben, und plötzlich hatte er Schwierigkeiten mit dem Luftholen gekriegt.

Man weiß ja, wie das geht: Ein Dreihundertdollaranzug haut einen nicht sofort vom Sessel. Eine Ming-Vase macht in einem Zimmer nicht sofort Furore. Aber wenn man lange genug hinsieht, erkennt man die Perfektion, erkennt man höchste Schönheit.

Man erkennt sie, selbst wenn man mit dem einen Auge halb blind ist und aus dem anderen nicht sehen kann . . .

Bugs hatte in seine trüben Gedanken vertieft wohl zehn Minuten auf der Veranda gestanden, als er hörte, wie die Hintertür klappte. Da wachte er auf, und die graue Wirklichkeit war wieder da. Die Wirklichkeit, die ihm zu Bewußtsein brachte, wer er war und was er hier sollte. Und er klopfte wieder, schnell und laut.

Ford reagierte sofort. »Komme gleich.« Stiefelabsätze klapperten in der Diele, die Tür ging auf.

»McKenna? Ich bin Lou Ford. Kommen Sie rein, setzen Sie sich.«

Bugs folgte ihm in einen Raum, der wohl früher mal das Sprechzimmer seines Vaters gewesen war. Zu den verglasten Bücherschränken, die sich an den Wänden entlangzogen, paßte Ford wie der Igel zur Türklinke.

Der Chief Deputy war um die dreißig. Er trug ein Hemd, das sich nicht so richtig zwischen rosa und braun entscheiden konnte, mit einer schwarzen, fertig gebundenen Fliege, und blaue Sergehosen. Die Hosenbeine hatte er locker-lässig in die Stiefelschäfte gesteckt. Ein richtiger Provinzheini, dachte Bugs.

Das glänzende schwarze Haar war hoch und nach hinten gekämmt. Die geschwungenen Brauen gaben seinem Gesicht einen koboldhaften Zug. Zwischen den weißen, ebenmäßigen Zähnen steckte eine lange, dünne Zigarre.

Er winkte Bugs zu einem der bequemen Ledersessel und setzte sich selbst hinter den Schreibtisch. »Möchten Sie was trinken?« fragte er höflich.

Bugs schüttelte den Kopf.

»Wie Sie wollen. Sie sind Zigarettenraucher, nicht?«

Das klang beiläufig. Aber Bugs begriff, daß es nicht so gemeint war. Ford wollte ihm zu verstehen geben, daß er die beiden Zigarettenstummel gesehen hatte, die Bugs auf den Gehsteig geschnippt hatte.

»Sie sind doch eben erst gekommen, oder?« fuhr er fort, leichte Belustigung in der Stimme. »Hoffentlich hab ich Sie nicht warten lassen. Nichts find ich schlimmer, als wenn einer die Leute warten läßt.«

»Und wie finden Sie Cops, die sich schmieren lassen?« fragte McKenna.

»Kommt drauf an, welchen Typ Sie meinen. Einen, der gesessen hat? Einen, der so blöd ist, immer wieder im Knast zu landen?« Ford griente, aber seine Augen waren schmal. »Hab mich ein bißchen für Sie interessiert, McKenna. Ganz schöne Vorstrafenlatte, die Sie da haben.«

»Schmiergelder waren bei mir nicht drin.«

»Alles kann der Mensch nicht haben«, sagte Ford tröstend. »Und sonst haben Sie ja eigentlich kaum was ausgelassen.«

»Jetzt hören Sie mal«, fuhr Bugs auf. »Wenn Sie . . .«

»Wie gefällt Ihnen unser hübsches Städtchen, McKenna? Richtiges Juwel der Prärie, nicht? Schmucke Häuser, Kirchen und Menschen. Hätten Sie nicht Lust, auch einer dieser aufrechten Bürger zu werden, eine dieser schlichten Seelen, denen an Dollars ebensowenig liegt wie mir an meinem rechten Bein?«

Bugs mußte unwillkürlich lachen. Widerwillig rang er sich zu der Ansicht durch, daß er allen Grund hatte, Ford dankbar zu sein. Seine persönliche Meinung über den Mann hatte da zurückzustehen.

Der Deputy lachte mit. »So gefallen Sie mir schon besser. Mag sein, daß Sie nichts mit mir anfangen können und ich nicht mit Ihnen. Vielleicht wär's bei uns beiden anders, wenn sich einer in den anderen hineinversetzen könnte, aber ich schätze, da würden wir beide ganz schön aus dem Tritt kommen, und das ist auch nicht unbedingt nötig. Wir können trotzdem miteinander ins Geschäft kommen.«

»An was für ein Geschäft hatten Sie denn gedacht?«

»Wir haben ein großes Hotel hier in der Stadt, Sie haben es wohl schon gesehen. Dort wird ein Hausdetektiv gesucht. Das Gehalt ist anständig, Kost und Logis sind frei. Ich schätze, daß ich das für Sie an Land ziehen kann.«

»Mich würde man in so einer Stadt als Hausdetektiv anstellen?«

»Sie hören nicht richtig zu«, sagte Ford vorwurfsvoll. »Ich habe gesagt, daß ich es für Sie an Land ziehen kann. Die Frau des Besitzers ist eine gute Freundin von mir.«

Bugs zögerte und kaute an seiner Lippe. Dann schüttelte er den Kopf. »Nein, danke, da verzichte ich lieber. Ich kann es mir nicht leisten, noch mal Ärger zu kriegen. Und wenn ich jemandem aufgeredet, aufgedrängt werde . . .«

»Werden Sie nicht. Keine krummen Touren, ehrlich. Wenn ich ihn richtig einschätze, wird er Sie gerade deshalb einstellen, weil Sie keine blütenweiße Weste haben. Er war selber kein Engel, und wenn einer ihm gegenüber die Karten auf den Tisch legt, hält er ihn automatisch für einen anständigen Kerl.«

»Aber daß ich das nicht bleibe – dafür würden Sie schon sorgen, stimmt's?«

»Meinen Sie?« Ford betrachtete die Spitze seiner Zigarre. »Wissen Sie, was Konfuzius sagte, McKenna? Mann mit nacktem Arsch hat immer großes Maul.«

»Da gibt's eins, das mir noch besser gefällt«, schoß Bugs zurück. »Viele Menschen ersaufen in ihrem eigenen Kot, aber wenige rufen beim Sterben nach einem Arzt.«

»Das ist gut«, meinte Ford ehrlich entzückt. »Sehr gut ist das. Aber um auf den Hoteljob zurückzukommen: Ich verlange von Ihnen nichts Anrüchiges. Aber Sie können mir helfen, einfach indem Sie das machen, was der Job von Ihnen fordert.«

»Nämlich?«

»Wir sind in einer rüden Stadt. In einem so großen Hotel gibt's genug Leute, die gerade keine Sonntagsschüler sind. Ein guter, harter Hausdetektiv – und ich weiß, daß Sie kein Feigling sind, egal, was Sie sonst alles angestellt haben – könnte mir einiges an Arbeit abnehmen.«

Bugs zauderte. »Na ja, wenn Sie es so sagen . . . Aber es darf wirklich nichts schiefgehen, Ford. Wenn ich noch mal in die Klemme komme . . .«

»Ich weiß, ich weiß, das können Sie sich nicht leisten. Einer in Ihrer Lage muß alles tun, um kritischen Situationen aus dem Weg zu gehen, denn allzu viele Chancen hat er nicht mehr.«

»Und Sie glauben, daß ich das schaffe? Mit dem Job selber werd ich schon fertig, das ist es nicht. Aber ich steck nicht nur ein, ich geb auch raus. Ich laß mir von niemandem was sagen, egal, wer es ist. Und ich lauf nicht den ganzen Tag mit einem blöden Grinsen im Gesicht rum.«

»Schon klar.« Ford nickte. »Sie schmeißen sich bei niemanden ran. Nicht Sie müssen mit den anderen klarkommen, sondern die anderen mit Ihnen.«

»Das hab ich nicht gesagt. Ich hab nur gemeint . . .« Bugs zog ein finsteres Gesicht, dann grinste er verlegen. »Na ja, angehört hat sich's wohl so. Und es ist wohl auch was dran.«

»Oder es war was dran«, stellte Ford richtig. »Führen Sie erst mal 'ne Weile wieder ein menschenwürdiges Leben, bauen Sie sich was auf, wofür es sich zu leben lohnt, dann sehen Sie die Dinge mit ganz anderen Augen.« Er stand auf. »Tja, dann wär zwischen uns ja eigentlich alles klar. Ich hol nur noch meinen Hut und meine Jacke von oben, dann können wir los.«

Er verschwand. Bugs stand auf und ging unruhig im Zimmer auf und ab. So sehr ihn das Angebot reizte, irgendwas daran schmeckte ihm nicht. Ford war ihm nicht ganz geheuer. Sein Clownsgehabe war übertrieben, war Fassade, hinter der sich eine kalt berechnende, rasiermesserscharfe Intelligenz verbarg. Nur um dem Hanlon-Hotel zu einem tüchtigen Hausdetektiv zu verhelfen, würde er sich nie so ins Zeug legen.

Man kann nie wissen, dachte Bugs. Er selbst legte an ganz normale Dinge keine normalen Maßstäbe mehr. Er war so weit gekommen, daß er jedem Menschen mit Mißtrauen begegnete. Ford ließ sich schmieren, gewiß, aber das kam überall vor. Und abgesehen davon, und wenn man außer acht ließ, wie er mit dieser Amy umgesprungen war . . .

Bugs runzelte die Stirn, als er daran dachte. Energisch sparte er sie aus seinen Überlegungen aus. Vielleicht wollte sie es ja so haben. Aber nein – das konnte nicht sein. Egal, Amy ging ihn nichts an.

Bugs blieb vor dem alten, aus Feldsteinen gemauerten Kamin stehen und sah sich die Fotos an, die auf dem Sims standen. Auf dem einen war ein junger Mann – offenbar Ford – neben einem Collie zu sehen, auf einem anderen ein Mann mit Brille und Kinnbart, auf einem dritten eine exotisch aussehende Brünette mit stolzem Blick in hochgeschlossener Bluse. Und dann war da noch . . . das letzte Foto war umgefallen. Bugs griff danach – und sah Amy ins Gesicht.

Ihre Lippen waren leicht geöffnet, ihre Augen sahen ihn gerade an, lächelnd, erwartungsvoll. Sie schien sich zu freuen, daß das Leben zwei so nette Menschen zusammengeführt hatte.

Dicht hinter ihm hüstelte Ford.

Bugs fuhr zusammen. Das Foto fiel ihm aus der Hand.

»Hoffe, Sie nehmen es nicht übel«, stotterte er. »Ich habe nur . . . ich . . .«

»Aber nein, nicht doch«, sagte Ford in seiner nöligen Art. »So einen Hund sieht man nicht alle Tage. War der erste und der letzte Hund, den ich hatte. Als er gestorben war, hab ich einfach keinen mehr gefunden, der an ihn rangereicht hätte.«

»Sind – sind das Ihre Eltern?«

»Ja. Tolle Frau, was? Die Familie geht bis auf die Conquistadores zurück.« Ford ließ nachdenklich seine Zigarre auf und ab wippen. »Lassen Sie mich überlegen. Ja, kurz nachdem das Foto mit dem Hund entstanden war, ist sie dann mit einem Viehhändler durchgebrannt.«

Bugs wußte nicht, wie er darauf reagieren sollte. Und auch auf Fords nächste Bemerkung, seine Mutter sei eine verdammt smarte Person gewesen, gab es keine rechte Antwort. »Hat gar nicht erst versucht, Sachen zu machen, für die sie nicht geschaffen war«, setzte er hinzu.

»Die Kleine da«, fuhr der Deputy fort, »ist meine Verlobte. Amy Standish. Lehrerin hier in Ragtown. Wär wahrscheinlich woanders besser aufgehoben, aber sie ist hier aufgewachsen, die Familie ist schon Gott weiß wie lange hier ansässig. Sieht also so aus, als ob ich sie vorläufig nicht los werde.«

»Nicht los werde?« wiederholte Bugs. »Sie sollten froh sein, daß Sie das Mädchen haben.«

Ford nickte. »Kann verstehen, daß Sie das sagen. Aber das ist ein altes Foto. Inzwischen ist sie ’ne richtige Dampfwalze geworden.«

»Dampfwalze? Na hören Sie mal, sie . . .« Bugs wurde rot und verschluckte, was er noch hatte sagen wollen.

Ford machte ein harmloses Gesicht. »Ja? Wie meinten Sie, McKenna?«

»Nichts. Wollen wir den ganzen Tag hier stehen und quatschen?«

»Ich muß nur mal eben telefonieren«, sagte Ford. »Würden Sie mir inzwischen einen Gefallen tun? Draußen an der Tür hängt ein Schild. Was draufsteht, gilt natürlich inzwischen längst nicht mehr, ich hab bloß immer wieder vergessen, es abzumachen. Wenn Sie sich einen Schraubenzieher schnappen würden und . . .«

»Machen Sie sich Ihren Dreck alleine«, knurrte Bugs. »Ich warte im Wagen.«

Er knallte die Haustür zu und stieg in das Coupé. Wenige Minuten später kam Ford. Er hatte eine frische Zigarre zwischen den Zähnen, trug ein Jackett, das zu den blauen Hosen paßte, und einen braunen Texashut.

»Ich hab Mrs. Hanlon im Hotel nicht erreicht«, sagte er. »Wir werden sie suchen müssen.«

»Mir auch recht«, sagte Bugs.

»Ich hab mir überlegt, daß es vielleicht besser ist, wenn Sie für Ihren Job 'ne Kanone haben. Wahrscheinlich werden Sie keine brauchen, aber Vorsicht ist die Mutter der Porzellankiste.«

»Und was ist mit Ihnen?« fragte Bugs.

»Bei mir liegt der Fall anders.« Ford hielt an. »Wo ich bin, ist nie Action. Ich hab noch nie eine Situation erlebt, in der ich eine Waffe gebraucht hätte.«

Er hatte dort geparkt, wo die Hauptstraße aus dem alten Stadtkern in die Boomviertel überging. Sie liefen auf der einen Seite hoch, bis die Straße zu Ende war, dann überquerten sie die mit dickem, rotem Staub bedeckte Fahrbahn und gingen auf dem Gehsteig der anderen Seite wieder zurück.

Schwere Laster rollten rumpelnd zu den Ölfeldern hinaus. Aus geöffneten Bartüren roch es nach Schnaps. Musikboxen dröhnten, Spielmaschinen klingelten, Würfel klapperten und Rouletteräder surrten. Der Lärmpegel stieg und fiel alle paar Schritte, erreichte seine höchste Marke vor einer geöffneten Tür, senkte sich, wenn sie vorbei waren.

Gewisse Damen waren nicht zu sehen – nur hier und da eine Dame ohne Anführungszeichen. Irgendwo schien Ford also doch eine Grenze zu ziehen. Die Männer waren jung bis Mittelalter, nie darüber. Die meisten trugen Hüte, die mit Bohrschlamm bespritzt waren, und hohe Schnürstiefel als Schutz gegen Klapperschlangen. Vor jedem Etablissement blieb Ford stehen und warf einen Blick hinein. Nachdem er am Ende des zweiten Blocks über die halbhohe Pendeltür einer Spielhölle gesehen hatte, nickte er Bugs zu.

»Da wären wir«, sagte er und holte ein Paar schwarze Glacéhandschuhe aus der Tasche.

Er zog sie bedächtig über die schmalen, erstaunlich zart wirkenden Hände. Ein untersetzter Bursche mit teigigem Gesicht stürzte ihnen entgegen. Sein Mund war nur ein Schlitz, die Augen kleine schwarze

Knöpfe.

»Tag, Lou«, sagte er mit nervösem Lächeln. »Hab dich reinschauen sehen. Alles in Ordnung, oder?«

Ford antwortete nicht, er war noch mit seinen Handschuhen beschäftigt.

»Sei doch nicht so, Lou«, sagte der Mann, und in seiner Stimme schwang ein Unterton von Verzweiflung. »Ich hab nicht gewußt, daß sie drin ist, das schwöre ich. Ich bin grad erst von der Mittagspause gekommen, und ich hab meinen Leuten tausendmal gesagt, sie sollen sie nicht . . .«

Bugs sah den Schlag – oder die beiden Schläge – nicht, die Ford austeilte. Sie kamen so unerwartet und so schnell, daß er nur noch das Resultat mitkriegte. Der Mann krümmte sich und schnappte nach Luft. Erbrochenes quoll zäh aus seinem Mund. Er machte eine groteske Drehung um seine eigene Achse, taumelte, kam vom Gehsteig ab und brach auf der Fahrbahn zusammen.

Ford klopfte die Handschuhe ab, schob sich durch die Pendeltür, und dann flogen zwei Stühle durchs Fenster.

Bugs zwinkerte und schüttelte den Kopf. Sich gegen den Strom der herausdrängenden Gäste stemmend, betrat er den Spielsalon. Wieder konnte er kaum glauben, was er sah.

Ford ging gemächlich nach hinten, in seinem Kielwasser blieb ein Gewirr kaputter Möbel zurück. Er bewegte sich ohne Eile und ohne Anstrengung. Die Zigarre hatte er noch immer zwischen den Zähnen. Und doch strahlte eine wilde, kaum beherrschbare Wut von seiner Person aus. Vielleicht war es gerade die Gemessenheit der Bewegungen, die das Gefühl der Bedrohung noch verstärkte. Das Gefühl, daß er die Gewalttätigkeit bewußt steigerte und verlängerte, um Höhepunkt und Abschluß der Szene möglichst lange hinauszuschieben.

Zwei Mitarbeiter des Spielsalons stürzten sich auf ihn, einer von jeder Seite. Ford nahm ihnen mit einem gezielten Schlag das Gleichgewicht, schlang ihnen die Arme um den Hals und stieß sie mit den Köpfen zusammen.

Und dann waren Bugs und Ford mit ihr allein. Sie war aschblond und auf eine etwas verbrauchte, abgenutzte Art recht hübsch. Volle, hohe Brüste und eine Taille, die etwa halb so breit war wie ihre Hüften.

»Du bist gemein, Lou«, sagte sie böse. »Ich könnte dich umbringen.«

»Ich hab dir gesagt, daß du in diesen Pinten nichts zu suchen hast.

Und die Leute, die hier das Sagen haben, wissen genau, daß sie dich nicht reinlassen sollen.«

»Wie kommst du eigentlich dazu, mich rumzukommandieren? Muß ich mir von dir vorschreiben lassen, was ich mit meinem eigenen Geld machen darf?«

»Aber es ist nicht dein eigenes Geld«, sagte Ford sanftmütig. »Und ob's mal dein eigenes Geld wird, ist noch nicht raus. No, Sir, noch lange nicht.«

Sie sah verärgert zu ihm auf. »Trotzdem hättest du dich nicht so aufzuführen brauchen.«

Ford zuckte die Schultern. »Laß gut sein. Ich möchte dich mit jemandem bekannt machen. Mrs. Hanlon, Mr. McKenna.«

Geringschätzig musterte sie Bugs, registrierte den abgetragenen Anzug, die abgetretenen Schuhe, das müde, schmale Gesicht. Dann wurde sie rot, denn Bugs hatte nicht etwa die Augen niedergeschlagen, sondern musterte sie seinerseits sehr gründlich, wobei er zu einem offenbar nicht eben schmeichelhaften Gesamtergebnis kam.

Unwillkürlich schnappte sie nach Luft. Dann lächelte sie unvermittelt und streckte die Hand aus. »Freut mich sehr. Mr. . . . Mr. McKenna, nicht wahr?«

»Ja, Mrs. . . . Mrs. Hanlon, nicht wahr?«

Er grinste sie unverschämt an, aber Joyce Hanlon war nicht gekränkt. Sie hielt seine Hand fest und kam auf ihn zu, bis ihre Brüste fast seinen Körper berührten, ließ die seidigen Wimpern flattern. »Nicht böse sein«, sagte sie mit piepsiger Kleinmädchenstimme. »Klein-Joyce will's auch nie wieder tun. Wollen wir uns wieder vertragen?«

Dieser Taktik gegenüber war Bugs wehrlos. Er wurde rot und blaß. Natürlich sei er nicht böse, stotterte er, es täte ihm leid, hoffentlich sei sie auch nicht böse . . . und . . . und . . . Schließlich hatte er sich hoffnungslos verheddert und kam sich vor wie der größte Trottel.

Ford rettete ihn mit dem Vorschlag, ob man sich nicht irgendwo hinsetzen sollte, wo man in Ruhe reden konnte. Sie gingen in eins der Lokale im älteren Teil der Stadt. Joyce hatte sich bei Bugs eingehakt. Merkwürdigerweise brachte ihn das jetzt kaum mehr aus dem Konzept. Als sie sich auf die andere Seite des Tisches neben Ford setzte, fehlte ihm fast der leichte Druck auf seinen Bizeps, das verstohlene Sondieren ihrer Finger.

Eine Kellnerin brachte Kaffee. Ford kam auf die ausgeschriebene

Stelle des Hausdetektivs zu sprechen. Er erwähnte Bugs' Qualifikationen und ziemlich nebenbei auch seine Vorstrafen.

»Hat Mumm und Muskeln. Und daß er außerdem noch ein richtig netter Typ ist, siehst du ja selbst. Wen stört es da schon, wenn er es manchmal mit den Gesetzen nicht so genau genommen hat?«

Joyce sah ihn zweifelnd an. »Na, wenn du meinst . . . Mir macht es nichts aus, aber . . .«

Sie suchte stirnrunzelnd Fords Blick, versuchte hinter seine Gedanken zu kommen. Der Deputy tat ganz harmlos. »Dann macht es Mr. Hanlon auch nichts aus«, sagte er. »Schon mal was von Nächstenliebe gehört? Wir sind doch alle Brüder vor dem Herrn . . .«

»Hör auf mit deinen dummen Sprüchen, Lou. Mal im Ernst . . .«

»War kein Spaß, Joyce, ehrlich nicht. Ich bin ein sehr ernsthafter Mensch, man sieht's mir nur nicht immer an. Also sei jetzt nett und bring Bugs – Mr. McKenna meine ich – persönlich zum Chef, damit er sich nicht erst mit einem dieser blöden Bewerbungsbogen abzuquälen braucht. Wirst sehen, Mr. Hanlon nimmt ihn mit Kußhand.«

»Glaub ich nicht. Wenn ich ihn haben will, lehnt er ihn bestimmt ab. Ich würde Sie gern einstellen, Bugs« – der Spitzname ging ihr leicht über die Lippen, und sie lächelte richtig nett dabei –, »aber ich kenne doch Mike.«

Bugs nickte verlegen. Schwamm drüber, wollte er sagen, nicht so schlimm, ich dräng mich nicht auf. Aber Ford gab sich noch nicht geschlagen.

»Ich habe den Eindruck, daß du ihn eben doch nicht gut genug kennst. Der gute Mike läßt sich nicht gern in die Karten gucken und macht prompt immer gerade das, was man nicht von ihm erwartet. Das wird in diesem Fall nicht anders sein.«

Sie trank nachdenklich einen Schluck Kaffee, dann schob sie die Tasse beiseite. »Da könntest du recht haben. Soll ich sagen, daß ich Bugs durch dich kennengelernt habe, oder . . .«

»Überlasse ich dir, aber es spielt im Grunde keine Rolle. Wahrscheinlich wird er's vermuten, auch wenn du's ihm nicht erzählst.«

»Wem sagst du das. Der traut doch keinem über den Weg.«

»Mißtrauen ist heute modern«, sagte Ford. »Beliebte Freizeitbeschäftigung.« Er stand auf. »Tja, ich muß weiter. Ein paar Typen verabschieden, die bei uns nichts mehr zu suchen haben.«

»Vielen Spaß.« Joyce lächelte ihm zu. »Ich sag dir Bescheid, wie alles gelaufen ist.«

»Und schönen Dank«, sagte Bugs schroff.

»Wofür? Ich hab nichts gemacht, wofür Sie sich bei mir bedanken müßten«, meinte Ford. »No, Sir, ehrlich nicht.«

3

Die meisten Hanlon-Angestellten arbeiteten in dem branchenüblichen Wechsel zwischen geteiltem und durchgehendem Dienst. Eine Schicht trat morgens um sieben den Dienst an, hörte mittags auf, fing um sechs wieder an und machte weiter bis elf. Am nächsten Tag arbeitete diese Schicht durchgehend von zwölf bis sechs, während die andere Schicht den geteilten Dienst machte.

Ausgenommen von dieser Regel waren Nachtarbeiter, die Instandhaltung, Lager, Wäscherei, Bugs McKenna und der Geschäftsführer des Hanlon, Ollie Westbrook. Bugs mußte jederzeit auf Abruf erreichbar sein. Aber tagsüber wurde er selten gebraucht – in dem einen Monat seit seiner Ankunft hatten sie ihn erst einmal gerufen. Praktisch machte er also reinen Nachtdienst. Ollie Westbrook hingegen mußte nicht nur theoretisch, sondern ganz handfest rund um die Uhr auf dem Posten sein.

Daß er sich mal eine Stunde in ein gerade frei gewordenes Zimmer zurückzog, sich rasch unter die Dusche stellte oder sich ein bißchen aufs Ohr legte, das war schon drin. Aber diese kurzen Pausen waren keine echte Entspannung. Auch wenn mal wirklich niemand nach ihm verlangte, war er innerlich permanent auf das Läuten des Telefons eingestellt. Diese ewige Spannung und die bange Frage, was wohl während seiner Abwesenheit diesmal wieder schiefgelaufen war, ließen ihn nicht zur Ruhe kommen.

Westbrook war ein Hotelmann der alten Schule. Er stammte aus der Zeit, als der Aufenthalt in einem Hotel noch ein Vergnügen gewesen war und kein zweifelhaftes Abenteuer, bei dem man im besten Fall mit mäßigem Essen, mäßiger Unterkunft und stümperhaftem Service rechnen konnte. Hier im Hanlon mühte er sich mit unzureichenden Mitteln weit über seine Kräfte ab. Der Job brachte ihn langsam, aber sicher, um. Doch er brauchte ihn. Er war Ende Fünfzig, und in den letzten zehn Jahren hatte man ihn regelmäßig noch aus jeder Stellung herausgeworfen. Das Hanlon war sein letzter Halt.

Es war elf, eine Stunde vor Mitternacht, und Ollie Westbrook saß in seinem Büro im Zwischengeschoß und prüfte die Konten der letzten drei Monate. Er prüfte sie jetzt schon zum dritten Mal, aber das

Ergebnis änderte sich nicht. Sein Gesicht war in einem leeren Lächeln erstarrt. Unter der schützenden Stumpfheit lauerte Grauen in seiner Seele.

Wenn Westbrook nüchtern war, ließ er Symptome von Volltrunkenheit erkennen. Größte Katastrophen ließen ihn dann kalt, die erschreckendsten Tatsachen blieben ohne Echo bei ihm. Schon seit Jahren ging das so. Nur wenn der Promillegehalt in seinem Blut eine bestimmte Höhe erreicht hatte, konnte er denken und handeln wie ein normaler Mensch.

Nach einer Weile schob er die Unterlagen beiseite und nahm eine Halbliterflasche aus dem Schreibtisch. Sie war zu etwa einem Drittel gefüllt. Es war die letzte der drei Flaschen, mit denen er den Tag begonnen hatte. Westbrook trank die Hälfte auf einen Zug, zündete sich eine Zigarette an, paffte ein paarmal und trank dann den Rest. Wärme durchflutete seinen kleinen, fülligen Körper. Das starre, dümmliche Lächeln verschwand. Er runzelte nachdenklich die Stirn.

Ich weiß keine Lösung, dachte er. Und dann: Aber du mußt dir eine einfallen lassen. Du bist dran, wenn du dir nichts einfallen läßt. Du hast Dudley eingestellt, gegen den Widerstand des Alten. Du hast ihm gesagt, daß er ein verdammt guter Buchhalter ist, daß du dich persönlich für ihn verbürgst. Und jetzt kommt diese Schweinerei . . .

Ist ja richtig. Alles richtig, verdammt noch mal. Und trotzdem . . . Vielleicht, wenn ich noch was trinken würde . . . Aber erst muß ich wohl mal draußen nach dem Rechten sehen.

Westbrook stand entschlossen auf, ohne auf die leise, warnende Stimme in seinem Innern zu hören. Er rollte die Ärmel herunter, knöpfte die Manschetten und die braune Weste zu, zog ein schwarzes Jackett darüber und zupfte sorgsam das weiße Ziertuch in der Brusttasche zurecht. Noch ein rascher Blick auf seine Fingernägel, ein Staubkörnchen vom Schuh gepustet, dann trat er auf den Gang hinaus.

Rosalie Vara, das für das Zwischengeschoß zuständige Zimmermädchen, wischte nur wenige Meter von ihm entfernt Staub. Westbrook sah sich ihre Hinterfront an und klopfte sich wieder mal auf die Schulter wegen seiner Voraussicht. Hätte er sie nicht in diesem Dienstbereich untergebracht, hätte irgend jemand sie bestimmt schon aufs Kreuz gelegt. Wer so überzeugend weiß aussah wie sie und trotzdem kein Hehl daraus machte, eine Schwarze zu sein, war offenbar zu dumm, um auf sich selbst achtzugeben.

Westbrook ließ noch einen Augenblick seinen Blick auf ihr ruhen und bedachte, zynisch wie er war, die Möglichkeit, daß sie am Ende gar nicht dumm, sondern im Gegenteil sehr, sehr smart war. Nein, das war ausgeschlossen, sie spielte bestimmt keine Komödie. Er kannte alle Tricks und Kniffe der Branche, und daß sich mit der Tatsache, daß jemand aussah wie eine Weiße, aber in Wirklichkeit eine Schwarze war, ein schneller Schnitt machen ließ, hatte er nun wirklich noch nicht gehört. Geistig unterbelichtet – das war die einzig mögliche Erklärung. Zu blöd zum Schwindeln. Und deshalb hatte er ihr eine Tätigkeit verordnet, bei der niemand sie ausnutzen konnte.

Natürlich kam sie gelegentlich auch mit Gästen in Berührung. Das war unvermeidlich, da die Zimmermädchen von der Tagesschicht um elf Feierabend hatten und ein paar Zimmer, wie das von Bugs McKenna, gemacht werden mußten, ehe die Frühschicht kam. Aber den größten Teil ihrer Arbeitszeit verbrachte sie mit ungefährlichen Tätigkeiten auf den Gängen oder unten in der Halle, nicht hinter geschlossenen Türen.

Westbrook sah ein letztes Mal das ansehnlich gerundete Hinterteil an, dann wandte er sich pflichtbewußt ab und ging die geschwungene Treppe zur Halle hinunter. Den Kopf hatte er leicht nach hinten gelegt, es sah aus, als ob er mit der Nase nach verdächtigen Düften schnupperte. Auf seinem blassen, aufgedunsenen Gesicht lag ein hochmütiger Ausdruck, es hatte gewisse Ähnlichkeit mit dem eines reinrassigen Pekinesen. Wer Westbrook zum erstenmal sah, grinste sich unwillkürlich eins; aber das Lachen verging ihm sehr schnell, wenn er ihn näher kennenlernte. Westbrook hatte als Hotelpage angefangen und sich zielstrebig hochgearbeitet. Dabei hatte er sich nicht nur umfangreiche Kenntnisse angeeignet, sondern auch ein zähes Naturell entwickelt, das allen Aspekten des bewegten Hotellebens gewachsen war.

Am Ende der Treppe befanden sich die drei Fahrstühle, von denen zwei außer Betrieb waren. Das war um diese Zeit völlig in Ordnung. Ganz und gar nicht in Ordnung war, daß den dritten ein Mann von der Tagesschicht bediente.

Westbrook ging mit unheildrohender Miene zum Empfang hinüber. Der Nachtportier, Leslie Eaton, ein noch junger Mann, stand am Schalter des Kassierers und schwatzte mit dem Portier von der Tagesschicht. Beide hatten sie nicht mitbekommen, daß Westbrook im Anzug war. Sie merkten es erst, als dieser sich barsch erkundigte, was, zum Teufel, hier eigentlich los sei.

Der Portier von der Tagesschicht fuhr zusammen und drehte sich rasch um. »Haben Sie jetzt Dienst?« fuhr Westbrook ihn an. »Wie? Wohl zu blöd zum Antworten? Was ist mit Ihnen, Eaton? Eben ging ihr Mundwerk noch sehr flott.«

»Ich – ich – tut mir leid, Sir«, stotterte der Nachtportier. »Ich meine . . .«

»Ich habe schon etliche Beschwerden über Sie bekommen. Auf Anrufe haben Sie nicht reagiert. Sind im Haus rumgeschwirrt, statt auf Ihrem Posten zu bleiben, wie sich das gehört. Ich weiß, ich weiß . . .« Westbrook machte eine schroffe Handbewegung. »Sie müssen sich um alles mögliche kümmern, um den Coffee Shop, den Dienstleistungsbereich und so weiter und so fort. Aber das ist kein Grund, den Empfang dreißig oder vierzig Minuten unbesetzt zu lassen.«

»Ich – ich kann mich nicht erinnern, daß ich den Empfang jemals länger als ein paar Minuten unbesetzt gelassen habe«, sagte Eaton. Er hatte rosige Wangen und eine Vorliebe für Mode im Collegestil.

Westbrook warf ihm einen verächtlichen Blick zu und riet ihm, sein Gedächtnis gefälligst anzustrengen. Dann wandte er sich wieder an Eatons Kollegen. »Wo ist der Boy von der Nachtschicht?« fragte er. »Und was hat der Mann von der Tagesschicht am Lift zu suchen?«

»Überstunden. Die Nachtschicht ist noch nicht da.«

»Warum nicht?«

»Weiß nicht. Und überhaupt geht mich das gar nichts an, es ist ja schließlich nicht meine Schicht.«

»Und darüber sind Sie sehr froh, stimmt's?« höhnte Westbrook. »Die beiden haben Sie reingelegt. Ich wette, sie stecken im Umkleideraum, und Sie trauen sich nur nicht, die beiden da rauszuholen.«

Die Ankunft eines Gastes beendete den Wortwechsel. Westbrook ging die Hintertreppe hinunter. Die Tür zum Umkleideraum der Hotelboys stand halb offen. Westbrook blieb in dem trüb beleuchteten Gang stehen und sah hinein.

Ted und Ed Gusick waren, wie das im Hotelgewerbe häufig der Fall ist, Boys nur dem Namen, nicht den Jahren nach. Ted mochte um die vierzig, Ed vielleicht ein Jahr älter sein. Beide waren schon grau und hatten rötliche Gesichter, die wie massiert wirkten. Beide waren kräftig gebaut, aber schlank, mit schmaler Taille und flachem Magen. Sie hatten dieselbe Mutter, vielleicht auch denselben Vater. Ganz genau hätte das auch die Frau Mama nicht sagen können. Amoralisch, böse, verlogen und mit dem Gesetz auf Kriegsfuß lebend, steckten sie ständig in der Klemme und gehörten zu den Menschen, die immer wieder mit einem blauen Auge davonkommen.

Sie hatten sich ineinander verkrallt und kämpften wie Todfeinde. Westbrook, der in seinem Leben schon Tausende solcher Raufereien im Umkleideraum erlebt hatte, besah sich das Bild, das sich ihm bot, mit fast nostalgischen Gefühlen. Jeder Schlag wurde mit tödlichem Ernst geführt. Alles war erlaubt, abgesehen von Hieben ins Gesicht. So raufen sie heute nicht mehr, dachte Westbrook. Sie raufen überhaupt nicht mehr. Statt dessen laufen sie mit ihren Problemen zur Geschäftsleitung und jammern. Immer brauchen sie jemanden, der ihnen alles abnimmt. Sie sind unfähig und uninteressiert, von Stolz auf ihre Arbeit kann keine Rede mehr sein. Alle sind sich zu gut für den Job, für den sie gutes Geld kassieren.

Westbrook schüttelte seufzend den Kopf und fand mit Mühe aus der goldenen Vergangenheit in die graue Gegenwart zurück. Dann setzte er eine grimmige Miene auf, betrat im Laufschritt den Umkleideraum und gab beiden Kämpfern je einen tüchtigen Tritt, ehe sie ausweichen konnten.

»Rauf mit euch«, befahl er. »Was fällt euch eigentlich ein? Wißt ihr nicht, wie spät es ist? Wie könnt ihr die Kollegen so einfach hängen lassen?«

»'tschuldigung, Sir«, sagte Ed.

»'tschuldigung, Mr. Westbrook«, sagte Ted.

Bedeppert schlurften sie zur Tür. Westbrook ging ihnen nach, die kleine Faust drohend erhoben.

»Weshalb habt ihr gerauft? Wie? Antwortet, ihr Teufelsbraten.«

»Wegen nichts«, sagte Ted.

»Nur so«, sagte Ed.

Das waren genau die richtigen Antworten, fand Westbrook. In der guten alten Zeit hatten die Boys oft aus lauter Übermut gerauft, und wenn sie dabei ertappt worden waren, hatten sie gar nicht erst versucht, sich rauszureden. Trotzdem, der Disziplin halber – und weil sie es erwarteten – versetzte er jedem noch einen tüchtigen Hieb und rief ihnen einen saftigen Fluch nach, während sie schleunigst nach oben rannten.

Die sind noch richtig, dachte er, während er den Umkleideraum verließ. Die werden nie heulend und winselnd angerannt kommen. Die kennen sich noch mit den Gästen aus, wissen, wie man seinen eigenen Willen durchsetzt und ihnen gleichzeitig derart um den Bart geht, daß sie bereitwillig dafür zahlen. In den letzten zwanzig Jahren hatten sie in einem Dutzend verschiedener Hotels unter Westbrook gearbeitet, kannten jedes Haus vom Keller bis zum Dachgarten wie ihre Westentasche und hätten es wahrscheinlich ebenso gut geführt wie er selber. Aber sie waren freiwillig Hotelboys geblieben, da wußten sie, was auf sie zukam und brauchten keine lästige Verantwortung zu tragen. Außerdem, überlegte Westbrook, machen sie damit vermutlich mehr Geld als ich.

Einen Job als Liftboy hätten sie normalerweise nie angenommen, aber im Hanlon war nur eine Stellung als Boy im Nachtdienst frei gewesen, und sie arbeiteten grundsätzlich nur zusammen. Bei der Einstellung hatte Westbrook ihnen versprochen, ihnen einen Tagesjob zu beschaffen, sobald etwas frei wurde. Später hatten sie abgewinkt, er solle es nur so lassen, wie es war.

Westbrook vermutete sehr richtig, daß ihre Vorliebe für die Nachtschicht ihren Grund in der minimalen Überwachung hatte. Mit dem Portier, dem harmlosen Leslie Eaton, wurden sie leicht fertig. Aber bisher hatte noch niemand sie bei Verbotenem ertappt, und wenn niemand sie auf frischer Tat erwischte oder sich ausdrücklich beschwerte . . .

Westbrook zuckte die Schultern. Alles in allem waren es gute Jungs, daran war nicht zu tippen.

Allmählich ergriff ihn wieder die lähmende Benommenheit, die zunehmende Nüchternheit mit sich brachte. Er hätte auf der Stelle einschlafen können. Aber erst mußte noch das Problem Dudley gelöst werden.

Westbrook versuchte, das verräterische Lächeln zu unterdrücken, und verließ das Hotel rasch durch den Hinterausgang. Als er nach zwanzig Minuten wiederkam, sprühte er vor Tatkraft wie eh und je. Zwei halbe Flaschen Whiskey hatte er mitgebracht, eine weitere Viertelflasche hatte er intus.

Er stieg in einen der stillgelegten Aufzüge, knipste das Licht an, setzte ihn in Betrieb und war Sekunden später im zwölften Stock. Es war perfekt gemacht – die Kabine hielt genau am Absatz an. Westbrook belohnte sich mit zwei Kurzen, wie er es nannte, womit er sich eine weitere Viertelflasche Whiskey einverleibte.

Er warf die leere Flasche in den Müllschlucker. Als er sich umdrehte, kam er plötzlich ins Wanken und ruderte wild mit den Armen. Der Anfall war fast so schnell vorbei, wie er gekommen war, aber Westbrook wußte, daß er damit eine unsichtbare Grenze überschritten hatte. Von jetzt an würde der Alkohol sich gegen ihn wenden und ihn schließlich in jene dunkle, quälende Leere treiben, die er schon so oft durchlitten hatte.

Westbrook fröstelte. Er erinnerte sich an das elende Gefühl danach, die entsetzliche Übelkeit, die bittere Scham. Das ertrug er nicht noch einmal. Gott im Himmel, das stand er einfach nicht durch. Er durfte heute nacht nichts mehr trinken.

Nur eine Kleinigkeit noch. Eine ganze Kleinigkeit. Nur so viel, um die Geschichte mit Dudley zu erledigen.

Er trank die Kleinigkeit. Steckte den Korken wieder in die Flasche. Zog ihn langsam wieder heraus. Nahm noch einen Schluck. Er schien ihm nicht zu schaden.

Gewiß, er spürte, wie sich zunehmend Zorn in ihm regte, aber das war ja verständlich. Wie lange hielt ein Mensch das aus, immer nur den Fußabtreter zu spielen? Er hatte nie Ruhe, hatte nie eine Minute für sich selbst. Immer nur Arbeit, Arbeit, Arbeit. Und mit wem mußte er zusammenarbeiten? Mit Trotteln und Idioten. Und wurde es ihm wenigstens gedankt? Hatte jemals irgend jemand ein Wort der Anerkennung für ihn gehabt?

Scheiße. Natürlich nicht.

Westbrook gab es einen Ruck. Hatte er etwa Selbstgespräche geführt? Blödsinn, dazu war er gar nicht der Typ. Und wenn schon . . . Scheißegal. Tatsächlich konnte er sehr ausfallend werden, wenn seine alkoholische Toleranzschwelle überschritten war, aber ehe jemand ihn als im herkömmlichen Sinne betrunken bezeichnet hätte, mußte er schon voll bis Oberkante Unterkiefer sein. Das war für ihn Fluch und Segen zugleich.

Er machte die nächste Flasche leer. Dann marschierte er, die Schultern vorgeschoben wie ein Boxer, die Augen zu Schlitzen verengt, das Gesicht in gerechtem Zorn gerötet, den Gang entlang. Er befand sich in einem der beiden Flügel des Hotels, die rechts und links das Hauptgebäude flankierten. Bugs McKennas Zimmer ging, wie die Zimmer aller Angestellten, die im Haus wohnten, auf den Hof hinaus.

Vor McKennas Tür machte Westbrook halt, hob die zur Faust geballte Hand, zögerte, hielt sie einen Augenblick in der Schwebe, dann bummerte er an die Tür.

4

Bugs war vom Läuten des Telefons aufgewacht. Es war der normale Elfuhrweckruf. Er wechselte wie üblich ein paar nichtssagende Worte mit der Telefonistin. Ja, sagte sie dann auf seine Frage, ein Anruf sei für ihn eingegangen.

»Mrs. Hanlon. Sie möchten bitte zurückrufen.«

»Ah, ja«, sagte Bugs. »Schönen Dank.«

»Ja, Sir. Soll ich verbinden, Sir?«

Bugs gefiel die Tonart nicht, die leise Belustigung in ihrer Stimme. Deshalb sagte er: »Nein, ich sag Ihnen dann Bescheid.« Und knallte den Hörer auf die Gabel.

Er stellte sich unter die Dusche. Während er seinen breiten, kräftigen Körper abtrocknete, sagte er sich, daß er schon wieder Gespenster sah, daß er sich benahm wie ein dummes Kind und nicht wie ein erwachsener Mann. Das mit der Telefonistin bildete er sich nur ein. Und wenn er es sich nicht einbildete, wenn sie sich wirklich ein bißchen über Mrs. Hanlons fast allnächtliche Anrufe amüsierte, brauchte ihn das auch nicht zu kratzen. Sollte sie doch ihren Spaß haben. Am gescheitesten war es, wenn er so tat, als habe er überhaupt nichts gemerkt.

Aufpassen, Mann, sagte er laut zu sich. Bisher läuft alles bestens. Mach jetzt keinen Mist.

Er rasierte sich, zog sich vor dem hohen Spiegel an und begann unbewußt vor sich hinzusummen. Er sah aus wie ein anderer Mensch. Und was wichtiger war, er fühlte sich auch wie ein anderer Mensch. Noch immer war er etwas unsicher, noch immer neigte er dazu, seine Mitmenschen wegen Kleinigkeiten anzufauchen, aber auch das war schon viel besser geworden. Die bösen alten Neigungen waren im Verschwinden begriffen, waren verkümmert vor diesem noch ungewohnten Gefühl der Sicherheit, in einer Umgebung, die von ihm nicht mehr forderte, als er nach bestem Wissen und Gewissen geben konnte.

Das Hanlon interessierte sich nicht für die Moral seiner Gäste. Nicht was geschah, zählte, sondern wie es geschah. Wenn die Diskretion gewahrt wurde, konnte jeder im Rahmen des Vertretbaren machen, was er wollte. Nur wenn ein Gast gewalttätig wurde oder auf andere Weise das Hotel schädigte, wurde McKenna gerufen.

Wenn man Olin Westbrook glauben durfte, war das nicht überall so. In vielen großen Hotels mußte der Hausdetektiv den Schlüssellochgucker und Spion spielen, um zu verhindern, daß das Haus in schlechten Ruf geriet und die Gäste zur Konkurrenz abwanderten. Aber Konkurrenz hatte das Hanlon weder jetzt noch in absehbarer Zukunft zu fürchten. Es konnte also locker-lässig weiterwursteln, wie das dort in der Gegend üblich war. Und Bugs McKenna brauchte nichts zu tun, was ihn seine Selbstachtung gekostet hätte.

Er hörte Geschirr klappern. Ein Kaffeetablett wurde vor seiner Tür abgesetzt. Er holte es herein. So lassen wir uns das gefallen, dachte er. Du hast ein hübsches Zimmer, wirst fast behandelt wie ein zahlender Gast und kassierst noch dafür.

Gewiß, Joyce Hanlon war ein bißchen lästig. Interessierte sich etwas zu sehr für sein Wohlergehen, war eine Spur zu entgegenkommend. Andererseits war es wohl noch besser, als wenn sie uninteressiert oder gar ablehnend gewesen wäre. Es ist eben nichts vollkommen auf dieser Welt.

Nein, Bugs McKenna konnte nicht meckern. No, Sir. Er war zufrieden. Später vielleicht konnte er noch das eine oder andere zusätzlich vom Leben verlangen, aber im Augenblick . . .

Sein Gesicht wurde nachdenklich. Entschlossen schob er den Gedanken beiseite, der die nachdenkliche Stimmung ausgelöst hatte. Wichtig war jetzt allein die Gegenwart. Wichtig war, so weiterzumachen wie bisher, nichts zu tun, was ihn in Gefahr bringen konnte. Und ein lebhaft zur Schau getragenes Interesse an Amy Standish konnte durchaus Gefahr bedeuten.

Sie war Lou Fords Mädchen, und Ford war ein äußerst unangenehmer Typ. Und deshalb mußte er, Bugs McKenna, die Finger von ihr lassen, bis er hier fester Fuß gefaßt hatte.

Hat ja sowieso keinen Zweck, dachte Bugs verbittert und gegen seine eigentliche Überzeugung. So ein nettes Mädchen und wirft sich einem an den Hals, der . . .

Bugs bremste sich wieder. Energisch und endgültig. Lou Ford hatte ihm einen Gefallen getan. Bisher sah es nicht so aus, als ob an diesen Gefallen irgendwelche Bedingungen geknüpft waren. Mit anderen Worten: Er stand in der Schuld des Deputy, und nicht nur der Anstand, sondern auch die Klugheit geboten es, diese Tatsache nicht aus den Augen zu lassen.

Er trank die Hälfte des Kaffees und rauchte ein, zwei Zigaretten, dann ging er mit der Tasse ins Badezimmer, wusch und trocknete sie ab. Er war gerade fertig, als Rosalie Vara, das Zimmermädchen, erschien.

»Wie geht es Ihnen heute, Mr. McKenna?« Sie lächelte, sehr appetitlich-knackig anzusehen in ihrer adretten blau-weißen Uniform. »Haben Sie gut geschlafen?«

»Danke der Nachfrage, Rosie.« McKenna deutete auf das Tablett. »Heute habe ich nicht alles geschafft. Wenn Sie wollen, können Sie den Rest gern haben.«

»Danke, Mr. McKenna, sehr nett von Ihnen.«

»Gern geschehen. Wär doch schade um den guten Kaffee.«

Ihm fiel ein, daß sie das gleiche Gespräch fast wortwörtlich seit seiner Ankunft führten. Aber es störte ihn nicht, wie es ihn bei anderen Leuten wahrscheinlich gestört hätte. Ich weiß ja, daß dein barsches Getue nur gespielt ist, gab sie ihm mit ihrem warmherzigen Lächeln zu verstehen. Er konnte sich ihr gegenüber ganz ungezwungen geben. Das war ihm bei einer Frau bisher noch nie passiert. Wahrscheinlich lag es daran, daß sie selbst so natürlich und ungezwungen war.

Sie trank den Kaffee aus. Bugs stand müßig am Fenster, während sie sein Zimmer machte, und überlegte, warum ein so hübsches Mädchen, das leicht als Weiße hätte durchgehen können, sich ausdrücklich zu ihrer schwarzen Hautfarbe bekannte. Nicht, weil sie dumm war, wie Westbrook behauptete. Sie war intelligenter und gebildeter als die meisten weißen Hanlon-Angestellten. Sie hatte auch nichts von der aggressiven Arroganz, die Bugs bei so vielen Farbigen begegnet war und die ihn immer in größte Verlegenheit stürzte. Da gibt es Typen, die schlagen dir mit ihrer Hautfarbe förmlich ins Gesicht. Sie ziehen einen dicken Trennungsstrich, verachten dich, wenn du auf ihre Seite kommst, und hassen dich, wenn du auf deiner Seite bleibst. Rosalie Vara dagegen war ganz einfach sie selbst. Eine auffallend hübsche, wohlerzogene junge Frau, die zufällig eine Schwarze war und keinen Grund sah, diese Tatsache herauszustreichen oder zu verheimlichen.

Jetzt griff sie sich Eimer und Putzzeug. »So, hier bin ich durch, Mr. McKenna. Noch mal schönen Dank für den Kaffee.«

»Gern geschehen. Na, wir laufen uns sicher im Lauf der Nacht noch mal über den Weg«, sagte Bugs.

»Sicher. Wiedersehen, Mr. McKenna.«

Ihr rundes kleines Hinterteil wackelte reizvoll, als sie sich zum Gehen wandte. Wenige Minuten später, als Bugs gerade sein Zimmer verlassen wollte, bummerte Olin Westbrook an die Tür.

Bugs machte auf. Der Geschäftsführer drängte sich an ihm vorbei, deutete gebieterisch auf einen Stuhl. »Setzen Sie sich. Setzen Sie sich, Mann. Ich habe Ihnen etwas zu sagen, und es wird eine Weile dauern.«

»Aber gern, Ollie.« Bugs setzte sich. »Was haben Sie denn auf dem Herzen?«

»Das werde ich Ihnen gleich sagen. Aber erst habe ich noch eine Frage. Was halten Sie von mir persönlich? Würden Sie mich als einen anständigen Kerl bezeichnen? Können Sie sich über die Behandlung hier beklagen?«

»Warum fragen Sie das?« Bugs runzelte die Stirn. »Hat jemand . . .«

»Beantworten Sie meine Frage. Als Sie kamen, waren Sie ein blutiger Anfänger. Habe ich nicht alles getan, was nur einer tun konnte, um Sie auf die richtige Rille zu setzen?«

»Aber ja. Niemand hätte hilfsbereiter sein können, und ich habe Ihnen ja auch schon gesagt, wie dankbar ich Ihnen dafür bin. Aber . . .«

»Sie stehen also in meiner Schuld. Ich habe Ihnen geholfen, als Sie Hilfe brauchten, es wäre also wohl nicht zuviel verlangt, wenn ich Sie meinerseits bitten würde, mir ein bißchen unter die Arme zu greifen.«

Bugs nickte. »Sicher, Ollie. Ich bin zwar bis zum nächsten Ersten ziemlich knapp dran, aber was ich habe, steht Ihnen zur Verfügung. Und wenn ich Ihnen sonst irgendwie . . .«

»Nein, darum geht es nicht. Es geht um Dudley. Den Buchhalter. Ich hab ihn hergebracht, habe ihn gegen den Widerstand des Alten eingestellt. Daß der mit seinen Bedenken recht hatte, sehe ich jetzt ein. Im letzten Quartal hat Dudley über fünftausend Dollar unterschlagen. Ich möchte, daß Sie ihm dieses Geld wieder abnehmen.«

Bugs fuhr zusammen. »Ich? Sie meinen, ich soll ihn mir schnappen, ihn der Polizei übergeben und Anzeige erstatten . . .«

»Nein, das meine ich nicht. Ich kann nämlich nicht beweisen, daß er sich das Geld unter den Nagel gerissen hat. Aber ich weiß, daß wir in diesem Quartal genausoviel umgesetzt haben wie im letzten; an Einnahmen sind es fünf- bis sechstausend Dollar weniger. Also . . .«

»Aber – aber wie . . .« Bugs begriff so langsam, worauf Westbrook hinauswollte, und ihm wurde mulmig. »Aber . . .«

»Wie er es angestellt hat, spielt keine Rolle. Es gibt tausend Möglichkeiten für einen Buchhalter, Geld verschwinden zu lassen. Wo noch andere Buchhalter sind, wo Gegenkontrollen gemacht werden, ist das nicht so einfach, aber . . .« Westbrook hob ungeduldig die Hände. »In meinem Hotel werden die Bücher mit Bleistift geführt

– die Überträge, die Journale, alles. Das muß sein, weil es laufende Konten sind. Ständig kommen neue Posten hinzu, kein Mensch denkt sich etwas dabei, in den Büchern zu ändern oder herumzuradieren. Nur ein Beispiel, wie ein geschickter Buchhalter dabei Schmu machen kann. Ein Gast nimmt sich ein Zimmer für eine Nacht, räumt es aber erst nach der festgelegten Abreisezeit. Natürlich berechnen wir ihm das Zimmer für zwei Tage. Wenn man aber rein nach den Stunden geht, ist er tatsächlich nur einen Tag dagewesen, und wenn man nun die Eintragungen entsprechend ändert – Was meinten Sie?«

»Nichts«, wich Bugs verlegen aus. »Ich wollte nur sagen, wenn Sie nichts beweisen können und wenn Sie Ihrer Sache nicht ganz sicher sind . . .«

»Aber ich bin meiner Sache ganz sicher, Mann. Ich weiß, daß er das Geld genommen hat, und wenn Hanlon es erfährt, steht das für ihn auch fest. Und er wird mir die Schuld geben.«

»Aber wieso konnte es so viel werden? Warum haben Sie nicht gleich gebremst, als er mit den Unterschlagungen anfing?«

»Bei einer Tageskontrolle sieht man so was nicht gleich. Aber wenn es sich über einen Zeitraum von drei Monaten erstreckt . . .« Westbrook fuhr sich gereizt übers Gesicht. »Ich mache Ihnen nichts vor, Mann. Ich weiß genau, wovon ich rede.«

»Ja, natürlich.« Bugs wußte in seiner Verwirrung nicht, ob er nicken oder den Kopf schütteln sollte. »Aber . . .«

»Dudley hat das Geld in bar bei sich, auf die Bank oder in ein Safe hat er es nicht gebracht, das hätte Gerede geben können, und es liegt ihm bestimmt auch daran, daß er schnell an die Summe herankann. Entweder ist der Batzen also in seinem Zimmer, oder er trägt ihn mit sich herum. Wahrscheinlich sind es große Scheine, und . . .« Westbrook unterbrach sich. Er würgte und hustete und sah Bugs in zorniger Verzweiflung an.

»Sie müssen mir das Geld holen, Bugs. Schüchtern Sie ihn ein, schlagen Sie ihn zusammen, wenn's sein muß. Aber schaffen Sie das Geld wieder herbei.«

Es war das, was Bugs erwartet hatte. Und er wußte, daß es darauf nur eine Antwort gab. Aber sie fiel ihm schwer. Sehr schwer. Er mochte Ollie Westbrook gern. Selten war jemand so nett zu ihm gewesen wie dieser nach außen hin so unnahbare, steife Geschäftsführer.

»Jetzt wollen wir uns mal genauer ansehen, was Sie da von mir verlangen, Ollie«, sagte er ruhig. »Von der Versicherung kriegen Sie das Geld nicht wieder herein, die Versicherungsfritzen sitzen im gleichen Boot wie Sie, das heißt, sie haben keine Beweise . . .«

»Wo sollte ein Typ wie der sonst fünf- oder sechstausend Mäuse herbekommen? Glauben Sie im Ernst, er kann überzeugend nachweisen, daß das Geld ihm gehört?«

»Das hat er auch gar nicht nötig. Er braucht niemandem darüber Rede und Antwort zu stehen, wo das Geld herkommt. Ich bin vorbestraft, Ollie, und zwar nicht zu knapp. Eine falsche Bewegung, und ich stecke bis an den Hals in der Scheiße. Und Sie muten mir einen Raub zu, verlangen von mir, daß ich den Mann unter Druck setze, daß ich ihm sein Geld – und vor dem Gesetz ist es sein Geld – mit Gewalt wegnehme. Ich glaube, Sie haben sich das nicht richtig überlegt, Ollie. Wollen Sie wirklich, daß ich Kopf und Kragen für Sie riskiere?«

Westbrook zögerte. Dann bestätigte er verlegen, aber unerschütterlich, daß er genau das wollte. »Das Geld muß her. Bringen Sie ihn dazu, daß er es ausspuckt. Um Kopf und Kragen wird's dabei schon nicht gehen. Ein mieses kleines Schwein wie der wird Ihnen keinen Ärger machen.«

»Nein, Ollie, das wird er nicht. Weil ich da nämlich nicht mitmache«, erklärte Bugs freundlich, aber entschieden. »Sie haben eine Menge für mich getan, Ollie, und Sie wissen genau, daß ich Ihnen dankbar dafür bin. Trotzdem ist das, was Sie da von mir verlangen, eine ganz schöne Unverfrorenheit. Sie haben Schiß, sich den Burschen selber vorzunehmen, und wissen genau, daß ich hier sowieso schon einen Eiertanz aufführe, und trotzdem . . .«

»Schiß?« fuhr Westbrook auf. »Wenn's darauf ankommt, nehm ich's mit fünfzig Stinktieren wie diesem Dudley auf. Aber es ist witzlos, wenn ich ihn mir vornehme. Ich habe ihn hergebracht, ich habe herumerzählt, was für ein grundanständiger Typ er ist. Wie kann ich jetzt eine Drehung um hundertachtzig Grad machen und ihn einen Dieb nennen? Er würde mich auslachen, würde den Braten riechen und schleunigst türmen. Das müssen Sie doch einsehen. So vernagelt kann doch nicht mal ein Querkopf wie Sie sein . . .«

McKenna wurde rot. »Tut mir leid, Ollie«, sagte er kalt.

»Sie machen es nicht? Nach allem, was ich für Sie getan habe, Sie . . .«

»Nein, ich mache es nicht«, bestätigte Bugs grimmig. »Und in Zukunft werde ich mich hüten, von Ihnen noch eine Gefälligkeit anzunehmen.«

Westbrook fuhr sich mit dem Handrücken über den Mund. So hatte er es nicht gemeint, sagte er. Er hätte für Bugs auch nicht mehr getan, als er für einen anderen getan hätte, der ihm sympathisch war, und Bugs schuldete ihm keinen Cent. Aber . . . aber . . .

Seine Stimme hob sich, wurde laut und böse. Der Alkohol strömte wie ein Sturzbach über ihn hin, schwemmte alle Hemmungen weg, ließ ihm nichts als seine Angst und seine Empörung. Haßerfüllte Worte kamen in einer giftigen Flut aus seinem kleinen, schmallippigen Mund.

Er meinte das, was er sagte, nicht im Ernst, aus ihm sprach der Alkohol, nicht sein wahres Selbst. Aber er war von Natur aus Zyniker, und wenn er die Indizien aneinanderreihte, ergaben sich daraus unweigerlich unerfreuliche Folgerungen. Folgerungen, die ebenso unlogisch wie unwiderstehlich einleuchtend waren.

Bugs starrte ihn an und wußte nicht, ob er lachen oder sich ärgern sollte.

Dann verzog sich der rötliche Nebel vor Westbrooks Augen, und sein Redestrom versiegte so unvermittelt, wie er eingesetzt hatte. Er stand auf und stotterte schwankend, mit gedrückter Stimme, eine Entschuldigung nach der anderen.

Es tat ihm leid . . . er hatte die Beherrschung verloren . . . die Sorgen wegen Dudley, der Ärger . . . Er hatte es nicht so gemeint.

Bugs runzelte die Stirn. »Das will ich hoffen«, sagte er.

»Ehrlich nicht. Kein Wort.« Westbrook schwankte zur Tür. »Schwamm drüber, ja? Vergessen Sie's. Ich hab genug Ärger, ohne daß . . .« Die Tür schloß sich hinter ihm.

Bugs sah auf die spiegelnde Türfüllung, und in seinem Magen machte sich ein flaues Gefühl breit.

Mike Hanlon sollte er umbringen? Nur deshalb hatten Joyce Hanlon und Lou Ford alle Hebel in Bewegung gesetzt, um ihm diesen Job zu verschaffen?

Blödsinn. Hirnrissiger Blödsinn. Aber warum sonst hatten sich Lou Ford und Joyce Hanlon so sehr für seine Person interessiert?

Einfach deshalb, weil ein guter, harter Hausdetektiv im Hanlon Ford und seinen Mitarbeitern einen Haufen Arbeit abnahm. So hatte Ford es selbst gesagt. Aber – stimmte das eigentlich? Im Hanlon war bisher noch nichts vorgefallen, was ein großes Maß an Härte oder Muskelkraft erfordert hätte.

Na und? Vielleicht war er in eine besonders ruhige Zeit hineingekommen. Oder vielleicht hatte Ford es ihm nur leichter machen wollen, eine Gefälligkeit anzunehmen. Das Letztere schien nicht sehr wahrscheinlich, aber . . .

Ford war ein korrupter, zwielichtiger Typ. Und Joyce Hanlon war offenbar ein ziemlich ausgekochtes Luder. Alle beide waren scharf aufs Geld. Was lag näher, wenn sie jemanden suchten, der die Schmutzarbeit für sie machen sollte, als sich nach jemandem umzusehen, der . . .

Bugs schnaubte verächtlich. Nur weil Ollie Westbrook ausgeflippt ist, sagt er sich streng, brauchst du ihm das nicht nachzumachen. Lou Ford und Joyce Hanlon wußten, daß er für krumme Touren nicht zu haben war, daran hatte er keinen Zweifel gelassen. Und wenn sie wirklich einen Killer gesucht hätten, wäre es mit dem Job nichts geworden.

Ja, so mußte es sein. Der arme Ollie hatte Gespenster gesehen, hatte Märchen erzählt.

Bugs legte sein Schulterhalfter mit der 38er Police Special an. Dann setzte er den Hut auf, zog sein Jackett über und verließ sein Zimmer.

Es gehört zu seinen Aufgaben, mindestens einmal im Laufe der Nacht eine Runde durch das ganze Hotel zu drehen. Heute wollte er, wie häufig, die eine Hälfte vor, die andere nach dem Essen machen.

Da er schon einmal hier war, nahm er sich zuerst sein eigenes Stockwerk vor. Dann stieg er die beiden Treppenabsätze zum obersten Stockwerk hinauf, dem vierzehnten. Von da aus ging er Stockwerk für Stockwerk nach unten.

Um nicht doppelte Wege laufen zu müssen, ging er immer abwechselnd die Treppe im Ostflügel und die Treppe im Westflügel hinunter. Und so kam er zwanzig Minuten später in den elften Stock und zu dem Zimmer des Buchhalters Dudley.

Der Gedanke an Westbrook ließ ihn nicht los. Er machte sich Sorgen um ihn, und sein Gewissen meldete sich. Er hatte sich schäbig benommen, fand er. Hatte ihn schroff abgewiesen, ohne dem Ärmsten auch nur ein bißchen Hoffnung zu machen. Gewiß, so wie sich Westbrook das vorgestellt hatte, ging es wirklich nicht, aber vielleicht war das ja auch gar nicht nötig. In seiner Verzweiflung waren Westbrook nichts Besseres als Drohung und Gewaltanwendung eingefallen. Wenn Dudley wirklich ein krummes Ding gedreht hatte, brachten ihn womöglich schon ein paar energische Worte wieder zur Vernunft.

Versuchen kann man es jedenfalls, dachte Bugs. Das war er Westbrook einfach schuldig.

Impulsiv, ohne erst an der Tür zu lauschen – was er später bitter bereuen sollte –, hob er die Hand und klopfte energisch.

Es blieb ganz still. So still, wie es nur sein kann, wenn unmittelbar davor Geräusche jäh verstummt sind. Bugs wartete einen Augenblick, dann klopfte er noch einmal.

Noch immer rührte sich nichts, dann ertönte plötzlich ein Knarren und Rattern, die Dusche begann zu prasseln, und Dudleys gereizte Stimme fragte: »Ja? Wer ist da?«

»McKenna«, sagte Bugs. »Ich muß Sie sprechen.«

»Um diese Zeit? Was ist denn los, Bugs?«

Bugs gab keine Antwort. Dudley murmelte etwas vor sich hin, dann schloß er auf. Als Bugs eintrat, wich er ins Badezimmer zurück. »Komme gleich«, blaffte er. »Abtrocknen wird man sich ja noch . . .«

Das Knallen der Badezimmertür übertönte, was er sonst noch hatte sagen wollen. Bugs ging ins Zimmer hinein. Es lag im Dunkeln, nur ein schmaler Streifen Mondlicht schob sich durch die Vorhangritzen. Das Bett war zerwühlt, als habe jemand es eben erst benutzt. Dudleys Sachen lagen über einem Sessel, bis auf die Hose, die mit halb herausgerutschtem Gürtel einen unordentlichen Haufen auf dem Boden bildete.

Bugs runzelte unwillkürlich die Stirn. Seltsam. Dudley war so was wie ein Frauenheld und ausgesprochen pingelig, was seine Garderobe betraf. Daß er seine Sachen einfach auf den Boden gepfeffert hatte, war erstaunlich. Ebenso erstaunlich wie die Tatsache, daß er mitten in der Nacht duschte . . .

Die Badezimmertür öffnete sich, jemand schoß an Bugs vorbei. Es war Dudley mit zerzaustem Haar, splitterfasernackt, nur mit einem Handtuch um die Taille. Er riß die Hose an sich, fummelte aufgeregt an der Innenseite des Gürtels herum, ließ sie fallen und wirbelte zu Bugs herum. In der Dunkelheit glitzerten seine Augen unheimlich, er fletschte die Zähne wie ein in die Enge getriebenes wildes Tier.

»Sie Schwein. Das können Sie nicht mit mir machen. Raus damit.«

»Wie bitte? Was, zum Teufel, reden Sie da?«

»Es gehört mir. Sie können mir nicht das Gegenteil beweisen, ich kenne mich aus. Entweder Sie geben es wieder raus, oder ich bring Sie um.«

Er redete wie ein Rasender, und wie ein Rasender ging er auf Bugs los. Den rührte das nicht weiter. Der untrainierte Dudley mit seinen wild rudernden Armbewegungen war für ihn ein Klacks.

Mühelos wich er ihm aus und versetzte ihm, als er an ihm vorbeischoß, einen Hieb in den Nacken. »Jetzt mal ganz langsam«, sagte er. »Ich weiß nicht, was . . .«

Er hörte auf zu reden. Es war niemand mehr da, mit dem er hätte reden können. Sekundenlang sah er noch Dudleys nackte Fußsohlen auf dem Fensterbrett – und dann waren sie weg, waren samt seinem Körper hinter den flatternden Vorhängen verschwunden. Dorthin, wo es elf Stockwerke hinunter ins Nichts ging.

5

Ted Gusick setzte das Gepäck ab und wandte sich an den Gast, der übellaunig und magenkrank wirkte. Mit gedämpfter Friedhofsstimme teilte er dem Herrn mit, daß der Hotelarzt jederzeit zu erreichen und der Drugstore an der Ecke rund um die Uhr dienstbereit war.

»Natürlich kann es sein, daß überhaupt nichts passiert«, sagte er in einem Ton, der die beruhigenden Worte Lügen strafte. »Wenn einer richtig abgebrüht ist, dem macht das kaum was aus. Aber wenn Sie merken sollten, daß Sie sich nicht wohl fühlen . . .«

Der Gast sah ihn verängstigt an, stellte besorgte Fragen. Ted verweigerte bedauernd die Auskunft.

»Ich fürchte, ich habe schon zuviel gesagt, Sir. Ich habe Frau und Kinder, und wenn ich meinen Job verliere . . .« Ein kleines Zögern, dann der Knalleffekt. »Wahrscheinlich hätte ich überhaupt nichts gesagt, wenn man Ihnen nicht den doppelten Preis aufgebrummt hätte. Das ging mir nun doch über die Hutschnur. Ihnen den doppelten Preis für ein solches Zimmer abzuknöpfen, ausgerechnet für dieses Zimmer . . .«

»Was? Der Portier hat mir den doppelten Preis berechnet?« Der neue Gast war jetzt nicht nur nervös, sondern auch wütend. »Ausgerechnet für dieses Zimmer, sagen Sie? Was ist denn mit diesem Zimmer?«

Nein, sagte Ted, das konnte er ihm nun beim besten Willen nicht sagen. Obgleich er es fast für seine Pflicht hielt. Aber er mußte jeden Dollar zweimal umdrehen, er war zu alt, um sich noch mal einen neuen Job zu suchen. Und . . .

»Vielen Dank, Sir.« Ungerührt sackte er die fünf Dollar Trinkgeld ein. »Sagen Sie niemandem, daß ich es Ihnen verraten habe – aber sie nennen es das Totenzimmer. Muß irgendwas in der Tapete sein, Arsen oder so. Praktisch alle, die dort gewohnt haben, sind schwer krank geworden, ein paar sind auch gestorben. Wenn ich Ihnen raten darf . . .«

Er verdrückte sich, während der Gast seinem Rat folgend Leslie Eaton anrief und ein anderes Zimmer verlangte. ». . . ein anständiges Zimmer, verstanden? Und versuchen Sie ja nicht noch einmal, mich mit dem Preis reinzulegen.«

Der Portier erklärte sich verwirrt bereit, den Tausch vorzunehmen. Ted ließ sich einen neuen Schlüssel geben, führte den Gast in ein Zimmer, das bei weitem nicht so hübsch war wie das erste, und steckte noch einen weiteren Dollar Trinkgeld ein.

Der nächste Gast hatte ein gerötetes Gesicht und blutunterlaufene Augen. Nach einigem guten Zureden und nachdem ein Zehndollarschein von Hand zu Hand gegangen war, rückte Ted damit heraus, daß in dem Hotel tatsächlich jede Menge »Puppen« zur Verfügung standen.

»Der Portier hat einen ganzen Stall voll, heiße Ware, sag ich Ihnen. Verraten Sie ihm aber nicht, daß ich es Ihnen gesagt habe, es ist ihm nämlich ein bißchen peinlich. Sie können ja sagen, daß Sie genau Bescheid wissen, daß es sich schon in ganz Texas herumgesprochen hat, und daß Sie unheimlich auf den Putz hauen werden, wenn er nicht mit der Ware rüberrückt.«

Der Gast leckte sich die Lippen und griff zum Telefon. Ted machte, daß er wegkam. An den Aufzügen wartete Ed auf ihn.

»Gib mir mal den Hauptschlüssel«, sagte er ungeduldig. »Der alte Reimers ist gerade gekommen. Voll wie ein Veilchen.«

»Kannste vergessen. Wenn der so satt ist, hat er keinen Cent mehr in der Tasche.«

»Quatsch keine Opern. Her mit dem Schlüssel, oder ich schallere dir eine.«

Ted zog seinen Bruder in den Aufzug und machte die Tür zu. »Ich hab den Schlüssel nicht, hab ihn weggetan. Ich war vorhin bei Dudley, und nach dem Treffer, den ich gelandet habe . . .«

Er nannte die Höhe des Treffers, und Ed stieß einen bewundernden Pfiff aus. »Dudley? Donnerwetter, da hat der aber ganz schön zugegriffen. Woher hast du denn gewußt, daß bei dem was zu holen ist?«

Ted zuckte die Schultern. »Gewußt hab ich es nicht. Bis ich drin war, hab ich ja nicht mal gewußt, daß es sein Zimmer war. Das heißt, ich hab gar nicht weiter drauf geachtet. Ich hab nur im Vorbeigehen die Dusche gehört und am Geräusch gemerkt, daß die Badezimmertür zu war. Natürlich bin ich da schnell mal reingegangen.«

»Natürlich.« Sie waren in der Halle angekommen, und Ed öffnete die Aufzugtür. »So eine Chance kriegt man nicht alle Tage.« Er lachte leise. »Dudley macht auf Saubermann, und du staubst inzwischen ab.«

»Beschwören kann ich's nicht, aber ich hatte so das Gefühl, daß er nicht allein im Badezimmer war. Sonst hätte er die Tür offengelassen. Bei dem Dampf kommt man sonst nämlich fast um.«

Ed nickte verständnisvoll. Sich mit einer Dame im Badezimmer zu vergnügen und dabei das Wasser laufen zu lassen, war einer der ältesten Tricks in der Branche.

Ted schlenderte zum Empfang und verzog sich hinter das Postfachregal. Er setzte sich an das offene Fenster des Luftschachts und zündete sich eine Zigarette an. Grinsend hörte er zu, wie Eaton mit seiner hohen Stimme ein Telefongespräch führte. Offenbar mit dem Rotgesichtigen, der vorhin angekommen war. Der Typ hatte sich Teds Rat zu Herzen genommen und ließ sich nicht abwimmeln.

». . . aber lassen Sie sich doch sagen, Sir . . . Ich habe keine Mädchen. Nein, bestimmt nicht . . . Das ist mir egal . . . Dazu kann ich nur sagen, daß sie alle lügen wie gedruckt und sich schämen sollten, daß . . . Wie meinten Sie? Das brauche ich mir nicht gefallen zu lassen, Sie . . .« Vor Aufregung begann Eaton zu lispeln. »So kann keiner mit mir umspringen. So nicht.« Wütend knallte er den Hörer auf die Gabel. Leise lachend schnippte Ted seine Zigarette aus dem Fenster, folgte ihrem Flug bis zum Boden des Schachtes – und stieß einen erschrockenen Fluch aus.

Einen Augenblick schaute er regungslos nach unten. Sein Magen begann zu grummeln, und ein leises Frösteln überlief seinen drahtigen Körper. Aber es war nicht der erste Selbstmörder, den er sah. Und Dudley, allem Anschein nach ein Betrüger und Dieb, war kein großer Verlust für die Menschheit.

Ted rutschte vom Fensterbrett, zündete sich eine neue Zigarette an und trat zu Eaton. Der Portier war noch immer in heller Aufregung über den Anruf des Gastes mit dem roten Gesicht. Er erzählte Ted davon, fast quietschend in seiner Empörung, und äußerte die Überzeugung, daß der Kerl übergeschnappt sein mußte.

Ted nickte sachlich. »Das ist das Wetter. Wenn einer sowieso schon einen kleinen Zacken hat, dreht er an einem solchen Abend durch.«

Eaton lachte. »Wieso? Was ist denn heute mit dem Wetter?«

»Noch nicht gemerkt? Na ja, Sie kriegen das wahrscheinlich nicht so mit. Aber wir alten Hasen wissen, daß das Verrücktenwetter ist. Ein Wetter, bei dem die Leute aus den Fenstern abschwirren wie Flugzeuge.«

»Erzähl keine Märchen, du bist wohl selber ein bißchen verrückt.« Eaton lachte wieder.

»Kein Spaß. Ich wette zehn zu eins, daß heute abend hier einer Selbstmord macht.«

Eaton bog sich vor Lachen. Ted nahm ihn am Arm, führte ihn zum Fenster des Luftschachts und deutete nach unten.

Der Portier warf einen Blick in die Tiefe und fiel in Ohnmacht. Ted ließ ihn liegen und griff zum Telefon.

Zuerst versuchte er es bei Westbrook. Dort meldete sich niemand, was ihn nicht weiter überraschte, denn um diese Zeit war der Geschäftsführer meist schon restlos alkoholisiert.

Ted wählte neu und rief Bugs McKenna an.

6

Wenn Bugs später an diese Nacht dachte, kam es ihm vor, als habe er sich in einem nebeldurchwaberten Traum bewegt, allerdings in einem Traum, in dem es sehr wirklichkeitsnah zuging. Er hatte einen Mord begangen und hatte doch keinen begangen. Was ihm in diesen Stunden geschah, war etwas Vorübergehendes, etwas, was später keinerlei Bedeutung haben würde. Er war in höchstem Maße gefährdet – aber auch die Gefahr blieb etwas seltsam Irreales. Denn die Abhilfe war lächerlich nah, war so leicht und schnell zu bewerkstelligen wie in einer schlecht konstruierten Geschichte.

Selbst als Lou Ford auf der Bildfläche erschienen, in den Traum eingedrungen war, zerriß der sanfte Nebel noch nicht. Im Gegenteil – Ford war die Krönung des Happy-End. Ein Selbstmord? Na so was . . . Muß einen Sauberkeitsfimmel gehabt haben, wenn er sich vorher extra noch geduscht hat.

Ford zeigte keinerlei Mißtrauen, hatte ja auch keinen Grund dazu – und Bugs war überzeugt davon, daß er keinen Verdacht geschöpft hatte. Später, in ein paar Tagen . . . Aber so weit sind wir noch nicht.

Bugs starrte auf den noch wehenden Vorhang, und eine schwarze Übelkeit ergriff ihn. Er hatte Dudley umgebracht. Zum zweiten Mal in seinem Leben hatte er einen Menschen umgebracht. Er hatte es nicht absichtlich getan, es war ein Unfall gewesen. Aber er war schuld, und einen Augenblick wäre er am liebsten selber gestorben.

Der Augenblick ging vorbei. Die schwarze Übelkeit ging vorbei.

Die Angst brachte ihn wieder zur Besinnung, würgte die noch kaum geborene Reue ab.

Dudley war ein schlechter Kerl gewesen, er hatte sich seinen Tod selber zuzuschreiben. Er hatte Westbrook betrogen, einen Mann, der es gut mit ihm gemeint hatte, und indirekt hatte dieser Betrug ihn das Leben gekostet.

Was aus dem Geld geworden war, das Dudley unterschlagen hatte und das ihm offenbar gestohlen worden war, überlegte Bugs sich nicht. Jedenfalls nicht in diesem Augenblick. Denn jetzt kam es darauf an, so schnell wie möglich aus dem Zimmer zu kommen – sobald draußen die Luft rein war. Es ging fast so fix wie Dudleys Fenstersturz. Bugs rannte die Treppe hinauf, stürzte in sein Zimmer und griff zum Telefon.

»McKenna«, meldete er sich mit einem müden Gähnen. »Bin wohl noch mal eingeschlafen, nachdem Sie mich geweckt hatten. Wie spät ist es denn? Was, tatsächlich? Ja, dann versuchen Sie es jetzt bitte mal bei Mrs. Hanlon.«

Sie habe geschlafen, sagte sie. Es dauerte eine Weile, bis sie sich meldete. Bugs entschuldigte sich, daß er sie geweckt hatte. Nicht weiter schlimm, sagte sie. Was sie mit ihm habe besprechen wollen, sei auch nicht weiter wichtig gewesen, er möge doch morgen mal anrufen. Bugs versprach es und legte auf.

So, das war erledigt. Er hatte sein Zimmer in der Zeit, als Dudley gestorben war, nicht verlassen. Oder zumindest war er etwa um diese Zeit in seinem Zimmer gewesen. Durchaus möglich, daß die Leiche nicht gleich, daß sie vielleicht erst nach Stunden entdeckt wurde. Wenn nicht, war sein Alibi wertlos oder zumindest ernstlich angeknackst.

Aber noch ehe er sich in größere Panik hatte hineinsteigern können, sah er schon eine Lösung. Er brauchte nur aus dem Zimmer und zum Aufzug zu gehen. Dann hatte er nicht nur zwei, sondern drei Zeugen, konnte überzeugend nachweisen, daß er gleich nach dem Aufwachen nach unten gefahren war.

Perfekt war das natürlich nicht. Das perfekte Alibi muß erst noch erfunden werden. Aber da mußte sich schon einer melden, um dieses Alibi ins Wanken zu bringen, und wer sollte das wohl sein? Niemand hatte ihn in Dudleys Zimmer gehen, niemand hatte ihn herauskommen sehen. Also konnte niemand behaupten, daß er drin gewesen war.

Ed Gusick begrüßte ihn äußerst devot. Bugs reagierte mit seinem üblichen einsilbigen Knurren. Im Zwischengeschoß stieg er aus. Es war jetzt fast eins, und Rosalie Vara war nicht da. Vermutlich saß sie in der Küche beim Essen. Er ging die Treppe zur Halle hinunter, wandte sich nach links und betrat den Coffee Shop.

Als das einzige wirklich gute Restaurant der Stadt war er ein beliebter Treffpunkt. Selbst zu dieser Stunde waren viele der Tische und die meisten Hocker an der Theke besetzt. Bugs warf gewohnheitsmäßig einen prüfenden Blick in die Runde. An einem der hinteren Tische saßen eine junge Frau mit hellbraunem Haar und ein dunkelhaariger junger Mann, um dessen Lippen ein ironisches Lächeln lag.

Bugs schluckte, sein Herzschlag begann zu holpern. Mit gesenktem Kopf steuerte er seinen üblichen Stammplatz an, den Hocker ganz am Ende der Theke. Aber Lou Ford hatte ihn schon gesehen.

»Hallo, Bugs . . . McKenna.« Er stand auf und winkte. »Kommen Sie rüber.«

Bugs schüttelte stirnrunzelnd den Kopf. Ford wiederholte seine Einladung mit erhobener Stimme. »Kommen Sie, Mann, zieren Sie sich nicht. Diese junge Dame möchte Sie gern kennenlernen.«

Da war nichts zu machen. Bugs ging zu ihnen herüber. Errötend stotterte er irgend etwas, als Ford ihn etwas gönnerhaft Amy Standish vorstellte. Ohne den Blick zu heben, gab er bei der Bedienung seine Bestellung auf. Er hatte das Gefühl, daß sein Gesicht in Flammen stand, daß er jeden Augenblick ersticken mußte. Auf fremde Frauen reagierte er meist so, aber so schlimm wie bei Amy Standish war es noch nie gewesen.

Er hörte Fords belustigtes Lachen. Verärgert schob er die Speisekarte beiseite und zwang sich aufzusehen.

Amy hatte das kleine runde Kinn in die Hand gestützt und sah ihn freundlich lächelnd an. »Machen Sie sich nichts draus, Mr. McKenna«, sagte sie. »Er ist nun mal ein Bosnickel.«

Bugs bemühte sich, ihr Lächeln zurückzugeben. Das sei ihm aus der Seele gesprochen, sagte er.

»Nehmen Sie sich's nicht zu Herzen. Jetzt, wo wir uns kennen, brauchen Sie nicht mehr schüchtern zu sein.«

»Danke«, stotterte Bugs. »Ich . . . ich meine . . .«

»Er ist nicht schüchtern«, sagte Ford in seiner nöligen Art. »Er ist nur verlegen, stimmt's, Bugs? Weil Sie an den Tag denken, als Sie bei mir im Haus erschienen sind, ohne anzuklopfen.«

»Halten Sie die Klappe«, fuhr Bugs auf. »Wenn Sie nicht sofort die Klappe halten . . .«

»Was ist denn plötzlich los mit Ihnen? Hab ich was Falsches gesagt?«

Bugs warf ihm einen finsteren Blick zu, und Amy sah ratlos von einem zum anderen.

»Ja, was ist los?« fragte sie. »Komm, Lou, sag's mir. Nein, Mr. McKenna, lassen Sie ihn reden. Es hat offenbar etwas mit mir zu tun, und ich möchte wissen, worum es sich handelt.«

Ford grinste Bugs an. Dann machte er eine gleichmütig abwinkende Handbewegung. »Es war nichts Welterschütterndes. Nur, daß Bugs dich abgerüstet bis auf die Haut gesehen hat.«

»Ach ja?«

»Keinen Faden hattest du am Leib, soweit ich das hab sehen können«, bestätigte Ford. »Und ich war ja nah genug dran. Total textilfrei bist du aus dem Zimmer gelaufen. Und draußen hast du dir dann dein Unterzeug angezogen und mich unentwegt angegiftet.«

»Und weiter? Tu dir nur keinen Zwang an.«

Doch, meinte Ford, ein bißchen Zwang würde er sich wohl antun müssen. »Ist wohl nicht das richtige Tischgespräch«, sagte er, aber es klang nicht sehr reuig. »Ich hab fast das Gefühl, daß ich Bugs schon den Appetit verdorben hab.«

Amy wandte sich ab.

»Nun, Mr. McKenna?« sagte sie leise.

»Ist anscheinend 'n heikles Thema«, bemerkte Lou Ford. »Yes, Sir, verdammt heikel.«

Bugs schob seinen Teller beiseite und stand auf. Amy lächelte ihm aus feuchten Augen zu und erhob sich ebenfalls. Sie schien auf diese Reaktion gewartet zu haben. Er nahm ihren Arm, und sie gingen zur Tür.

»He, wohin so eilig?« rief Ford ihnen nach. Aber es hörte sich nicht sehr betroffen an. Eher amüsiert.

Bugs hatte von seinem letzten Gehalt die erste Anzahlung auf ein altes Coupé geleistet. Der Wagen stand nur ein paar Häuser weiter. Er half ihr hinein und fuhr sie heim. Ihr Haus war ein Gegenstück zu dem von Lou Ford und war im gleichen Block. Und wie das von Ford war es schon seit Generationen in Familienbesitz. Die Ford und die Standish – beide waren alteingesessene Familien. Und Lou und Amy waren die letzten, die von der Sippe noch übriggeblieben waren. Daran mußte Bugs denken, während er sie verstohlen musterte. Sie mußte älter sein als er gedacht hatte. Dreißig, vielleicht auch einunddreißig.

Er hielt an. Sie lächelte ein wenig und sagte, als habe er etwas gefragt und als wollte sie ihm etwas erklären: »An meinem nächsten Geburtstag werde ich dreißig. Ich habe mein ganzes Leben hier verbracht, und ich bin nie mit einem anderen Mann als mit Lou gegangen. Was würden Sie an meiner Stelle tun?«

»Ich?«

»Wenn Sie an mein Alter und an meine Herkunft denken. Wenn Sie daran denken, daß eine Stadt wie Ragtown nur eine sehr begrenzte Zahl an heiratsfähigen Männern zu bieten hat.«

Bugs begriff nicht, worauf sie hinauswollte. Oder wollte es vielleicht nicht begreifen. Er hielt sich für durchaus großzügig. Und er hatte sich auf den ersten Blick in diese Amy Standish verknallt. Aber sich zu verknallen, jemanden gern zu haben, zu begehren – das ist eine Sache. Das andere – ist eben etwas anderes. Und er war schon einmal auf gebrauchte Ware reingefallen.

»Tja, ich muß jetzt zum Dienst«, sagte er verlegen. »Werde ich – kann ich Sie wiedersehen?«

»Ich weiß nicht, Mac. Darf ich Sie so nennen? Bugs gefällt mir nämlich nicht.«

»Mir auch nicht, und Mac ist in Ordnung. Aber das war keine Antwort, Amy.«

»Ich weiß es wirklich nicht, Mac. Vielleicht sollten wir lieber nicht . . . Nein, nein, nicht deshalb«, kam sie ihm zuvor. »Lou hat mir einiges von Ihnen erzählt, von Ihrer Vergangenheit, und das stört mich überhaupt nicht. Es ist nur so, daß . . .«

»Sie meinen, daß es Lou nicht recht wäre?«

»Wenn ich das wüßte . . . Aber eins weiß ich ganz sicher.« Sie lächelte plötzlich ganz vergnügt und legte den Kopf ein bißchen schief. »Nein, es sind mehrere Sachen. Ich weiß, daß ich Sie sehr, sehr gern mag, und daß Sie die gütigsten Augen haben, die ich je gesehen habe. Und ich weiß . . .« Sie lehnte sich vor und gab ihm einen leichten Kuß auf den Mund. ». . . daß ich das schon seit einer halben Stunde habe tun wollen.«

Lachend stieg sie aus dem Wagen, steckte noch einmal den Kopf zum Fenster herein. »Und noch etwas weiß ich: Daß Sie für eine so kurze Bekanntschaft ziemlich neugierig sind.«

Und dann hatte sie plötzlich Tränen in den Augen.

Schluchzend rannte sie zum Haus.

Bugs stieß die Wagentür mit dem Fuß auf, rief ihr eine Frage nach.

Sie blieb stehen, drehte sich um. »Warum nicht? Kein Mensch

kann mir verbieten, mit Ihnen oder mit sonst jemandem zusammenzusein. Kein Mensch . . .«

Sie lief weiter, und Bugs ließ sie laufen. Heute abend stand noch der Fall Dudley an, und bis er den unter Dach und Fach hatte, mußte er einen klaren Kopf behalten. Und ganz davon abgesehen . . .

Ja, was?

Er verfluchte sich und Lou Ford mit gleicher Hemmungslosigkeit. Frustriert und zutiefst verunsichert fuhr er zum Hotel zurück.

Ford stand locker-lässig vor dem Eingang, eine seiner dünnen schwarzen Zigarren im Mundwinkel. Als Bugs aus dem Wagen stieg, kam er gemächlich auf ihn zu.

»Sie sind schon ausgerufen worden. Sieht so aus, als ob Sie einen Selbstmord am Hals haben.«

»Einen Selbstmord?« Bugs fuhr zusammen. Es wirkte sehr überzeugend. »Wer denn? Und wie ist es passiert?«

»Joyce Hanlon. Hat sich vergiftet. Wohl aus Kummer darüber, daß Sie mit Amy zusammen waren.«

Er nickte melancholisch. Als Bugs ihn fassungslos anstarrte, lachte er und schlug ihm auf die breiten Schultern. »War bloß ein Witz, Bugs. Ich bezweifle, ob es irgendwas gibt, was die gute Joyce umhauen könnte.«

»Sehr komisch«, fuhr Bugs ihn an. »Hat es wirklich einen Selbstmord gegeben, oder . . .«

»Doch, der ist kein Witz. Sieht jedenfalls wie 'n Selbstmord aus. Der Mann heißt . . . Nein, raten Sie mal. Dreimal dürfen Sie raten, und wenn Sie's treffen, spendier ich Ihnen eine Zigarre.«

»Herrgott, lassen Sie doch diese Spielchen.« Bugs ging rasch auf den Eingang zu.

»Mögen Sie keine Zigarren?« Ford faßte neben ihm Tritt. »Na schön, dann will ich Sie nicht länger auf die Folter spannen. Dudley hieß der Mann. Alec Dudley. Sie kennen ihn ja, oder?«

»Natürlich kenne ich ihn, er ist Hanlons Buchhalter. Wir waren zwar nicht gerade befreundet, aber . . .«

»Dann können Sie sich also auch nicht denken, wieso er sich umgebracht hat? Ob er Probleme hatte, Depressionen oder so was?«

»Nein.«

»Na, dann wollen wir mal sehen, was sich ergibt.« Ford hakte sich freundschaftlich bei Bugs unter. »Ich hab auf Sie gewartet, ohne Sie wollte ich mit den Ermittlungen nicht anfangen. Bin immer sehr dafür, alles so zu machen, wie es sich gehört. Meine Stärke, zugleich aber auch meine Schwäche, könnte man sagen.«

Gemeinsam machten sie sich an die Ermittlung – wenn die beiläufigen Fragen und ein flüchtiges Umhersehen diese Bezeichnung verdienten. Dann brachte ein Krankenwagen Dudleys Leiche weg, und sie standen wieder vor dem Eingang.

Bugs war nicht scharf darauf, dort zu stehen. Jedenfalls nicht mit Ford. Er wäre am liebsten allein gewesen, um seine flatternden Nerven zu beruhigen, sich über Amy Standish klarzuwerden. Aber der Deputy hielt ihn wie mit einem unsichtbaren Magneten fest. Dabei hatte er nichts Wesentliches zu sagen, nölte nur eine Menge Blödsinn, gab endlose Belanglosigkeiten von sich, bis Bugs nah daran war, aus der Haut zu fahren.

Und dann verstummte Ford ganz plötzlich, kniff die Augen zusammen und sah Bugs leicht belustigt an. »Haben Sie eigentlich nichts zu tun?« fragte er mit seidenweicher Stimme. »Sind Sie nicht im Dienst?«

Allerdings sei er das, meinte Bugs bissig, aber wie er wohl Dienst machen sollte, wenn er hier herumstehen und sich einen Haufen gottverdammten Quatsch anhören müßte.

Ford nickte gleichmütig. Er nahm die Zigarre aus dem Mund und sah sich die Spitze an. Dann hob er rasch den Kopf, und sein Blick traf Bugs wie ein Fausthieb.

»Warum hören Sie ihn sich dann an? Warum sagen Sie dann nicht einfach ›gute Nacht‹ oder ›scheren Sie sich zum Teufel‹ und drehen sich um und gehen weg? Sie haben im Augenblick keine Probleme mit der Polizei, Sie haben ein reines Gewissen. Schätze ich. Wovor haben Sie Angst? Warum ertragen Sie mich auch nur eine Minute länger als nötig?«

Bugs sah zu Boden und antwortete nicht. Er konnte nicht ausdrükken, was er empfand und hätte es auch nicht gewagt, wenn er es gekonnt hätte. Was er getan hatte, war – zumindest juristisch gesehen – Totschlag. Immer stärker hatte er das Gefühl, daß er mit sehr zweifelhaften Absichten eingestellt worden war und daß er sich mit diesen Absichten stillschweigend einverstanden erklärt hatte. Deshalb konnte Ford ihn unter Druck setzen, deshalb konnte er Bugs zwingen, vor ihm zu kuschen. Und Ford wußte es und wollte, daß er es zugab.

Das Schweigen dehnte sich scheinbar endlos. Dann räusperte sich Ford und sagte, jetzt wieder ganz lässig:

»Bei Amy haben Sie ja mächtig Eindruck geschunden. Sie war ganz weg von Ihnen. Wie gefällt sie Ihnen denn?«

»Gut gefällt sie mir«, sagte Bugs knurrig. »Besser, als sie mir gefallen dürfte.«

»Ach ja? Und wie meinen Sie das?«

»Na ja, ich hab hier eine neue Chance gekriegt – bisher ist es mir ja immer ziemlich dreckig gegangen im Leben –, und wenn sie Ihre Verlobte ist . . .«

»Hab ich Verlobte gesagt? Wissen Sie, mit dem Ausdruck nimmt man's hier draußen nicht so genau. Wenn zwei jahrelang miteinander gehen, gelten sie eben als verlobt, und damit basta. Auch ohne daß sie selber sich groß dazu geäußert haben.«

»Verstehe«, sagte Bugs.

»Hatte so den Eindruck, daß Sie das nicht so gut fanden, wie ich heute abend mit ihr geredet habe.«

»Stimmt auffallend. Hundsgemein fand ich es.«

»Ach ja?«

»Was heißt: Ach ja?«

»Woher nehmen Sie sich eigentlich das Recht, es nicht so gut zu finden? Ich weiß, ich weiß, es ist ihnen bisher immer ziemlich dreckig gegangen im Leben und so weiter. Aber Sie sind noch jung und sehen ganz ansehnlich aus, und Amy ist nicht aufs Geld aus. Sie haben Eindruck bei ihr geschunden, und das ist alles, was zählt. Und das Gefühl scheint ja auf Gegenseitigkeit zu beruhen. Ich steh Ihnen da nicht im Wege. Um in einer persönlichen Sache meinen Job ins Spiel zu bringen, dazu wäre ich zu stolz, selbst wenn es mich jucken würde. Also los, raus mit der Sprache. Was bedeutet Amy Ihnen?«

Bugs trat verlegen von einem Fuß auf den anderen. »Was soll der Quatsch? Ich muß jetzt endlich was tun, und ich weiß ja auch kaum was von ihr, und . . .«

»Wenn Sie noch 'ne Minute nichts tun, fällt die Welt nicht ein. Und vielleicht wissen Sie schon zu viel von ihr. Und vielleicht gefällt Ihnen das, was sie wissen, nicht so richtig.«

»Verdammt, ich hab doch gesagt, daß . . .«

»Los, spucken Sie's aus. Sagen Sie's ruhig. Ganz nett so mal auf die Schnelle. Aber für was Ernsteres ist sie mir nicht gut genug.«

Na schön, dachte Bugs wütend, da ist schon was Wahres dran. Aber kannst du mir das übelnehmen, du Hund?

Er sagte nichts.

Aber das war auch nicht nötig.

Ford verzog höhnisch die Lippen. »Sachen gibt's«, sagte er ungläubig, »die gibt's gar nicht. Da kommt einer an, ein Knastbruder, ein blöder Hund, ein Dickschädel, der in seinem Leben immer nur Mist gebaut hat, und der bildet sich ein . . .«

Er drehte sich langsam um und ging davon.

Als Bugs das Hotel wieder betrat, war sein Gesicht finster wie eine Gewitterwolke. Es stimmte ja, daß er sich sein Leben versaut hatte. Oder vielmehr, daß es ihm versaut worden war. Deshalb mußte er jetzt besonders vorsichtig sein. Er war nicht mehr der Jüngste, und wenn er sich nur noch einen falschen Schritt leistete, war alles endgültig im Eimer.

Aber was nahm Ford sich eigentlich heraus, ihm wegen Amy eine Standpauke zu halten? Darauf konnte Bugs sich nun beim besten Willen keinen Reim machen. Ford war selber ein Lump und krummer Hund. Amy war ein nettes, sauberes Mädchen gewesen, er hatte sie befummelt mit seinen dreckigen Pfoten. Und hatte sie vor einem Fremden noch damit aufgezogen, das gemeine Aas. So einer war das. So was machte er mit ihr. Und dann besaß er die Unverschämtheit, eben jenem Fremden Vorwürfe zu machen, weil der sich verständlicherweise Gedanken darüber machte, was mit ihr gewesen war, ehe er auf der Bildfläche erschienen war.

Ich hab doch nicht gesagt, daß ich ihr einen Vorwurf daraus mache, dachte Bugs. Sie geht ja immer noch mit ihm. Und ich hab sie eben erst kennengelernt. Verdammt . . .

Verdammt, verdammt, verdammt.

Bugs stand in einer Ecke der gewölbten Halle und rauchte in kurzen, ärgerlichen Zügen. Abwesend registrierte er, daß Rosalie Vara vom Essen – oder wo immer sie gewesen war – zurück war und wieder im Zwischengeschoß arbeitete.

Sie bemerkte seinen Blick und winkte ihm kurz zu. Er lächelte gezwungen und ging zu den Aufzügen.

Alles Quatsch, dachte er. Völlig unnötig, die ganze Aufregung. Hör auf, das Pferd am Schwanz aufzuzäumen. Kümmere dich jetzt nicht um Amy Standish, sondern um deinen Job. Und sorg dafür, daß du dir keinen Ärger einhandelst. Und er hätte sich auch keinen Ärger eingehandelt, wenn Ford ihn nicht in dem Coffee Shop an seinen Tisch geholt und sich benommen hätte wie ein doppelt lackierter Arsch mit Ohren.

Na ja, vielleicht war es ganz gut so. Vielleicht hatte Ford ihm sogar einen Gefallen getan. Er hatte nicht direkt Angst gehabt, aber geschlaucht hatte ihn die Sache mit Dudley schon. Und dann hatte Ford ihn so weit von Dudley abgelenkt, bis er dessen Tod ohne Schock akzeptieren konnte. Bis er in Fords Gegenwart die Nachricht von dem Selbstmord zur Kenntnis nehmen konnte, ohne sich zu verraten.

Ja, so war also alles doch noch nach Wunsch gelaufen. Der Zweck heiligt die Mittel. Denn jetzt konnte nichts mehr passieren. Die Sache mit Dudley hätte für ihn das Aus bedeuten können, aber jetzt, wie gesagt, konnte nichts mehr passieren. Und warum war ihm dann so mies?

Ja, das war die Frage. Und aus dieser Frage ergab sich die andere Frage: Wieso geriet er immer wieder in die Scheiße?

7

Bei Ausbruch des Zweiten Weltkrieges arbeitete Bugs als Wachmann in einer Flugzeugfabrik. Es waren fast immer Jobs als Nachtwächter oder Wachmann oder dergleichen gewesen, die er an Land gezogen hatte. Für eine besser bezahlte Position, eine Arbeit, auf die er hätte stolz sein können, fehlte ihm die Vorbildung. Und das bißchen Autorität, das zu diesen Jobs gehörte, auch wenn sie nicht besonders gut dotiert waren, stärkte sein Ego.

Diesmal hatte er es besser getroffen als sonst, und er gab sich große Mühe, sich in der Stellung zu halten. Er tat alles, was sie von ihm verlangten, und nichts, was verboten war. Er hielt sich eisern an die Vorschriften. Aber das half ihm alles nichts.

Eines Tages kam die Frau des Chefingenieurs ins Werk. Sie konnte den vorgeschriebenen Passierschein vorweisen, aber sie hatte auch ein kleines Paket bei sich. Und Bugs bestand, trotz ihres heftigen Protests, darauf, daß sie es aufmachte. Es enthielt eine Packung Damenbinden.

Tränenüberströmt zog sie ab. Eine halbe Stunde später, sobald sie ihren Mann angerufen und der den Personalchef alarmiert hatte, bekam Bugs seinen letzten Gehaltsscheck und stand auf der Straße.

Durch den Verlust des Jobs wurde auch die Zurückstellung vom Wehrdienst hinfällig. Bugs ging in die Army und kam sehr bald zur Militärpolizei. Eines Abends ging er in den Flugzeughangars Streife und entdeckte dort einen Mann in russischer Uniform, der zwischen den Maschinen herumstrich. Von Bugs gestellt, beglückwünschte ihn der Mann zu seiner Wachsamkeit und wies sich als amerikanischer General aus.

Bei der Kriegsgerichtsverhandlung gab Bugs zu, daß er den Ausweis durchaus für echt gehalten, ja, daß er den General sogar erkannt hatte. Aber die Maskerade war albern und gegen die Vorschriften gewesen, und es war Bugs' gutes Recht gewesen zu verlangen, daß der General ihn zum nächsten Wachposten begleitete, wo er den Fall einem Offizier übergeben konnte. Der General hatte dieses Ansinnen in unmißverständlichen Worten abgelehnt und war seiner Wege gegangen. Bugs hatte ihm nachgerufen, er möge stehenbleiben. Als er weitergegangen war, hatte Bugs ihm einen Schuß in die Hüfte verpaßt.

Die Kugel kostete ihn zwei Jahre im Militärgefängnis und eine unehrenhafte Entlassung. Ein Revisionsgericht machte daraus eine ehrenhafte Entlassung und ließ ihm für ein halbes Jahr den Sold nachzahlen.

Mit diesem Geld war er in San Diego gelandet, wo er seine Zukünftige kennenlernte.

Es war an einem Sonntag. Schauplatz war der zu Recht berühmte Zoo der Stadt. Bugs stand in der Menge vor dem Affenkäfig, warf den Tieren Erdnüsse durchs Gitter, amüsierte sich über ihre Streiche und fand sich selbst ziemlich gut in seinem neuen Anzug. Plötzlich griff einer der Affen hinter sich, klaubte eine Handvoll Kot zusammen und schmiß Bugs damit voll.

Es war eine Riesenschweinerei. Bugs sah aus, als sei er gerade durch einen Abflußkanal gekrochen. Die Umstehenden johlten natürlich vor Vergnügen. Wie er die zehn Meilen quer durch die Stadt zu seinem Zimmer kommen sollte, um sich zu waschen und sich umzuziehen, war ihm ein Rätsel.

Dann berührte ihn jemand am Arm, und er sah in ein Gesicht, das nicht grinste, sondern ihm freundlich und teilnahmsvoll zugewandt war. Später begriff er, daß ein solches Gesicht gut und gern vierzig Jahre auf der Welt gewesen sein mußte. Aber in diesem Augenblick kam sie ihm vor wie ein Engel.

Sie habe eine kleine Wohnung in der Nähe, sagte sie, er könne gern mitgehen und sich dort ein bißchen in Ordnung bringen. Dankbar nahm er die Einladung an.

Er badete und seifte sich ab, während sie in der Küche an seinem Anzug herummachte. Dann setzte er sich, in ein Laken gehüllt, aufs Bett und wartete auf seine Sachen. Als sie damit ankam, hatte sie einen Morgenrock an, der absichtlich-unabsichtlich aufschlug, als sie eine plötzliche Bewegung machte. Und offenbar hatte sie gleich auch ihre Sachen gewaschen, denn unter dem Morgenrock war sie splitternackt.

Natürlich war es ihr schrecklich peinlich. Sie wäre am liebsten im Erdboden versunken. So drückte sie es aus. Ersatzweise sank sie aufs Bett. Es erübrigt sich fast zu sagen, daß dort prompt Nacktes auf Nacktes traf.

Hinterher weinte sie bittere Tränen. Bugs hätte am liebsten mitgeflennt. Er war ihr erster Mann – die Pazifische Flotte und das hiesige Kontingent der Marines nicht mitgezählt, aber das stellte sich erst später heraus –, und er war verzweifelt, daß er sie entehrt hatte.

Sie heirateten am nächsten Tag in Arizona. Daß er sie nach dem, was geschehen war, schleunigst zu einer ehrlichen Frau machen mußte, war für ihn selbstverständlich.

Als sich zwei Wochen später zeigte, daß er sich sämtliche Lustseuchen geholt hatte, die man sich nur denken kann, war er immer noch zu naiv, um ihr die Schuld daran zu geben. Er schluckte ihre Erklärung, wie er wohl zu diesen Liebesgaben gekommen war, ohne Widerspruch.

Zu seinem Glück hatte er gerade einen Job angenommen, bei dem eine ärztliche Untersuchung vorgeschrieben war. Und mit dem bärtigsten aller Medizinerwitze nahm ihm der Arzt seinen Kinderglauben.

»Klobrille, sagen Sie? Schlafen Sie mit 'ner Klobrille?«

»Natürlich nicht.« Bugs runzelte die Stirn. »Ich schlafe mit meiner Frau.«

»Sonst mit niemandem? Kein bißchen fremd gegangen? Ja, dann, junger Mann . . .« Er machte eine vielsagende Handbewegung.

Bugs schlug sie halb tot. Wäre nicht die Polizei dazwischengekommen, hätte er überhaupt nicht wieder aufgehört.

Bei der Vorverhandlung weigerte er sich, einen Grund für die Tätlichkeiten anzugeben. Dazu war er zu stolz, er mochte nicht als Trottel dastehen.

Er bekam sechs Monate und wurde aus dem Staat ausgewiesen. Nach seiner Entlassung ging er auf die Walze und landete schließlich in Texas. Die schnell wachsenden Städte suchten händeringend nach jungen, kräftigen Mitarbeitern, vorzugsweise solchen, die schon Erfahrungen in der Polizei oder im Ordnungsdienst hatten. Bugs erfüllte diese Bedingungen. Außerdem war er Kriegsveteran und konnte eine ehrenhafte Entlassung vorweisen. Gewiß, er war vorbestraft, aber in jenen hektischen Jahren konnte man lange unbehelligt arbeiten, ehe die Vorstrafen einen einholten – wenn überhaupt.

Bugs wurde Streifenpolizist. Nach einem Vierteljahr – inzwischen war das Personal bei der Polizei fast hundertprozentig durch neue Kräfte ersetzt worden – wurde er in die Kriminalpolizei übernommen. Und dort geriet er in die größte und schwerste Krise seines Lebens.

Einer seiner Kollegen war ein ständig grinsender Trottel mit einer Vorliebe für handfesten Schabernack. Die anderen Kollegen belästigte er kaum und war deshalb recht beliebt bei ihnen, aber Bugs, den er sich als ideale Zielscheibe für seine verqueren Scherze auserkoren hatte, brachte er zur Weißglut.

Eines Abends – Bugs hatte gerade Dienstschluß – kam dieser Typ in die Garderobe geschwankt. Er griente noch breiter und blöder als gewöhnlich und sah aus, als habe er schwer geladen. Er zog seinen Revolver, verkündete, er habe Bugs jetzt endgültig satt und werde ihn umbringen.

Die anderen Kollegen murmelten Proteste, zogen lange Gesichter und verkrümelten sich. Einer von ihnen hatte Bugs' Dienstwaffe in der Hand. Ob er sie mal eben ansehen dürfe, hatte er Bugs gefragt. Vielleicht könnten sie ja tauschen.

Bugs flüsterte ihm zu, er möge ihm die Waffe zurückgeben, aber der Kollege tat, als habe er nicht gehört. Kalter Schweiß brach ihm aus. Jemand möge doch bitte schön etwas unternehmen, flehte er, möge den Kerl bremsen. Keiner reagierte – vielleicht waren sie zu geschockt oder zu eingeschüchtert, um etwas zu tun.

Mit einem Aufschrei der Angst machte Bugs einen Satz zur Seite, holte sich seinen Revolver zurück, drehte sich um, drückte ab und leerte das Magazin. Und auf diese Entfernung war das Ziel natürlich nicht zu verfehlen.

Der Kollege war tot, noch ehe er zu Boden fiel. Es erübrigt sich fast zu sagen, daß es wieder einer seiner verrückten Einfälle gewesen war und er die anderen Kollegen vorher eingeweiht hatte.

Bei der Autopsie stellte sich heraus, daß der Kerl tatsächlich verrückt gewesen war. Grund für sein sprunghaftes Benehmen war ein Gehirntumor, an dem er in maximal einem Jahr sowieso gestorben wäre. Bugs traf also genaugenommen kein Verschulden. Und hätte er sich nur ein bißchen anders benommen, wäre er vermutlich mit einer Disziplinarstrafe davongekommen.

Aber Bugs war Bugs – und natürlich benahm er sich nicht so, wie es sich für einen Zwischenfall gehört, der immerhin ein Menschenleben gekostet hatte.

Er sei heilfroh, daß er dieses Arschloch umgelegt hatte, erklärte er.

Er hätte es schon längst tun sollen. Und würde es in derselben Situation wieder tun.

In dem nun unvermeidlich gewordenen Prozeß blieb er bei diesen und ähnlich belastenden Äußerungen. Er brüllte sie noch, während sie ihn aus dem Saal schleppten – nach einem Urteil, in dem ihm die härteste Strafe aufgebrummt worden war, die nach dem Gesetz vertretbar war.

Und jetzt warf er sich unruhig im Bett herum.

Ich brauch mir keine Vorwürfe zu machen, murmelte er vor sich hin. Die haben sich alles selber zuzuschreiben. Ich hab meine Grundsätze, jawohl, und die wird mir niemand nehmen. Und sie . . . Verdammt, ich wünschte, ich hätte nicht . . . ich wünschte . . .

Er fuhr hoch. Es war Vormittag, kurz nach elf, und das Telefon läutete.

Er griff nach dem Hörer und meldete sich mit schlaftrunkener, mürrischer Stimme.

»Hier Mike Hanlon, Bugs. Ich möchte Sie mal sprechen.«

»Sprechen?« Bugs mußte unwillkürlich schlucken. »Jetzt gleich?«

»Jetzt gleich«, bestätigte Hanlon und legte auf.

8

Es war das zweite Gespräch mit Hanlon seit seiner Einstellung. Beim erstenmal – zehn Tage, nachdem er ins Hotel gekommen war –, hatte er den Alten auf dessen Bitte oder Befehl auf seiner nächtlichen Runde durchs Haus mitgenommen.

Weil Hanlon auf seinen Rollstuhl angewiesen war, waren sie in einem der normalerweise nachts stillgelegten Fahrstühle von einem Stockwerk ins andere gegondelt. Bugs erfuhr, daß die Aufzüge sehr leicht zu bedienen waren. Hanlon brachte ihm in wenigen Minuten alles bei, was er dazu wissen mußte, und zeigte ihm auch, wie die Tür sich von außen öffnen ließ.

Wenn er jetzt an jene Nacht zurückdachte, wurden gewisse Dinge, bei denen er sich bisher nicht viel gedacht hatte, plötzlich bedeutungsvoll.

Bugs hatte die Aufzugkabine aufgeschlossen. Dazu mußte man eine kurze Stange durch zwei Löcher in der Tür schieben und nach unten drücken. Er wollte Hanlon in die dunkle Kabine schieben, aber da hatte der Alte in die Räder des Rollstuhls gegriffen und ihn dadurch abgebremst. Es wäre ihm angenehmer, hatte er trocken bemerkt, wenn Bugs das Licht anmachen würde, ehe er ihn hineinfuhr.

Bugs gehorchte.

»Ich möchte gern sicher sein, daß der Aufzug wirklich da ist«, hatte Hanlon erklärt. »Ohne Licht kann man das nämlich nicht sehen, da könnte man genausogut den leeren Fahrstuhlschacht vor sich haben.«

»Aber wieso sollte er nicht dasein?« hatte Bugs verständnislos gefragt. »Ich habe doch vorhin, als wir ausgestiegen sind, die Tür zugemacht.«

»Die läßt sich ebenso leicht wieder aufmachen, das haben Sie ja gesehen. So was soll schon vorgekommen sein. Ein Page wird ungeduldig und nimmt einen stillgelegten Aufzug. Oder der Instandhaltungsingenieur denkt, daß er steckengeblieben ist, und macht eine Probefahrt. Oder es ist eine technische Panne, das Ding rutscht an den Drahtseilen nach unten. Auch das ist schon passiert, besonders bei Aufzügen, die lange und schwer belastet werden. Jedenfalls fahre ich nicht in einen Aufzug hinein, wenn ich nicht genau weiß, daß er auch da ist.«

Vom Dach, hatte er fast schüchtern gemeint, habe man einen sehr schönen Blick, und Bugs war mit ihm hinaufgefahren. Er hatte ihn dicht an die Brüstung gerollt, und zusammen hatten sie vierzehn Stockwerke hoch über den blinkenden, donnernden, gleißend hell angestrahlten Wald von Bohrtürmen geblickt. Es roch nach Rohöl, Erdgas, Bohrschlamm, Salzwasser und Schwefel.

Hanlon schnupperte genüßlich. »Toll, was?« sagte er. Bugs fand, daß es nach faulen Eiern roch, und sagte das auch. Dem Alten gab es einen Ruck, aber er äußerte sich nicht dazu.

»Da draußen ist der Tod, Bugs«, sagte er. »Überall. Feingemacht und mit den Taschen voller Dollars. Es ist das gefährlichste Geschäft der Welt, haben Sie das gewußt? Bergwerke, Hochbau, Tiefbau – im Vergleich mit der Ölsuche ist das gar nichts. Jetzt, bei den großen Firmen, ist es nicht mehr ganz so schlimm, aber als noch überall die Wildcatter zugange waren – na, ich danke schön. Für Versicherungen mußtest du fast soviel zahlen wie für Gehälter. Ja, der Tod ist überall, Bugs, wo man hinsieht, und er hat mich nie sehr gestört da draußen. Jeden Tag bin ich dem Sensenmann begegnet. Nicht, daß er mir sympathisch war, aber er hat mich nicht weiter beunruhigt, hat mir keine Angst gemacht da draußen . . .«

Ein Windstoß fuhr über das Dach. Er wehte den Morgenrock von Hanlons Knien. Bugs griff danach und stieß dabei mit dem Arm an den

Rollstuhl. Gleich darauf sah er in die Mündung eines Revolvers, der unter dem Morgenrock verborgen gewesen war.

»He, was soll denn das?« fragte er mehr verwundert als erschrocken.

Hanlon zögerte, dann lachte er entschuldigend. »Hatte total vergessen, daß ich die Kanone bei mir habe. Ich hab sie heute saubergemacht und muß sie hinterher in die Tasche gesteckt haben. Ich habe es eben erst gemerkt, ehe der Morgenrock hochwehte, und als ich ihn mir wieder über die Knie ziehen wollte . . .«

Er sprach den Satz nicht zu Ende. Bugs streckte die Hand aus. »Kann ich sie mir mal ansehen?«

»Wozu?« fragte Hanlon scharf. »Wozu wollen Sie sich meinen Revolver ansehen?«

Bugs nahm sofort übel. »Wenn Sie sich so anstellen, hab ich gar kein Interesse mehr daran.«

Hanlon reichte ihm die Waffe, bestand darauf, daß er sie begutachtete. Aber es war wohl so eine Art Lieblingsspielzeug von ihm, denn er ließ sie nicht eine Sekunde aus den Augen. Bugs hatte dafür Verständnis. Er hatte selbst viel für eine gut gearbeitete Waffe übrig. Etwas besänftigt sah er sie sich an und wollte sie Hanlon zurückgeben.

»Behalten Sie sie ruhig, Bugs, bis wir wieder in meiner Suite sind.«

Bugs mißverstand die Bemerkung. »Nicht nötig. Ich hab schon gesehen, worauf's mir ankam.«

»Tun Sie mir den Gefallen, Bugs. Mich stört sie hier nur in dem dummen Rollstuhl.«

Bugs nahm den Revolver mit in die Suite. Dort bat Hanlon ihn, ihm seine Tropfen zurechtzumachen. »Sie sind in dem Schrank über dem Waschbecken. Die runde Flasche mit dem blauweißen Etikett. Drei Tropfen auf ein halbes Glas Wasser.«

Bugs ging ins Badezimmer, ließ genau ein halbes Glas Wasser einlaufen und gab abgezählte drei Tropfen des Medikaments hinein. Als er sich umdrehte, hatte Hanlon seinen Rollstuhl unter die Badezimmertür gefahren.

»Ich hätte gern erst mal ein Glas kaltes Wasser«, erläuterte er. »Der Mund ist mir da oben auf dem Dach ein bißchen trocken geworden.«

Bugs gab ihm das Glas Wasser und dann das Glas mit den Tropfen. Und jetzt, meinte er, würde er wieder gehen, wenn Hanlon ihn nicht mehr brauchte.

»Nein, danke. Und schönen Dank für die Rundfahrt, Bugs. Hat mir richtig gutgetan.«

»Schon in Ordnung«, sagte Bugs knurrig. »Wenn Sie wieder mal Lust dazu haben, brauchen Sie's nur zu sagen.«

»Nein, das kann ich nicht von Ihnen verlangen. Für Sie ist das ein Haufen zusätzlicher Arbeit, und ich bezahl Sie schließlich nicht, um für mich den Krankenpfleger zu spielen.«

»Ich mach's gern, Mr. Hanlon, ehrlich.«

»Na gut, wie Sie meinen. Meist bin ich lange auf. Wenn Ihnen mal nach Gesellschaft ist oder wenn Sie irgendwas mit mir besprechen wollen, kommen Sie einfach vorbei. Sie brauchen nicht vorher anzurufen.«

Bugs fand es fast rührend, wie sich der Alte um ihn bemühte. Und er spürte, daß Hanlon ihn wirklich gern hatte. Bugs hungerte nach Zuneigung, auch wenn er das nie zugegeben hätte. Und deshalb hatte er gesagt, er würde ganz bestimmt bald wieder vorbeikommen. Und hatte es ehrlich gemeint. Aber dann hatte er sich überlegt, was sich daraus ergeben konnte – es waren Überlegungen, wie sie in dieser Form nur Bugs anstellen konnte –, und er hatte sich nie mehr bei Hanlon blicken lassen. Und er war entschlossen, nur dann hinzugehen, wenn er ausdrücklich bestellt worden war.

Alles andere kam nicht in Frage. Hanlon würde es falsch auslegen. Hanlon würde denken, daß er, Bugs, sich an ihn ranschmeißen, sich beim Chef lieb Kind machen wollte. Wenn Hanlon ihm den Auftrag gab, ihn herumzufahren, schön, dann war das was anderes. Er wollte seinen Job behalten, würde also machen, was man ihm sagte. Aber auch dann würde er sich nicht überschlagen vor Freundlichkeit, würde dem Alten zu verstehen geben, daß dies nicht sein Job war. Er war ja schließlich kein Krankenpfleger, das hatte Hanlon selber gesagt.

Und jetzt stand er vor Hanlons Suite und klopfte. Als niemand sich meldete, öffnete er die Tür mit seinem Spezialschlüssel, der auch Türen schloß, bei denen der Schlüssel von innen steckte.

Hanlon war auf der Terrasse, sein Rollstuhl stand an einem Tisch unter einem schattenspendenden Sonnenschirm. Er hörte Bugs kommen und winkte ihm zu.

»Kaffee?« Der Alte deutete auf einen Stuhl und schenkte ihm aus einer silbernen Kanne ein. »Tut mir leid, wenn ich Sie aus dem Bett geholt habe, Bugs.«

»Schon gut«, sagte Bugs nicht übertrieben freundlich. »Worum geht's, Mr. Hanlon?«

»Um Westbrook.« Hanlon nahm eine Zigarette heraus und sah Bugs über die Zigarettenspitze hinweg an. »Ich habe heute früh versucht, ihn zu erreichen; als er sich nicht meldete, habe ich jemanden auf sein Zimmer geschickt. Er hat heute nacht nicht in seinem Bett geschlafen und befindet sich auch nicht im Hotel. Haben Sie eine Ahnung, wo er abgeblieben sein könnte?«

»Ich?« Bugs setzte mit leisem Klirren seine Tasse ab. »Woher soll ich das wissen?«

»Ich frage ja nur. Geben Sie mir mal Feuer?«

Bugs hielt ihm das Streichholz hin. Hanlon nahm seine Hand, hielt sie ruhig und sah ihm in die Augen.

»Haben Sie gestern mit ihm gesprochen, Bugs? Oder vielmehr letzte Nacht?«

»Nein.«

»Bestimmt nicht? Eins der Zimmermädchen, die niedliche kleine Vara, hat ihn gestern abend auf Ihrem Stockwerk gesehen. Nach Aussage der Telefonistin waren Sie zu der Zeit noch auf Ihrem Zimmer. Ich wüßte nicht, was er dort oben zu suchen hatte, wenn er nicht zu Ihnen wollte.«

Ein Schweißtropfen rollte Bugs über die Sirn, und er lachte ein bißchen zittrig.

»Richtig, jetzt fällt's mir wieder ein. Ollie war tatsächlich auf ein paar Minuten bei mir. Aber es war nach Mitternacht, sozusagen schon heute. Als Sie wegen gestern abend fragten . . .«

Hanlon verzog angewidert das Gesicht. »Geschenkt. Was wollte er von Ihnen?«

»Eigentlich nichts Besonderes. Ich – ich wollte Ihnen nicht erzählen, daß er bei mir war. Er hatte nämlich ziemlich stark getrunken, Mr. Hanlon, und ich dachte, wenn Sie erfahren, daß er . . .«

»Daß Ollie trinkt, brauchen Sie mir nicht zu erzählen. Ich bin nicht von gestern, verstanden? Die Leute sagen von mir, daß ich smart bin, und das bin ich auch, verdammt noch mal. Und wenn Sie auch nur halb so smart sind wie ich, reden Sie jetzt.«

Er lehnte sich erschöpft zurück. Nach einer Pause sagte er: »Ich warte.«

Bugs nickte. »Na schön. Ich wollte es Ihnen nicht erzählen, weil . . . Na, Sie werden ja sehen. Ollie hat gestern abend seine Quartalsbuchprüfung gemacht und ein dickes Defizit entdeckt. Über fünftausend Dollar. Er hat keine Beweise, aber er ist davon überzeugt, daß Dudley das Geld beiseitegeschafft hat.«

»Ganz recht«, sagte Hanlon, als habe Bugs einen Text vorgelesen, den er schon kannte. »Ich wußte, daß es so was sein mußte. Dabei habe ich Ollie vor dem Kerl gewarnt. Ich spreche nicht gern schlecht von Toten, aber damals schon habe ich Ollie gesagt, daß der Typ ein ganz übler Gauner ist. Ich habe doch einen Blick für so was. Aber ich hatte Sie unterbrochen, Bugs.«

»Nein, das war eigentlich schon alles. Er machte sich große Sorgen. Diese Stelle hier, meinte er, ist seine letzte Chance. Wenn er Mist baut, hat er gesagt, würde er nie wieder was finden. Er war überzeugt davon, daß Sie ihn feuern würden.«

»Gar nicht so falsch gedacht. Wenn man sich den Mund fusselig redet mit seinen Warnungen . . .« Hanlon seufzte. »Aber wahrscheinlich würde ich ihm noch eine Chance geben. Wider alle Vernunft. Er ist ein guter Kerl, und ich kann ihm im Grunde keinen Vorwurf daraus machen, daß er zu seinen Freunden hält.«

Bugs beruhigte sich allmählich etwas. »Das ist aber nett von Ihnen«, sagte er.

»Nicht nett, Bugs. Nur praktisch gedacht. Glauben Sie, daß er wieder auftaucht? In ein paar Tagen, meine ich, wenn er seinen Rausch ausgeschlafen hat?«

»Ja, warum denn nicht?«

»Dumme Frage. Und reden Sie jetzt nicht drum rum, damit tun Sie weder ihm noch mir einen Gefallen. Es gibt einen üblen Skandal, wir kriegen einen ekelhaften Prozeß an den Hals gehängt, wenn Dudley auch nur einen Vetter vierten Grades hat. Aber vertuschen kann und mag ich die Sache nicht. Wenn Ollie also irgendwas mit dem zu tun hatte, was Dudley passiert ist . . .«

»Bestimmt nicht«, versicherte Bugs. »Er wußte, daß es nichts nützen würde, sich Dudley vorzunehmen.« Er erklärte es Hanlon so, wie Westbrook es ihm erklärt hatte. So ganz schien das den Alten nicht zu befriedigen.

»Na schön, soweit nehm ich Ihnen das ab. Ollie ist – nüchtern oder betrunken – ein realistisch denkender Mensch, und wenn er wußte, daß es nichts bringt, hätte er gar nicht erst den Versuch gemacht, mit Dudley zu reden. Aber er ist weg, und die fünftausend Dollar sind weg. Und Dudley ist tot.«

»Könnte es nicht sein, daß Dudley das Geld ausgegeben hat?« wandte Bugs ein. »Oder vielleicht hat er es irgendwo versteckt. Und so mies, wie Ollie sich fühlte . . .«

»Ja, das sehe ich natürlich auch. Er mag die Suppe nicht auslöffeln, also geht er auf Sauftour. Das hat er woanders auch schon gemacht. Aber dieser sogenannte Selbstmord . . .« Hanlon legte eine merkliche Pause ein. »Sie waren mal Cop, Bug. Kommt Ihnen da nicht was faul vor? Dudley hat sich das Geld unter den Nagel gerissen, keiner ist ihm draufgekommen, man kann ihm nichts anhaben. Und da geht er hin und . . .«

»Ich kann es mir auch nicht erklären«, sagte Bugs kopfschüttelnd. »Wahrscheinlich ist er mit irgendeinem Problem aus der Vergangenheit nicht fertiggeworden, wer weiß das schon . . .«

»Das könnte natürlich sein. Und wenn ein Selbstmörder noch folgerichtig handeln könnte, würde er eben keinen Selbstmord begehen. Ja, das kommt mir plausibel vor. Da fällt mir doch ein Stein vom Herzen. Bugs, ich danke Ihnen.«

Bugs murmelte etwas Bescheiden-Abwehrendes und riß das nächste Streichholz für Hanlon an.

»Aber eine Frage habe ich trotzdem noch.« Der Alte blies die Flamme aus.

Bugs heuchelte Verständnislosigkeit. Aber er wußte ganz genau, worauf Hanlon hinauswollte. Es war die Frage, die er von Anfang an gefürchtet hatte. Warum, so lautete die Frage, war Westbrook in der vergangenen Nacht bei Bugs McKenna gewesen? Nur um ihm von seinen Sorgen zu erzählen, sich bei ihm auszuweinen? Oder mit einer anderen, sehr konkreten Absicht?

Das, wußte Bugs, war das Kernproblem, und im Grunde war es nur das, was Hanlon interessierte. Dieser Dudley war ihm ziemlich gleichgültig. Daß es unter Umständen zu einem Skandal, womöglich zu einem Prozeß kommen konnte, kratzte ihn nicht weiter. Ihn interessierte Dudleys Tod nur insofern, als er das Vorspiel zu seinem eigenen Tod sein konnte. Denn wenn Bugs seinen Buchhalter umgebracht hatte, war er ein Mann, der bereit war, für Geld zu töten.

Und Bugs konnte ihm nicht sagen, was er wußte. Konnte nicht von seinem sich immer mehr verstärkenden Verdacht sprechen, daß man ihn eingestellt hatte, um einen Killer für Hanlon zu haben. Schon daß er, wenn er diesen Verdacht hegte, weiter hier seinen Dienst versah, brachte ihn ins Zwielicht.

»Ich weiß nicht, was Sie wollen«, sagte Bugs. »Können Sie sich nicht ein bißchen deutlicher ausdrücken?«

»Ich will Ihnen eins sagen, Bugs. Ich leiste keine Handlangerdienste für die Polizei, und ich halte nichts vom Räuber-und-Gendarm-Spiel. Alles, wa Sie mir sagen, bleibt unter uns. Wenn es also ein Unfall war oder ein bißchen mehr als das, wenn Sie Ollie einen Gefallen tun wollten und die Nerven mit Ihnen durchgegangen sind oder . . .«

»Ich weiß nicht, was Sie wollen«, wiederholte Bugs. »Und so langsam paßt mir die ganze Richtung nicht mehr. Entweder Sie reden jetzt endlich Klartext, oder Sie halten überhaupt die Klappe. Sonst geh ich und komme nicht wieder.«

Die Rückkehr zu seiner gewohnten Bärbeißigkeit wirkte offenbar überzeugend. Hanlon sah ihn an, und die Unruhe in seinem Blick wich einer großen Erleichterung.

»Schwamm drüber, Bugs. Es war nichts Wichtiges, nur so eine blöde Idee von mir.«

»Ja, aber . . .«

»Schwamm drüber. Und schönen Dank, daß Sie vorbeigekommen sind.«

Bugs wandte sich zum Gehen. An der Terrassentür blieb er noch einmal stehen und drehte sich um. Er hätte nicht sagen können, warum er es tat, es geschah ganz instinktiv. Es war ein langer Schritt nach vorn – oder nach unten – in eine ungewisse Zukunft.

»Übrigens – ich hatte Ihnen doch versprochen, daß ich Sie irgendwann wieder mal auf meine Runde mitnehme.«

»Stimmt. Aber ich kann's verstehen, wenn Sie sich nicht extra die Mühe machen wollen«, meinte Hanlon.

»Es ist keine Mühe. Aber jetzt haben Sie wohl keine Lust mehr.«

Hanlon zögerte Sekundenbruchteile lang. Es war, als fiele er ein bißchen in sich zusammen, wie ein Karamellutscher über einer heißen Flamme. Und dann, als habe man den Lutscher in kaltem Wasser abgeschreckt, war er wieder er selbst. Härter, wacher als vorher.

»Doch, ich würde gern wieder mal mitkommen, Bugs. Warum auch nicht?«

»Na gut«, sagte Bugs. »Ich komm vorbei. Irgendwann mal.«

Er ging zurück in sein Zimmer, legte sich wieder ins Bett, konnte aber nicht einschlafen. Und schlug sich mit der Frage herum: Warum hab ich ihm das überhaupt angeboten? Es wär nicht nötig gewesen. Er hat es nicht von mir erwartet. Warum also? Warum?

Die Müdigkeit hatte die Sperren seines Unterbewußtseins durchlässig gemacht, und die Antwort drängte sich schließlich energisch bis zu seiner Bewußtseinsebene durch.

Es war eine Antwort, die ihm gehörig die Hölle heiß machte.

9

Dudley war seit drei Tagen tot, als Bugs den Brief bekam. Einen Erpresserbrief, der ihm die fünftausend Dollar abverlangte, um deretwillen er Dudley angeblich ermordet hatte. Der Absender ließ keinen Zweifel daran, daß er oder vielmehr sie – es mußte sich um eine Sie handeln – es ernst meinte. Sie wüßte, was gelaufen war, schrieb sie, und wenn sie die fünftausend Dollar nicht bekam, würde sie den Fall Lou Ford übergeben.

Und wieder mal steckte Bugs da, wo er nur zuhäufig steckte: in der Scheiße. Und diesmal war weit und breit keine Rettung in Sicht.

Denn er hatte weder die fünftausend Dollar noch sah er eine Möglichkeit, sie sich zu beschaffen. Nicht mal fünfzig hätte er zusammenbekommen, ohne sich krummzulegen.

Blieb nur eins: herauszukriegen, wer ihn erpreßte. Die Frau zu finden und ihr nicht die fünftausend Dollar, sondern ganz was anderes zu geben. Das war natürlich nicht so einfach, wie es sich anhörte. Aber er glaubte einen deutlichen Hinweis zu haben. Also ging es nur darum, sie hinzuhalten, sich seinen Verdacht nicht anmerken zu lassen, bis . . .

Aber das war, wie gesagt, am dritten Tag nach Dudleys Tod. Wir wollen nicht vorgreifen.

Bugs lag nach dem Gespräch mit Mike Hanlon lange wach. Es war fast drei, als er endlich eindöste. Gegen sechs weckte ihn ein leises, aber beharrliches Klopfen. Auf seine verschlafene Frage, wer, zum Teufel, da klopfte, antwortete niemand. Verärgert fuhr er in die Hosen und ging zur Tür.

Vor ihm stand Joyce Hanlon in knallengem Rock und prallem Pullover, ihrem üblichen Aufzug. Sie lächelte freundlich, und Bugs versuchte zurückzulächeln. Aber er kriegte nur ein furchterregendes Zähnefletschen hin.

»Tag, Bugs«, sagte sie. »Hatten Sie geschlafen?«

»Geschlafen? Wo denken Sie hin?« Er lachte heiser. »Ich penne nie tagsüber, das besorge ich nachts, wenn ich meinen Dienst schiebe.«

»Ja so . . . Hoffentlich habe ich Sie nicht geweckt.«

Bugs knurrte. Hoffentlich habe ich Sie nicht geweckt . . . Verdammt, er hatte ihr gerade zu verstehen gegeben, daß er geschlafen hatte, und da redete sie so ein Blech. Was wollte sie überhaupt von ihm?

Die Worte, die wüst in seinem Kopf herumkollerten, kamen aus seinem Mund, ehe er sie bremsen konnte.

Sie machte große Augen und trat erschrocken einen Schritt zurück.

»Na hören Sie, das ist aber nicht sehr . . .«

»Mir egal, was es ist. Ich war gerade eingeschlafen, und da kommen Sie und . . . Schon gut, es tut mir leid. Ich wollte Sie nicht anblaffen, aber . . .«

»Na also, das hört sich schon besser an. Wollen Sie mich nicht hereinbitten?«

»Wenn's sein muß . . . Ich meine, bitte kommen Sie doch herein, ich . . . Ach, machen Sie doch, was Sie wollen.«

Sie schob sich mit gerötetem Gesicht und zusammengepreßten Lippen an ihm vorbei und setzte sich aufs Bett. Bugs knallte die Tür zu und setzte sich auf einen Stuhl ihr gegenüber.

Sie schlug die Beine übereinander und glättete eine winzige Falte in ihrem Rock. Bugs polkte an einem eingebildeten Niednagel herum. Sie sahen auf, und ihre Blicke trafen sich. Beide sahen rasch wieder weg.

Plötzlich fing Joyce an zu lachen, warf sich rücklings aufs Bett und trommelte mit den Hacken auf der Matratze herum.

»Nein, Bugs, Sie sind ein Bild für Götter. Es ist zum Totlachen, wirklich. Sie sehen aus wie ein alter Bär, der gerade aus seiner Höhle getappt ist. Hahaha . . . hihihi . . .«

Bugs grinste verlegen und versuchte, nicht andauernd auf ihre langen, wohlgeformten Beine zu starren. Na ja, meinte er, er habe sich wohl wirklich blöd benommen, sie sollte es ihm nicht übelnehmen.

»Sie brauchen sich nicht zu entschuldigen, Bugs. Endlich habe ich das Gefühl, daß wir uns ein bißchen nähergekommen sind. Ich hatte schon fast die Hoffnung aufgegeben. Kommen Sie her.«

»Wohin? Wozu?«

»Hierher, Sie Dummer.« Sie streckte die Arme aus und winkte ihm. »Komm zur Mammi. Und wozu? Rate mal.«

So kam es, daß Bugs mit Joyce Hanlon, der Frau seines Chefs, im Heu landete. Angeraunzt hatte er sie, wie einen Putzlumpen hatte er sie behandelt – und damit hatte er erreicht, daß sich ihre Beziehungen unerwartet eng gestalteten.

Aber das mit dem Heu war nicht so wörtlich zu nehmen. Mehr als Petting, Küssen und Schmusen und Streicheln und Kneifen war nicht drin. Aber das lag nicht an Bugs.

Im Grunde war er eher prüde und sittenstreng, aber ständiger Streß macht selbst den Tugendhaftesten mürbe. Außerdem hatte er nicht das Gefühl, Hanlon zu schädigen. Wenn der Alte später enttäuscht war, dann höchstens seinetwegen. Was Joyce machte, schien ihm ziemlich egal zu sein. Nein, es war Joyce, die bremste, die Zurückhaltung übte, die Fäden in der Hand behielt.

Das ist nicht hübsch, sagte sie, das gehört sich nicht. Das kann ich einfach nicht. Noch nicht . . .

»Aber warum nicht, verdammt noch mal? Wenn du es nicht von Anfang an gewollt hast . . .«

»Darum, mein Schatz, Jetzt sei nicht böse, schenk Joyce ein liebes Lächeln, ja?«

»Scheiße.«

»Komm, mein Brummi, zeig mal Klein Joyce, wie lieb du lächeln kannst.«

Sie kitzelte ihn zwischen den Rippen. Bugs mußte wider Willen grinsen.

»Siehst du, so ist es schon viel besser. Was wollte eigentlich Mike heute vormittag von dir?«

»Nichts. Woher weißt du überhaupt, daß er mit mir gesprochen hat?«

»Hast du noch nicht gemerkt, daß ich ein kluges kleines Mädchen bin, Bugs? Und die Frau des Besitzers hat so ihre Möglichkeiten . . .«

»Dann wundert's mich aber, daß du noch nicht im Bilde bist. Aber es war wirklich nichts weiter. Einen Bericht über den Selbstmord wollte er haben. Warum es Dudley meiner Meinung nach gemacht hat und so.«

»Ja?«

»Seine Bücher waren nicht in Ordnung, soviel weiß ich. Das hat jedenfalls Westbrook gesagt. Übrigens hast du wohl schon gehört, daß Westbrook . . .«

»Ja, ja«, fuhr Joyce dazwischen. »Laß jetzt mal Westbrook. Mich interessiert einzig und allein Dudley.«

»Warum? Wart ihr befreundet?«

»Blödsinn, ich hab ihn nur ganz flüchtig gekannt. Wenn's viel ist, hab ich alles in allem ein halbes Dutzend Worte mit ihm gewechselt. Also hör mal . . .«

»Reg dich ab.« Bugs legte den Kopf zurück und sah sie an. »Ich hab dich nur was gefragt, du stehst hier nicht vor 'ner Jury.«

»Ich kannte Dudley überhaupt nicht, für mich war er nur einer der Mitarbeiter des Hotels. Ende. Mich interessiert er nur deinetwegen.«

»Ach nee . . .«

»Ach ja. Und jetzt hör auf mit der Blödelei, Bugs, das ist eine ernste Sache. Hat Mike – hat er dir Vorwürfe gemacht? Ich meine . . . na, du weißt schon. Hattest du den Eindruck, daß er es dir irgendwie nachgetragen hat? Daß er wegen dieser Geschichte jetzt weniger Vertrauen zu dir hat?«

Bugs begann sich zu langweilen. Vielleicht, weil ihm allmählich dämmerte, daß mehr von ihr nicht zu erwarten war. Er musterte sie unauffällig, registrierte die Fältchen um ihre Augen, eine dünne Puderfurche an ihrem Hals, bemerkte ein Dutzend abstoßender Einzelheiten, für die er in der Erregung des Liebesspiels blind gewesen war. Er schämte sich vor sich selbst und kam sich schmutzig, besudelt vor. Worauf hatte er sich da bloß eingelassen? Er wußte doch, worauf sie hinauswollte, und Trottel, der er war, hatte er prompt den Köder geschluckt.

»Nein, Joyce. Er hat nicht weniger Vertrauen zu mir. Und weißt du warum? Weil er verdammt gut weiß, daß er keinen Grund hat, mir weniger zu vertrauen. Und auch nie Grund dazu haben wird.«

Er nickte nachdrücklich. Joyce gab ihm einen leichten Klaps auf die Wange und bemühte sich um einen beiläufigen Ton.

»Das freute einen ja denn auch, nicht?«

»Sehr«, bestätigte Bugs trocken.

»Schade, daß er nicht jünger ist. Daß er krank ist. Und alt. Er könnte eine Menge für dich tun. Du bist in den besten Jahren und . . . Was ist los, mein Kleiner? Was siehst du mich so an?«

»Ich hab mir nur was überlegt«, sagte Bugs. »Hast du gewußt, daß ich früher viel Football gespielt habe? Ich war sogar mal ziemlich gut.«

»Football? Aber was . . .«

»Extra dafür aufzustehen lohnt sich nicht, und da hab ich mir überlegt, ob ich es wohl hinkriege, dir im Liegen einen tüchtigen Tritt in den Hintern zu geben.«

Sie schnappte wütend nach Luft und schnellte hoch.

Bugs schob eine Hand unter ihre Pobacken, hebelte kräftig, und sie flog vom Bett auf den Boden.

»Hau ab«, sagte er. »Raus, ehe ich nachhelfe.«

Sie stotterte vor Wut, in ihren Augen stand ein mörderischer Ausdruck. Dann war es vorbei. Sie lachte. Lachte ihn aus mit seinen Drohgebärden. Frustriert und entwaffnet sah er sie an.

Sie sei ihm nicht böse, versicherte sie. Ja, einen Augenblick habe sie wohl die Wut gepackt, aber das sei gleich wieder vorbei gewesen.

Grob seien ihr schon viele gekommen. Sie habe viele Typen gekannt, bei denen ein Klaps auf den Hintern ebensoviel wert gewesen sei wie ein Kuß, und das seien ihr eigentlich die liebsten gewesen, weil es mit denen nie langweilig geworden sei.

Sie hatte sich wieder aufs Bett gesetzt. »Jetzt hör auf zu knurren, alter Brummbär. Dummes Riesenbaby du. Ich komme heute abend noch mal vorbei, wenn du dich ausgeruht hast, und dann . . .«

»Wenn du das tust, kannst du was erleben.«

»Dann eben ein andermal. Ganz wie du willst. Dann reden wir in aller Ruhe miteinander, und . . .«

»Raus!«

»Okay, okay. Mammi weiß, daß Baby müde ist, Mammi bringt Baby schlafen. Komm nur, mein Kleiner.«

Sie packte seine Hosenaufschläge, zog ihm mit einer gekonnten Bewegung die Hosen aus, legte sie ordentlich über einen Stuhl, zog ihm die Decke bis ans Kinn und drückte ihm einen genüßlichen Kuß auf die Lippen.

Dann griff sie sich ihre Handtasche. »Und jetzt schlaf recht schön.«

Davon konnte natürlich keine Rede sein. Obgleich er zweimal kalt duschte und vier Aspirin schluckte, tat er kein Auge zu. Und es nützte überhaupt nichts, daß er sich ein Arschloch und einen gottverdammten Schweinehund nannte und sich sagte, er sollte sich schämen.

Er schämte sich ja. Sehr sogar. Und Angst hatte er auch. Nicht zu knapp. Aber das änderte nichts.

Er war so scharf, daß er absichtlich Rosalie Vara streifte, als sie kam, um sein Zimmer zu machen.

Einen Augenblick blieb sie regungslos stehen, dann gaben ihre gerundeten Hinterbacken dem Druck seines Körpers sanft, aber merklich zurück.

Bugs war wie der Blitz aus dem Zimmer.

10

Am nächsten Morgen war er nach bitteren Selbstvorwürfen und innerer Erniedrigung einigermaßen wieder der Alte. Was soll's? Jeder Mensch hat mal eine schwache Stunde, hat mal mit seinem inneren Schweinehund zu kämpfen. Das bedeutet aber noch nicht, daß er permanent ein Schlappschwanz oder permanent ein Schweinehund ist.

Jetzt ist alles wieder in Ordnung, sagte sich Bugs. Ich bin wieder am Ball, und jetzt gehe ich nicht mehr aus dem Spiel. Schluß mit der Fummelei. Vorsichtshalber würde er allem aus dem Wege gehen, was auch nur entfernt dazu führen konnte.

Ehe er sich hinlegte, hängte er das »Bitte-nicht-stören«-Schild an die Tür. Der Zentrale sagte er, daß er für niemanden zu sprechen sei, außer natürlich für Mike Hanlon.

Hanlon meldete sich nicht, Bugs schlief zehn Stunden wie ein Stein und wachte abends gegen sechs auf. Er gähnte und streckte sich genüßlich, rückte sich in den Kissen zurecht und lächelte zufrieden. Dann fielen ihm seine Vorsätze ein, und er war mit einem Satz aus dem Bett.

Er badete, rasierte sich und zog sich an. Um sieben war er unten im Coffee Shop mit dem Essen fertig.

Bis zu seinem Dienstbeginn hatte er noch gute vier Stunden Zeit. Den Film, der im Kino lief, kannte er schon. Für Spielsalons hatte er weder Geld noch Neigung. Und nichts ist öder, als ohne Ziel herumzugammeln.

Also rief er von einem Drugstore aus Amy Standish an. Er wollte sie sehen. Hatte es wohl schon gewollt, seit er aufgewacht war. Er hatte das Gefühl, daß das Zusammensein mit ihr die üble Erinnerung an die Stunden mit Joyce Hanlon bannen würde.

Sie meldete sich nicht. Mit dem vagen Gefühl, schlecht behandelt worden zu sein, legte er auf. Manchmal war er wirklich wie ein kleines Kind. Wenn er sich einmal für etwas entschlossen hatte, mußte es auch sofort passieren. Und wenn es nicht so lief, wie er es sich vorstellte, nahm er es übel.

Sie hatte doch gesagt, daß sie sich wiedersehen konnten. Warum meldete sie sich dann nicht? Warum blieb sie nicht zu Hause und wartete auf seinen Anruf, wie sich das gehörte?

Er ging eine halbe Stunde spazieren, dann versuchte er es noch einmal. Noch immer meldete sich niemand. Dickköpfig und wütend rief er in halbstündigem Abstand immer wieder an. Endlich, kurz nach zehn, klappte es.

Inzwischen war es für einen Besuch natürlich zu spät geworden. Er hätte es gerade noch bis zu ihrem Haus geschafft und hätte sofort wieder umdrehen müssen.

»Ach, Sie sind's, Mr. – ich meine Mac.« Schwang da nicht eine Spur von Enttäuschung in ihrer Stimme? »Haben Sie es vorhin schon mal versucht?«

»Ich versuch's schon den ganzen Abend«, sagte Bugs ungnädig.

»Das tut mir aber leid. Ich war gerade hereingekommen und bin gleich zum Telefon gerannt, aber . . .«

»Macht nichts«, fuhr Bugs schroff dazwischen. »Ich hatte gedacht, wir könnten uns auf eine Limo oder so treffen. Bin inzwischen ein bißchen rumgefahren. Aber Sie hatten's wohl inzwischen netter mit – – mit dem, was Sie gemacht haben.«

Es entstand eine Pause. Eine vorwurfsvolle, bestenfalls eine unentschlossene Pause. Als sie dann antwortete, war ihr Tonfall nicht ausgesprochen frostig, aber doch auch nicht allzuweit davon entfernt.

»Ich habe gearbeitet, Mac. In der Bibliothek.«

»In der Bibliothek? Ich denke, Sie sind Lehrerin.«

»Das bin ich auch. Die Bibliothek ist in der Schule untergebracht, und sie ist nur abends geöffnet. Den Bibliotheksdienst machen wir Lehrer umschichtig.«

Bugs wartete. Er wußte nicht recht, was er sagen sollte. Eigentlich, fand er, war sie jetzt am Zuge.

Als das Schweigen allzu lastend wurde, sagte er unfreundlich: »Verstehe. Und morgen müssen Sie da auch hin, was?«

»Leider ja. Ich mache zwei Abende hintereinander Dienst.«

»Tja, da kann man nichts machen. Dann entschuldigen Sie die Störung.«

Er wollte gerade – ziemlich unsanft – den Hörer auflegen, als sie rief: »Warten Sie, Mac. Mac . . .«

»Ja? Ich bin noch dran, Amy.«

»Ich wollte noch sagen, daß ich um neun, oder kurz danach, dort fertig bin, sobald die letzten Kunden weg sind und ich abgeschlossen habe. Wenn Sie Lust haben, mich abzuholen . . .«

»Und ob. Ich meine – ja, das wird sich wohl machen lassen.«

Sie schwieg wieder einen Augenblick, und er hörte, so wie er ihren Vorwurf gehört hatte, wie sie die Stirn runzelte. Und dann sah er, als stünde sie vor ihm, wie sie lächelte. Es begann an den Lippen, dieses Lächeln, verbreitete sich über das herzförmige Gesicht, drückte ihr Grübchen ins Kinn und vertiefte die Lachfältchen. Und dann stand es in ihren Augen und ließ sie aufstrahlen, als sei die Sonne dahinter aufgegangen.

»Sie sind ein verrücktes Huhn, Mac«, sagte sie.

»Mag sein«, gab Bugs verlegen zu. »Hört sich bestimmt manchmal so an.«

»Zum Glück mag ich verrückte Hühner. Besonders wenn sie

McKenna heißen und als Hausdetektiv arbeiten. Trifft sich das nicht gut?«

Bugs schluckte, und ein warmes, angenehmes Prickeln überlief seinen massigen Körper. Es gab tausenderlei, was er hätte sagen mögen, aber er kriegte kein einziges Wort raus.

Amys Stimme kam durch die Leitung, sanft und verständnisvoll: »Es war nett, daß Sie angerufen haben, Mac. Ich freue mich auf morgen. Und jetzt gute Nacht.«

Bugs lief ins Hotel zurück. Uneingeweihte hätten wohl gemeint, daß er auf dem Gehsteig ging, aber in Wirklichkeit schwebte er auf Wolken. Es war lächerlich, für ein Mädchen so zu empfinden, das – das Lous Freundin gewesen war. Gewesen war? Aber lächerlich hin, lächerlich her – seine Gefühle kann der Mensch nun mal nicht steuern. Es fiel Bugs überhaupt nicht schwer, Ford ganz auszuklammern, wenn er an Amy dachte. Er konnte diesen Kerl mit seinem Blechstern so weit verdrängen, daß er sich einbilden konnte, es gäbe ihn überhaupt nicht. Was, nach Bugs' Meinung, die Welt um mindestens tausend Prozent verbessert hätte.

In seinem Fach lagen zwei Telefonzettel. Zweimal die Aufforderung, Mrs. Hanlon anzurufen. Bugs riß die Zettel in kleine Stücke, warf sie in einen Aschenbecher und begann seine nächtliche Runde.

Es war eine ungewöhnlich ruhige Nacht. Eine Nacht, dachte Bugs, in der er gut Mike Hanlon hätte mitnehmen können. Andererseits hatte das ja keine Eile, und er hatte keine Lust zu langen Unterhaltungen, wie er sie mit Hanlon hätte führen müssen. Also machte er sich allein auf den Weg.

Im zehnten Stock gab es ein bißchen Rabatz um eine Pokerrunde. Bugs bat sie, sich etwas ruhiger zu verhalten, und als er sich damit rüde Antworten einhandelte, sorgte er selbst für Ruhe. Dem einen Spieler versetzte er mit dem Ellbogen einen Hieb auf die Gurgel, den zweiten packte er beim Schlips und bediente ihn mit ein paar Ohrfeigen. Die anderen beiden, die tüchtig geladen hatten, schleppte er ins Badezimmer unter die Dusche. Dann griff er sich die Karten und die Chips, warf sie in den Müllschlucker und zog gelassen ein Haus weiter.

Das war der einzige Zwischenfall auf der ganzen Runde (obgleich Bugs eine so harmlose Geschichte kaum als Zwischenfall bezeichnet hätte). Eine ganze Kleinigkeit gab es noch im sechsten Stock. Dort hämmerte ein Gast mit dem Griff seiner Kanone an die Tür und drohte, seine Frau umzubringen. Aber er war nur betrunken, die

Kanone, die Bugs ihm abnahm, war ungeladen – kein Grund zur Aufregung also.

Sonst passierte nichts Ungewöhnliches. Kurz nach eins hatte er seine Runde beendet und stand wieder in der Halle.

Leslie Eaton telefonierte, als er am Empfang vorbeikam. Er sah Bugs, winkte ihm und flüsterte einen Namen. Bugs schüttelte den Kopf und ging weiter zum Coffee Shop.

Joyce konnte, wenn's nach ihm ging, bei ihm anrufen, bis sie schwarz wurde. Vielleicht verlor sie irgendwann mal die Lust. Er war ihr nichts mehr schuldig. Sie war ein ordinäres Luder, und es würde ihr bestimmt nicht gelingen, ihn bei Hanlon anzuschwärzen oder ihn gar um seinen Job zu bringen. Und sie war klug genug, um das auch einzusehen.

Die Nacht verlief weiter ohne besondere Vorkommnisse. Während er hinter den Kulissen dieser erstaunlichen Bühne, die so ein Hotel darstellt, nach dem Rechten sah, dachte Bugs an Westbrook. Was war nur los mit ihm? Wieso war er von einer Minute auf die andere spurlos verschwunden? Na ja, so erstaunlich war das eigentlich auch wieder nicht. Westbrook hatte keine Hoffnung mehr gehabt, sah keine Zukunft mehr für sich. Als Alkoholiker hatte er sich zum Whiskey geflüchtet. Hatte sich in irgendeine Pinte verkrochen, in der er trinken konnte, bis . . .

Traurig, dachte Bugs. Da sieht man mal wieder, daß man nicht zu früh das Handtuch werfen darf. Westbrook hätte nur Hanlon gegenüber reinen Tisch zu machen brauchen, der hätte ihn tüchtig runtergeputzt, und seinen Job hätte er behalten können.

Noch etwas machte Bugs zu schaffen. Ein Problem, das sich nicht länger ignorieren ließ. Wo waren die bewußten fünftausend Dollar abgeblieben?

Zunächst konnte man davon ausgehen, daß Dudley sie gehabt hatte. Vermutlich in dem Geldgürtel mit Reißverschluß, an dem er herumgefummelt hatte, ehe er Bugs beschuldigt hatte, er habe ihn bestohlen. Anders ließ sich sein Verhalten nicht erklären. Oder nur dann, wenn man mit außergewöhnlicher Phantasie gesegnet war.

Und an diesem Punkt brachte Bugs seinerseits seine Phantasie ins Spiel. War es nicht möglich, daß Dudley den Kies irgendwo versteckt und das Versteck vergessen hatte? Oder vielleicht galt seine Aufregung gar nicht dem Geld, vielleicht hatte er es überhaupt nicht unterschlagen, hatte sich aus einem ganz anderen Grund auf Bugs gestürzt?

So genau konnte man das ja schließlich nicht wissen. Im Zimmer war es dunkel gewesen. Sie hatten kaum ein halbes Dutzend Worte gewechselt. Und es war so schnell gegangen. Nach wenigen Sekunden war alles vorbei gewesen.

Ja, überlegte Bugs, es muß irgendeine naheliegende Erklärung für das fehlende Geld geben. Denn sonst . . . nein, daran durfte er gar nicht denken. Er wollte lieber an Amy Standish denken und an das neue Leben, das er anfangen würde. Und das tat er dann auch.

Er legte sich am Morgen wieder früh hin, hängte wieder das »Bitte-nicht-stören!«-Schild an die Tür und sagte der Zentrale Bescheid.

Wieder schlief er gut und lange, aß in seinem Zimmer und verließ um acht das Hotel. Als er am Empfang vorbeikam, sah er zwei weiße Zettel in seinem Fach. Er grinste sich eins und ließ sie liegen. Ganz schön hartnäckig, diese Joyce Hanlon. Sollte sie machen, was sie wollte, ihn kratzte es nicht mehr.

Die Schule lag am Stadtrand, neben den Häuserblocks der alteingesessenen Familien. Bugs ging einmal langsam um das alte Backsteingebäude herum. Und da es noch lange nicht neun war, fuhr er noch einmal zurück, vorbei an den strengen alten Häusern, die sich wie kantige Festungen stolz in die Nacht erhoben.

Obgleich er so langsam wie möglich fuhr, brauchte er nur ein paar Minuten dazu. Er wendete und fuhr zur Schule zurück.

Kurz nach neun ging die Tür auf und ein paar Leute – Jugendliche und einige wenige Erwachsene – tröpfelten heraus. Dann ging das Licht aus und Amy erschien.

Sie drückte ihm lächelnd die Hand, als er ihr in den Wagen half. Er ließ den Motor an. »Wohin?« fragte er.

»Das ist mir gleich, nur nicht zu weit weg. Ich muß morgen wieder arbeiten, und ich weiß, daß Sie auch nicht viel Zeit haben.«

»Fahren wir in die Stadt und trinken wir was zusammen?«

»Nein.« Das klang fast scharf. Und dann lachte sie, entschuldigend und ein bißchen traurig. »Wir sind in einer Kleinstadt, Mac. Mit manchen Dingen nehmen es die Leute hier nicht so genau, aber wenn's um ihre Frauen geht, verstehen sie keinen Spaß. Und bei einer Lehrerin schauen sie besonders genau hin.«

»Verstehe.« Bugs legte den Gang ein. »Sie müssen auf Ihren Ruf achten.«

»Ja«, sagte sie ruhig. »Ich muß auf meinen Ruf achten.«

Sie fuhren zu einem Drive-in-Restaurant an der Autobahn. Bugs fragte sie ziemlich steif nach ihren Wünschen, dann bestellte er Malted

Milk und Hamburgers. Er hatte keinen Appetit, aber sie aß alles bis auf den letzten Krümel. Lachend verputzte sie auch noch die Pommes frites, die er übriggelassen hatte.

Inzwischen war es zehn geworden, und Amy sagte etwas verlegen, daß es Zeit wäre, wieder heimzufahren. »Neulich ist es so spät geworden, und . . .«

»Ich weiß. Aber da waren Sie mit Ford zusammen, das zählt wohl nicht.«

»Nein, bei einem Mann, den ich von klein auf kenne, den die Leute schon als meinen Zukünftigen sehen, zählt das nicht, da haben Sie recht.« Sie seufzte. »Tut mir leid, Mac, mehr kann ich im Augenblick nicht sagen.«

Bugs zuckte die Schultern. »Sie sind mir keine Erklärung schuldig.«

»Ich weiß. Ich habe gesagt, daß es mir leid tut, weil ich Sie mag, und weil ich dachte, daß Sie es dann vielleicht nicht ganz so schwer nehmen.«

Bugs' Zorn und Verbitterung schwanden dahin. »Ich bin ein Trottel«, sagte er. »Ein ganz großer Trottel. Und jetzt sage ich: Es tut mir leid, Amy.«

Sie lächelte schon wieder. »Ich würde gern länger mit Ihnen zusammensein, Mac. Eine Stunde ist so kurz, da kann man ja gar nicht richtig warm miteinander werden. Wollen Sie morgen abend zu mir zum Essen kommen?«

Bugs strahlte. »Und ob. Aber kann Ihnen das nicht jede Menge Ärger einbringen?«

»Aber nein. Als meine Eltern noch lebten, hatten wir mal eine Schwarze als Haushaltshilfe, die könnte ich bitten, mir zur Hand zu gehen. Und bis sie selber gegessen und alles abgewaschen hat . . .«

. . . würde er auch gehen müssen, dachte Bugs. Sie würden also den ganzen Abend nicht allein sein.

Sie sah ihn an, offenbar hoffte er, daß er ja sagte, aber sie war zu stolz, ihn zu drängen. Bugs schluckte einen Groll herunter und sagte, daß er gern kommen würde.

»Schön, dann ist ja alles klar. Kommen Sie nicht so spät, so gegen sechs, dann haben wir einen langen Abend vor uns.« Sie lehnte sich in ihrem Sitz zurück. »Und wenn du mir jetzt einen Gutenachtkuß geben willst, Mac, habe ich nichts dagegen.«

Bugs zog sie an sich. Der Kuß fiel nicht so aus, wie er es sich eigentlich gewünscht und vorgestellt hatte, es wurde nur eine sanfte Berührung der Lippen, und er hielt sie locker und nicht zu eng.

Sie rückte ein Stück von ihm ab und betrachtete nachdenklich sein kantiges Gesicht. Sie strich ihm eine Strähne aus der Stirn. »Danke, Mac. Vielen, vielen Dank.«

»Wofür?«

»Daß du nichts kaputtgemacht hast, daß ich nicht das Gefühl haben muß . . . Aber ich habe es eigentlich nicht anders erwartet. Mit so gütigen Augen tut man das einfach nicht.«

»Gütig? Meinst du nicht vielleicht trottelig?« fragte Bugs grob.

»Ich habe genau das gemeint, was ich gesagt habe. Es sind Augen, die so viel Leid gesehen haben, daß sie nie genug weinen können.«

»Quatsch. Ich hab in meinem ganzen Leben noch nicht geweint.«

»Dann wird es aber Zeit. Und ich glaube, es wird dir guttun. Küß mich noch einmal, Mac«, bat sie leise. »Und wenn du es ein bißchen temperamentvoller machen willst, Mac . . .«

Er küßte sie wieder, ein bißchen temperamentvoller, ein bißchen weniger sittsam. Sie bedankte sich, wie beim ersten Mal, sagte gute Nacht und ging ins Haus.

Bugs fuhr glücklich und zufrieden ins Hotel zurück. Die leise Stimme, die ihn als einen Trottel verhöhnte, überhörte er entschlossen.

Am Empfang ließ er sich die Sachen aus seinem Fach geben. Um ein Haar hätte er den Brief zerrissen. Erst im letzten Augenblick merkte er, daß es ein richtiger Umschlag und nicht wieder eine Telefonnotiz war.

Abwesend, in Gedanken noch bei Amy, verzog er sich in der Halle in eine Ecke und riß den Umschlag auf.

11

»Mr. McKenna, Sie haben Mr. Dudley umgebracht. Ich weiß es, weil ich im Badezimmer war und alles gehört habe. Und wenn Sie auf stur schalten und nicht mitspielen, werde ich dafür sorgen, daß Mr. Lou Ford davon erfährt. Sie haben die Wahl. Entweder schicken Sie fünftausend Dollar an die untenstehende Adresse, oder Sie landen im Knast. Vielleicht auch auf dem elektrischen Stuhl. Natürlich wäre mir die erste Möglichkeit lieber, denn wenn ich sage, was ich weiß, ist das peinlich für mich, und ich hätte nichts davon. Aber wenn ich das Geld nicht kriege, kenne ich keinen Pardon. Überlegen Sie es sich nicht zu lange. Jean Brown, Postlagernd, Westex City, Texas.«

Der Brief war mit Bleistift in sauberen Druckbuchstaben geschrieben und in Westex City abgestempelt, aber das war natürlich nur ein Trick. Die Erpresserin saß hier im Hanlon, es war jemand, der mit Dudley intim gewesen war und Bugs gut genug kannte, um zu wissen, daß er angreifbar war.

Wenn man in Betracht zog, unter welchen Umständen der Erpresser mit Dudley zusammengewesen war, mußte es eine Frau sein. Eine von zweien. Beide wußten etwas über seine Vergangenheit. Beide kannten Dudley gut. Beide konnten sich, ohne aufzufallen, frei im Hotel bewegen.

Joyce Hanlon? Zuzutrauen war es ihr. Weniger des Geldes wegen als wegen der Chance, ihn unter Druck zu setzen. Wenn sie ihn erst in die Enge getrieben hatte, konnte sie ihm ein Schlupfloch zeigen, und dann hatte sie ihn da, wo sie ihn haben wollte.

Leider – denn Bugs wäre diese Lösung nur zu recht gewesen – wußte er, daß Joyce nicht die Lady im Badezimmer gewesen sein konnte. Er hatte Sekunden nach Dudleys Fenstersturz mit ihr gesprochen. So schnell konnte sie unmöglich aus Dudleys Zimmer wieder in ihr eigenes gekommen sein.

Blieb Rosalie Vara. Rosalie, die ihm von Anfang an so sympathisch gewesen war. Sie hatte sich die fünf Tausender geschnappt, und jetzt . . . Vielleicht hatte Dudley ihr vorgeschwindelt, er hätte noch mehr, noch einmal fünftausend. Oder sie probierte es einfach.

Bugs zerriß den Brief in winzige Fetzen und vergrub sie in einem mit Sand gefüllten Aschenbecher. Etwas in der Art hatte er wohl schon erwartet – allerdings nicht von Rosie –, denn er war zwar betroffen, aber nicht übermäßig überrascht. Das war schließlich nicht der erste Tritt vors Schienbein, den das Schicksal ihm verpaßt hatte.

Aber inzwischen hatte er einiges dazugelernt. Und er hatte sehr viel mehr zu verlieren als früher.

Er sah zum Zwischengeschoß hoch, konnte aber Rosie nicht entdecken. Auf der großen Uhr in der Halle war es halb zwölf. Um diese Zeit war sie auf den Zimmern. Oder sollte es jedenfalls sein.

Bugs stand auf und fuhr zum 12. Stock. Er war ganz ruhig. Vielleicht hatte er noch gar nicht so richtig begriffen, wie kritisch seine Lage war. Vielleicht fiel es ihm auch schwer, Rosie gegenüber etwas anderes als Enttäuschung und leisen Ärger zu empfinden. Jedenfalls war er selten so gelassen und seiner Sache so sicher gewesen.

Sie war heftig in seinem Zimmer bei der Arbeit. Bugs holte sich aus seiner Kommodenschublade Zigaretten und ein sauberes Taschentuch und sagte auf ihre Frage, ja, er sei in den letzten Tagen immer ziemlich früh aus dem Zimmer gegangen.

»Der Mensch versauert so langsam, wenn's für ihn im Leben nichts gibt außer Essen und Schlafen und Arbeiten. Ich habe mir vorgenommen, in Zukunft öfter mal wegzugehen.«

»Da tun Sie recht dran, Mr. McKenna«, sagte sie eifrig. »Diese Nachtarbeit . . . Sicher, ich fühl mich wohl in meinem Job, aber es ist eben doch immer der gleiche Trott.«

Bugs nahm das Stichwort auf, das sie ihm selbst geliefert hatte. »Geht es Ihnen auch so? Ich will übermorgen nach Westex City, gleich nach dem Dienst. Hätten Sie Lust mitzukommen?«

Sie fuhr zusammen. »Mit Ihnen? Aber . . .«

»Ich hab da einen Bekannten, er wohnt ein bißchen außerhalb. Morgen schickt er mir eine größere Geldsumme, und ich bring ihm dann gleich die Quittung hin.«

»Das – das ist sehr nett von Ihnen, Mr. McKenna, aber ich . . .«

»Ich könnte Sie in der Stadt absetzen und ein paar Stunden später wieder abholen. Ist vielleicht nicht sehr aufregend für Sie, nur die Fahrt und das Essen, aber . . .«

»Ich glaube, das wäre nicht gut, Mr. McKenna. Hier im Südwesten gibt es zwar nicht so viele Vorurteile wie im Süden, aber ich bin eine Schwarze, und . . .«

»Na wenn schon.« Bugs zuckte die Schultern. »Man sieht's Ihnen nicht an. Sie brauchen sich ja kein Schild auf den Rücken zu binden.«

In ihren Augen blitzte es auf, und sie preßte gekränkt die Lippen zusammen. Selbst für Bugs McKenna war diese Bemerkung ein neuer Rekord an Taktlosigkeit. Aber vielleicht war es gerade diese Hauruck-Methode, dieser Mangel an Raffinesse, womit er sie herumkriegte.

Sie sah ihn einen Augenblick aus zusammengekniffenen Augen an. Bugs gab den Blick denkbar harmlos zurück. Und plötzlich lachte sie los. Lachte, bis ihr die Tränen in die Augen traten.

»Na gut, Mr. McKenna, ich komme mit. Und wie gesagt – ich brauche mir ja kein Schild auf den Rücken zu binden . . .«

»So hab ich das nicht gemeint«, sagte Bugs verlegen. »Ich . . .«

»Ich weiß schon, wie Sie es gemeint haben. Übermorgen, sagen Sie?«

»Ja. Morgen habe ich hier in der Stadt was zu tun. Außerdem muß ich dasein, wenn das Geld kommt, das der Bekannte aus Westex mir schickt.«

Besser, fand Bugs, konnte es eigentlich gar nicht laufen. Als sie ging, schloß er hinter ihr ab und setzte sich an seinen Schreibtisch.

Er nahm ein halbes Dutzend Briefbogen aus der Schublade, riß sie in rechteckige Stücke, schob sie in einen Umschlag, den er frankierte und adressierte. Am gleichen Abend warf er den Brief in einen Kasten vor dem Hotel.

Die Nacht verlief wie üblich. Nach Dienstschluß zog er sich, wie in den letzten Tagen, gleich auf sein Zimmer zurück. Daß er damit nicht auf unbegrenzte Zeit durchkommen würde, war ihm klar. Joyce war eine sehr energische Frau und hatte ein großes Ziel vor Augen. Früher oder später würde sie schweres Geschütz auffahren, würde geflissentlich das Schild an der Tür übersehen oder die Zentrale zwingen, ihre Anrufe durchzustellen.

Aber der Fall Joyce hatte noch Zeit. Jetzt mußte er sich erst mal um die andere Sache kümmern.

Um fünf stand er auf, eine halbe Stunde später verließ er das Hotel. In seinem Fach lagen zwei Telefonmitteilungen – er lehnte sich vor und sah noch einmal ganz genau hin. Ja, es waren tatsächlich Telefonmitteilungen und keine Briefe. Er ließ die Zettel im Fach und trat auf die Straße hinaus.

Er kaufte einen Blumenstrauß – das Beste, was man für fünf Dollar bekommen konnte – und nach kurzem Kopfrechnen noch eine Pfundschachtel Pralinen. Mit diesen bescheidenen Gaben stand er fünf vor sechs vor Amy Standishs Tür und klopfte.

Nach einer Weile klopfte er noch einmal. Jetzt erst sah er, daß die Rolläden heruntergelassen waren. Im Haus rührte sich nichts. Er zögerte. Hatte er vielleicht was durcheinandergebracht? Am Ende war die Einladung gar nicht für heute abend?

Die Tür öffnete sich einen Spaltbreit, und Amy fragte mit kleiner, erstickter Stimme: »Mac? Was . . . hast du meine Nachricht nicht bekommen?«

»Nachricht? Ja, ich habe irgendwas in meinem Fach gesehen, aber . . .«

»Es tut mir leid, Mac, aber wir müssen es auf ein anderes Mal verschieben.«

»Wieso denn das? Was ist denn los? Habe ich dich gekränkt, bist du . . .«

»Nein, nein, es hat überhaupt nichts mit dir zu tun. Ich – ich kann jetzt nicht darüber sprechen. Bitte entschuldige, Mac, aber . . .«

Bugs mochte sich nicht so ohne weiteres abwimmeln lassen. Wenn sie krank war, wenn irgend etwas sie drückte, wollte er es wissen, erklärte er. Ihre Stimme rutschte in gefährliche Nähe der Hysterie. »Hast du mich nicht verstanden? Bitte geh. Laß mich in Ruhe. Ich kann nicht darüber reden, wie oft soll ich dir das noch sagen? Und wenn du nur ein bißchen weniger stur wärst . . .«

Die Tür knallte zu. Bugs warf Blumen und Pralinen auf die Vortreppe und stürmte wütend zu seinem Wagen.

Die nächsten Stunden waren nicht schön für ihn. Enttäuschung, Wut und Kränkung setzten ihm hart zu. Aber gerade ein besonders heftig loderndes Feuer ist rasch ausgebrannt, und noch ehe die Nacht zu Ende war, kam er einigermaßen wieder zur Vernunft.

Was Amy getan hatte, war unverzeihlich. Klar, daran war nicht zu tippen. Andererseits mußte sie aus ihrer Sicht wohl einen Grund gehabt haben, ihn wieder auszuladen. Er konnte sich einfach nicht vorstellen, daß sie so was nur zum Spaß machte, nur weil sie sehen wollte, wie weit sie bei ihm gehen konnte. Nein, sie war auch ganz schön durcheinander gewesen. Die Sache war ihr ebenso gegen den Strich gegangen wie ihm.

So langsam kletterte er von seiner Palme wieder herunter. Als es Zeit war, Feierabend zu machen, hatte er beschlossen, Amy großmütig zu verzeihen – natürlich unter der Voraussetzung, daß sie Abbitte leistete und ihm eine einleuchtende Erklärung für ihre Handlungsweise gab.

Ein paar Blocks hinter dem Hanlon hielt er, um Rosalie Vara einsteigen zu lassen. Er hatte Kaffee und Rosinenbrötchen mit, und sie frühstückten beim Fahren. Geredet wurde dabei nicht viel. Rosalie war offenbar müde vom Dienst, und Bugs war nicht zum Plaudern aufgelegt. Wenn er daran dachte, was er tun mußte und was sie ihm angetan hatte, fiel es ihm schon schwer genug, auf anständige Art den Mund zu halten.

Westex City war mit knapp 50000 Einwohnern keine große, wohl aber eine reiche Stadt und als Sitz einer Reihe großer Ölgesellschaften von einiger Bedeutung.

Von Ragtown war sie etwa sechzig Meilen entfernt, aber wegen des starken Verkehrs auf der dafür zu schmalen Straße war es fast elf, als sie ankamen. Bugs machte – der Form halber, wie er genau wußte – mit ihr für später einen Treffpunkt aus und fragte, wo er sie absetzen sollte. Irgendwo in der Innenstadt, sagte sie höflich. Er ließ sie sieben oder acht Blocks vor der Post aussteigen.

Dann fuhr er weiter, als wollte er auf die andere Seite der Stadt. Nach ein oder zwei Blocks bog er scharf um eine Ecke und brauste zur Innenstadt zurück.

Bugs fand einen Parkplatz, der ihm gut in den Kram paßte. In einer Nebenstraße ganz in der Nähe jener Stelle, die er – und sie – ansteuerte. Er stieg aus, überquerte die Hauptstraße und betrat ein Lokal.

Direkt gegenüber war die Post. Von seinem Platz aus konnte er beide Eingänge im Auge behalten.

Hätte er sich weniger auf die Post konzentriert, hätte er sich zum Beispiel mal etwas genauer in dem Lokal umgesehen, hätte er vielleicht bemerkt . . .

Nein, wahrscheinlich doch nicht. Es war keine billige Pinte, sondern ein teures Restaurant mit der dort so beliebten diskret gedämpften Beleuchtung. Selbst wenn er sich umgesehen hätte, muß deshalb bezweifelt werden, ob er das Paar an dem Tisch in der hintersten Ecke entdeckt hätte.

Er dagegen war nicht zu übersehen. Amy Standish saß mit dem Rücken zu ihm, aber Lou Ford hatte Bugs McKenna direkt im Blick.

Zu Amy sagte er nichts davon. Er aß weiter, als sei nichts geschehen, redete das übliche dumme Zeug und lächelte über ihre verbitterten oder lustlosen Antworten. Aber er hielt die Augen offen und registrierte mit großem Interesse Bugs' beobachtende Haltung, die Richtung seines Blicks. Und deshalb bekam er das, was Bugs gesehen hatte, ebenfalls mit, und als Bugs aufsprang und das Lokal verließ, erhob auch er sich. Bugs hatte ihr ein paar Minuten Zeit im Postamt gelassen. Er paßte sie ab, als sie im Hinausgehen gerade etwas in die Handtasche steckte. Ihre Augen weiteten sich, und sie blieb wie angewurzelt stehen.

»Aber Mr. McKenna«, stotterte sie. »Ich dachte, Sie . . .«

»Ich weiß schon, was du gedacht hast.« Bugs packte sie am Arm. »Du kommst mit mir.«

»Aber . . .« Ihr ratloses Lächeln erlosch. Sie sträubte sich ängstlich. »Was hab ich denn gemacht? Warum sind Sie . . .«

»Zwing mich nicht, Gewalt anzuwenden, Rosie. Ich möchte dir nicht weh tun, aber wenn du nicht freiwillig mitkommst, helfe ich nach. Notfalls würde ich dir sogar den Arm ausreißen.«

Sie wehrte sich noch einen Augenblick, machte den Mund auf, machte ihn wieder zu, dann war es aus mit dem Widerstand. Ihr

Stolz, ihre Selbstsicherheit fielen in sich zusammen. Ohne ein weiteres Wort ging sie mit.

Er zerrte sie zum Wagen und schubste sie hinein. Sie kämpfte jetzt sichtlich mit den Tränen.

Bugs nahm ihr die Handtasche weg und machte sie ungeduldig auf.

12

Das Gelände war nur wenige Meilen von Ragtown entfernt. Die meisten Städte haben so ein Revier, mit Büschen und Bäumen und von einem Gewirr von Fußwegen und schmalen Fahrstraßen durchzogen. Meist sind sie ein bißchen abgelegen, aber leicht erreichbar. Sie unterscheiden sich eigentlich nur dem Namen nach, der aber in allen Fällen einen ziemlich eindeutig-schlüpfrigen Sinn hat.

Die beiden »Girls« – sie mochten um die dreißig sein – hatten ihre Sachen über einen leicht erreichbaren Ast gehängt. Jetzt fröstelten sie in der kühlen Morgenluft von Westtexas.

»Wo bleiben die beiden bloß«, murrte die eine, die Peg hieß. »Warum können sie sich nicht hier ausziehen wie unsereiner?«

»Nur keine Aufregung«, sagte ihre Freundin Gladys. »Das sind feine Pinkel, da mußt du schon Zugeständnisse machen. Typen, die zwanzig Dollar dafür ausgeben, findest du nicht jeden Tag.«

»Hast recht. Meinst du, daß unsere Handtaschen im Wagen gut aufgehoben sind, Glad?«

»Warum nicht? Die schließen doch bestimmt ab.«

»Aber den Pelz hätte ich doch mitnehmen sollen. Er hat mich hundert Mäuse gekostet.«

»Brauchst du mir nicht zu erzählen. Ich hab für meinen genausoviel bezahlt. Wir haben doch beide zur gleichen Zeit angefangen drauf zu sparen. So ein Pelz ist viel zu schade, um ihn im Gebüsch rumzuschleppen.«

»Aber mir ist saukalt.«

»Jetzt hab dich nicht so, die Typen kommen bestimmt . . .« Ein plötzlich aufheulender Motor übertönte, was sie noch hatten sagen wollen. Man hörte, wie der Gang eingelegt wurde, dann verlor sich das Geräusch in der Ferne. Die beiden sahen sich fassungslos an, fingen an zu fluchen, machten ein paar sinnlose Schritte, dann fielen sie sich heulend um den Hals.

Ed und Ted Gusick leerten während der Fahrt die Handtaschen, nahmen Gas weg, warfen die Taschen ins Gebüsch und beschleunigten wieder. Und dann, die Autobahn war schon in Sicht, trat Ted plötzlich scharf auf die Bremse.

Ein Mann taumelte aus dem Unterholz direkt vor ihren Wagen, stürzte, rappelte sich mühsam wieder hoch. Er war ein Häufchen Elend, ein stinkendes, zerlumptes Bündel Dreck. Fluchend kam er näher.

»Hab ich euch endlich geschnappt, ihr Arschlöcher. Rauf mit euch, los, und keine Fisimatenten.«

Die beiden stiegen aus. »Kennen Sie mich nicht mehr, Mr. Westbrook? Ich bin's, Ted Gusick. Und das da ist Ed. Jetzt . . .«

»Keine Ausreden«, belferte Westbrook. »Mir egal, wer ihr seid. Euch werd ich's zeigen.«

Er stolperte ihnen entgegen. Ted stellte ihm geschickt ein Bein, fing seinen Fall ab und legte ihn behutsam auf den Boden.

Westbrook begann zu weinen, fluchte schluchzend vor sich hin, während die Tränen über das schmutzige, stoppelbärtige Gesicht liefen. Ed sah seinen Bruder besorgt an.

»Was sollen wir bloß mit ihm machen, Ted?«

»Machen? Wir nehmen ihn natürlich mit, du Pflaume.«

»Aber – aber was dann? Ich meine – was machen wir dann mit ihm?«

Ted hatte keine Ahnung und reagierte deshalb in typischer Gusick-Manier mit einem selbstgerechten Ausbruch.

»Willst du ihn etwa hier liegenlassen, du gemeines Stück? Einfach weiterfahren und einen anständigen Kerl wie Mr. Westbrook seinem Schicksal überlassen, wie? Daß du ein Mistkäfer bist, habe ich immer schon geahnt, aber jetzt weiß ich wenigstens genau, woran ich mit dir bin.«

Er drehte sich um und versetzte Ed einen schmerzhaften Hieb in die Rippen, wofür sich Ed postwendend revanchierte. Damit war der Form Genüge getan. Sie packten Westbrook in ihren Wagen, stellten ihn mit einem sachkundigen Schlag über den Schädel ruhig und fuhren wieder los.

Sie wohnten in dem alten Viertel der Stadt in einer bildhübschen Wohnung, die vor dem Umbau der Heuschober eine Scheune gewesen war. Vom Wohnhaus war das Gebäude gut zweihundert Meter entfernt. Das untere Stockwerk war mit Brettern vernagelt, sie konnten dort tun und lassen, was sie wollten, ohne daß man sie hörte oder sah. Und da sie – aus Gründen, die hier nicht näher erläutert zu werden brauchen – viel Wert auf Abgeschiedenheit legten, zahlten sie bereitwillig die Boomstadt-Miete von dreihundert Dollar pro Monat.

Sie schafften Westbrook ungesehen die Treppe hinauf und brachten ihn ins Schlafzimmer. Sie badeten ihn, fütterten ihn und übernahmen von Stund an seine Betreuung rund um die Uhr.

Mit Medikamenten, die sie dem Hotelarzt klauten, halfen sie ihm übers Delirium tremens hinweg. Sie teilten ihm den Schnaps zu, versuchten ihn allmählich zu entwöhnen. Damit hatten sie allerdings nur zum Teil Erfolg. Zum Schluß goß Westbrook nur mehr zwei, drei Flaschen pro Tag in sich hinein. Aber in Anbetracht seiner hoffnungslosen Lage genügte selbst diese relativ geringe Menge für einen permanenten Tran. Er hatte nichts, wofür es sich zu leben lohnt. Keine Zukunft, auf die er hinarbeiten konnte, keine Vergangenheit, in die er hätte zurückkehren können. Deshalb flüchtete er in den Alkohol und ließ sich gern seine tödlich-ertötende Umarmung gefallen.

Ted und Ed versuchten es mit gutem Zureden. Er sei der beste Hotelmanager weit und breit, sagten sie (und das war ihre feste Überzeugung), einer der wenigen echten Leute vom Fach, die es überhaupt noch gab, und wenn er sich nur zusammenreißen würde . . .

Sie erzählten ihm, daß im Hanlon alles drunter und drüber ging. Der neue Geschäftsführer hatte es genau einen Tag lang ausgehalten, und jetzt versuchte Mike mit Hilfe des Chefportiers den Laden allein zu schmeißen. Das ganze Hotel hatten sie schon auf den Kopf gestellt. Mit Kußhand würde er Westbrook zurücknehmen, wenn er nur das Saufen lassen würde. Wie wär's, Mr. Westbrook? Sie lassen die Flasche stehen, und alles kommt wieder in Ordnung.

Westbrook weinte wie ein Kind und warf ihnen Tatsachenverdrehung und Verlogenheit vor. Dann schlug seine Stimmung um und er beschimpfte sie, daß es nur so rauschte. So konnten sie mit ihm nicht umspringen, erklärte er, so nicht. Er sei schließlich nicht von gestern. Er würde schon aufpassen, daß sie ihm nicht die Kehle durchschnitten und ihm die Sachen vom Leib stahlen, denn das würden sie doch am liebsten tun, nicht wahr?

Er bat sich aus, daß sie sich in seiner Gegenwart anständig aufführten, verstanden? Und er verbat sich diese dummen Lügengeschichten über das Hanlon.

»Ihr lügt doch, sobald ihr den Mund aufmacht, ich kenn euch doch.

Aber das habe ich mir lange genug mit angehört. Jetzt ist Schluß, sonst tret ich euch in die Eier, klar? Oder nehmt ihr mir das nicht ab?« Er sah sie aus seinen rot unterlaufenen Augen böse an. »Wenn auch nur noch die geringste Kleinigkeit vorkommt, könnt ihr was erleben.«

»Ja, Sir. Gewiß, Sir, Mr. Westbrook.«

»Na also. Macht 'ne neue Flasche auf. Bißchen dalli.«

Und sie taten, was er von ihnen verlangte. Aus ihrer Untertanensicht blieb auch ein übergeschnappter Lehnsherr noch immer der Herr. Er war der Boss, die unumstrittene Autorität. Er war ein Symbol für etwas, was die Ted und Ed Gusicks dieser Welt zum Leben brauchen.

Tagsüber betreuten sie ihn umschichtig. Ehe sie abends zum Dienst gingen, stellten sie ihm Schnaps, Essen und Zigaretten hin, damit es ihm, solange sie nicht im Haus waren, an nichts fehlte Und vom Hanlon wurde in seiner Gegenwart nie mehr gesprochen. Er hatte es verboten. Außerdem war er inzwischen so weit, daß er sowieso kaum mehr etwas mitbekam.

Eines Nachts – oder vielmehr am frühen Morgen – fühlte sich Westbrook, als er aufwachte, wie neugeboren. Sein Kopf war völlig klar. Verschwunden waren das grauenhafte Zittern, die würgende Übelkeit, die normalerweise jeden neuen Tag einleiteten.

Er wußte nicht, daß dies nur eine kurze Pause der Euphorie war, daß die Natur ihm noch ein letztes Mal das Bewußtsein uneingeschränkten Wohlgefühls gönnte, ehe sie zum Vernichtungsschlag ansetzte. Er war plötzlich wieder ganz zuversichtlich und fühlte sich so stark, daß er den Inhalt sämtlicher Schnapsflaschen in die Toilette schüttete.

Aber kaum war er damit fertig, als es ihn wieder in den Abgrund zog, tiefer und schrecklicher als je zuvor. Er krümmte sich vor Schmerzen. Unsichtbare Hände umklammerten seinen Kopf, fester, immer fester, bis er laut aufschrie vor Angst. Er sah sich um. Sah die leeren Flaschen im Zimmer stehen und wußte nicht mehr, wie sie dahin gekommen waren.

Ted und Ed, dachte er. Denen habe ich das also zu verdanken. Ständig haben sie mir in den Ohren gelegen, ich sollte mit dem Trinken aufhören, und jetzt . . .

»Die bring ich um«, brabbelte er vor sich hin. »Und ob ich die umbringe. Ich brauch was . . . ganz dringend brauch ich was . . .«

Er torkelte in die Küche, durchsuchte in hektischer Hast sämtliche Schränke. Er ging von Zimmer zu Zimmer, zog Schubläden heraus, kippte Möbelstücke um, wendete Kissen und Matratzen. Im Medizinschrank im Badezimmer fand er eine Halbliterflasche Franzbranntwein. Er drückte sie liebevoll an die Brust und torkelte in die Küche zurück.

Er stellte einen kleinen Tiegel auf die Arbeitsfläche, hielt ein Stück Brot darüber, begann, den Alkohol durch das Brot zu filtern. Seine Hand zuckte unkontrolliert, und die Flasche zerschellte an der Wand.

Er schrie und tobte, so hart hatte ihn der Verlust getroffen. Einen Augenblick war er so entmutigt, daß er schon aufgeben wollte. Aber dann machte er den Kühlschrank auf und begann ihn auszuräumen.

Nur nutzloser Fraß, dachte Westbrook wütend. Schweine. Gemeine, hinterhältige Schweine. Eier und Butter und Milch und Sahne und Steaks und Braten und massenhaft Zeug, das einen Dreck wert war, hatten sie im Kühlschrank. Aber nicht einen einzigen lausigen Tropfen Alkohol.

»Die bring ich um«, lallte Westbrook. »Aber ehrlich, und wenn ich dabei draufgehe. Bring sie um. Bring . . .«

Ganz hinten im Kühlschrank kam hinter einer frischen Ananas eine Flasche zum Vorschein. Ein Krug eigentlich, eine Geschenkpackung, die mit einer schokoladenbraunen Flüssigkeit gefüllt war. Wahrscheinlich Sirup, dachte Westbrook. Bestimmt sogar. Sie mußten sich ausgerechnet haben, daß er inzwischen aus dem letzten Loch pfiff, und hatten ihm mit dieser letzten, unerträglichen Enttäuschung den Rest geben wollen.

Westbrook steckte den Kopf in den Kühlschrank, schrammte sich die Ohren wund, kniff die Augen zusammen und versuchte das Etikett zu entziffern, das vor seinen Augen auf und nieder tanzte.

Creme de Cacao! Eine praktisch volle Flasche – es fehlten nur ein, zwei Schluck – erstklassiger Likör.

Westbrook stöhnte auf. Er griff nach der Flasche. Dann fiel ihm ein, was mit dem Franzbranntwein aus dem Badezimmer passiert war. Er holte einen Tiegel, hielt ihn vor das Kühlschrankfach, ließ die Flasche hineinrollen und stellte ihn auf den Boden. Dann legte er die Flasche schräg und zog den Korken heraus.

Mit leisem Gluckern ergoß sich ein sattbrauner Strom in den Tiegel. Wimmernd griff Westbrook nach einer Teetasse. Nicht ein Tropfen davon durfte verlorengehen. Einmal konnten sie ihn vielleicht reinlegen, aber ein zweites Mal sollte ihnen das nicht gelingen. Er würde das Zeug aus dem Tiegel schöpfen und . . .

Der Strom kam zum Stehen. Irgend etwas hatte sich im Flaschenhals festgesetzt. Westbrook stöhnte jämmerlich. Irgendwie schaffte er es, das Hindernis zwischen Daumen und Zeigefinger zu packen und herauszuziehen.

Das beglückende Gluckern begann von neuem. Westbrook kippte die Flasche und half behutsam nach, aber dann hielt er es nicht mehr aus. Er griff sich die Flasche, schüttete die letzten paar Tropfen heraus und warf sie in eine Ecke.

Und dann trank er.

Er trank zwei Tassen hintereinander, dann lehnte er sich mit gerötetem Gesicht und hervorquellenden Augen gegen den Kühlschrank und atmete tief und befreit auf.

Jetzt war er soweit, daß er sich eine Zigarette anzünden konnte. Dann griff er nach dem Tiegel – seine Hände waren jetzt ruhig genug dazu – und ließ Likör in die Tasse laufen.

Es gab einen platschenden Laut, und ein fester Gegenstand fiel in die Tasse. Vorsichtig faßte er ihn zwischen zwei Fingern und angelte ihn heraus.

Es war kein Korken, wie er geglaubt hatte, sondern eine fest ausgestopfte Luftballonhülle, die mit einem Gummiband verschlossen war. Unwillkürlich fröstelnd streifte er das Gummiband ab.

Das, was in der Luftballonhülle gesteckt hatte, fiel zu Boden. Es waren Fünfhundertdollarscheine, zu einem dicken Bündel zusammengerollt. Er zählte sie und stieß einen Laut aus, der zwischen Empörung und Wut die Mitte hielt.

Wie sie an das Geld gekommen waren, wußte er nicht. Aber woher es stammte, das wußte er dafür um so besser. Dudley hatte fünftausend Mäuse unterschlagen. Das hier waren fünftausend Mäuse. Wem sonst hätten sie ausgerechnet diese Summe abnehmen sollen? Warum, wenn es kein gestohlenes Geld, keine heiße Ware war, hätten sie es so sorgfältig verstecken sollen? Er dachte an den Jammer, die Hoffnungslosigkeit, in die ihn Dudleys Unterschlagung gestürzt hatte.

Jetzt sind sie dran, schwor er sich. Jetzt bring ich sie wirklich um.

In seinem Schlafzimmer fand er saubere Hemden und Unterwäsche. Sein Anzug, den er, seit er hergekommen war, nicht mehr getragen hatte, hing gereinigt und gebügelt im Schrank. Er badete, rasierte sich und machte sorgfältig Garderobe. Er brühte sich eine Kanne Kaffee. Den Tiegel mit dem *Creme de Cacao* schob er achtlos beiseite.

Was hatte er eigentlich je am Alkohol gefunden? Was konnte Alkohol ihm über das hinaus, was er schon besaß oder sich mit Leichtigkeit beschaffen konnte, noch geben? Es lag ihm nichts mehr daran, und er hatte das Gefühl, daß die Gefahr ein für allemal gebannt war.

Er trank seinen Kaffee, ging langsam durch die Wohnung, sah in Schränke und auf Regale, prüfte die verschiedensten Gegenstände auf ihre Handlichkeit.

Er ließ sich Zeit, und schließlich fand er genau das, was er gesucht hatte: eine schwere Holzstange, etwa sechs Zentimeter im Durchmesser und etwa einen Meter zwanzig lang.

Sie diente in einem der Schränke als Kleiderstange. Er holte sie heraus, führte ein paar Übungsschläge und kehrte zufrieden ins Wohnzimmer zurück.

Damit mußte es gehen. Er würde die beiden nicht ganz umbringen, aber sie sollten merken, daß es ihm ernst war.

Und dann schleuderte er die Stange angeekelt von sich. Was ist nur los mit mir, dachte er entsetzt. Und als die Gusicks vom Dienst kamen, redete er ihnen nur noch ernsthaft ins Gewissen.

»Es ist weder lustig noch ein Zeichen besonderer Intelligenz oder Cleverness«, sagte er, »anderen Menschen etwas wegzunehmen und ihnen dadurch Kummer zu machen. Im Gegenteil, es ist die Pflicht eines jeden, dafür zu sorgen, daß den Mitmenschen Kummer und Verluste soweit wie möglich erspart bleiben. Wenn man das nicht tut, kommt man nie zur Ruhe. Man darf nie nachlassen in diesem Bemühen, und wenn man es doch mal tut – was menschlich verständlich ist –, lassen die Nackenschläge nicht lange auf sich warten.«

Er holte tief Luft. »Ich hab euch gern«, fuhr er fort, »und ich hab euch viel zu verdanken. Ihr seid fixe Jungs, und ihr seid helle, und das gefällt mir an euch. Aber wenn ihr wieder bei mir arbeiten wollt, müßt ihr mir beweisen, daß ihr bei aller Fixigkeit auf dem rechten Weg bleibt, und welches der rechte Weg ist, das habt ihr hoffentlich jetzt kapiert.«

Dann steckte er das Geld in die Tasche und ging ins Hotel.

Aber das war, wie gesagt, Tage nach Dudleys Tod.

Und Bugs MecKennas Schicksal – und nicht nur seins – war schon besiegelt.

13

Weder in Rosalie Varas Handtasche noch an ihrem Körper fand sich irgendwelches Belastungsmaterial. Bugs hatte sie kurz, aber gründlich durchsucht – weswegen er sich jetzt schwere Vorwürfe machte – und unter ihren Kleidern nur Rosalie pur gefunden.

Ihr Besuch auf dem Postamt hatte einen ganz harmlosen Grund. Er starrte noch immer die Postkarte an, die er in ihrer Handtasche gefunden hatte. Er war puterrot angelaufen und kam sich entsetzlich blöd vor. Er wußte nicht, was er sagen sollte, wagte nicht, Rosie auch nur anzusehen und sah deshalb unentwegt auf die Karte.

»Liebe Rosie«, las er. »Das war aber mal eine Überraschung, Deine Stimme zu hören. Ich würde Dich gern sehen. Aber wie gesagt, ich hab meinen Boss fragen müssen, und der sagt, daß er mich bis sechs braucht. Wenn Du also nicht so lange in der Stadt bist, werden wir wohl diesmal nicht zusammenkommen. Schade. Am besten sagst Du mir das nächstemal ein bißchen eher Bescheid. Viele Grüße Ella Mae.«

Noch länger konnte Bugs die Karte nun beim besten Willen nicht anglotzen. Verlegen legte er sie Rosie in den Schoß und warf ihr einen jämmerlichen Seitenblick zu. Sie trug ein frisches Leinenkostümchen mit einer weißen Bluse. Ihre hübschen kleinen Füße steckten in hochhackigen Leinenpumps. Ein schickes, aber irgendwie nach Eigenbau aussehendes Hütchen saß auf dem glatten, dichten, rabenschwarzen Haar.

Es waren billige – zumindest sehr preiswerte – Sachen, die nur deshalb so hübsch wirkten, weil Rosie sie trug und weil man ihnen ansah, daß sie liebevoll und mit Geschmack ausgesucht worden waren.

Und das sollte seine Epresserin gewesen sein? Dieses Mädchen hatte er für eine ganz gewöhnliche Nutte gehalten, die sich in Männerschlafzimmern mal eben ein paar schnelle Mäuse verdiente? Dieses Mädchen, das sich so tadellos, so unauffällig zu benehmen wußte und das so ehrlich war, unaufgefordert ihre wahre Hautfarbe preiszugeben, auch wenn es zu ihrem Nachteil war?

Gewiß, ganz eindeutig war durch die Postkarte ihre Unschuld nicht bewiesen. Es war immerhin denkbar, daß sie selbst sich die Karte geschrieben hatte, weil sie geahnt hatte, daß er ihr eine Falle stellen wollte. Schön, es war denkbar. Aber mehr auch nicht. Alles, was er über sie wußte, sprach gegen diese Theorie.

Er war ihr sympathisch gewesen – so wie sie ihm sympathisch gewesen war. Von Anfang an. Sie hatte seine Einladung angenommen, hatte sich ihre besten Sachen angezogen, hatte versucht, eine Verabredung mit einer Freundin zu treffen, um ihm nur ja nicht zur Last zu fallen. Und wie hatte er ihr das gedankt?

»Es tut mir wahnsinnig leid, Rosie, bitte glaub mir das.«

Ihre Lippen zitterten. »Sie brauchen sich nicht zu entschuldigen. Nicht bei einer wie mir. Mit so einer könnt ihr ja machen, was ihr wollt, und wenn es mir nicht paßt . . .«

»Bitte nicht, Rosie. Du weißt doch, daß ich nicht so denke.«

»Das habe ich bisher immer geglaubt. Ich habe mir eingebildet . . . aber das war wohl sehr dumm von mir. Ich habe mir eingebildet, daß Sie mich eingeladen haben, weil Sie mich so akzeptieren, wie ich bin. Daß Sie sich nicht schämen, mit – mit einer . . .«

Ihre Augen standen voller Tränen. Schluchzend legte sie ihren Kopf an seine Schulter.

»Ich komme mir so schmutzig vor. So gedemütigt. Es hat eben alles keinen Zweck, es . . .«

»Nicht doch, Rosie.« Bugs tätschelte ihre schmale Schulter. »Es war nur ein Witz. Ich – ich meine, da hat sich einer einen Witz mit mir erlaubt, und ich . . .«

»Ich muß ständig an eine Sache denken, die ich eigentlich schon fast vergessen hatte. Es war in Chicago. Vor Jahren. Da hat mich ein Mann in der Straßenbahn angesprochen. Er machte einen richtig netten Eindruck. Und dann . . .«

Der Mann war mit ihr zusammen ausgestiegen. Plötzlich hatte er sich ihre Handtasche gegriffen und einen Fünfdollarschein hineingesteckt. Hatte die Handtasche in der Hand behalten und einem Streifenwagen gewinkt. Er war Beamter bei der Sitte. Einer, der Karriere machen wollte, wie viele von diesen Typen. Du gefällst mir, hatte er zu ihr gesagt. Und wenn du nicht im Knast landen willst, wenn du keinen Wert auf eine Vorstrafe legst, solltest du . . .

Bugs hörte mit steinernem Gesicht zu, aber ihm war mindestens ebenso elend zumute wie Rosie. Er wiederholte, daß es sich bei der Geschichte im Postamt um einen Streich gehandelt habe. »Ich kann dir das nicht genauer erklären, aber . . .«

»Nein? Das ist aber schade.« Lou Ford schaute durchs Wagenfenster. »Das könnte ich mir nämlich ganz lustig vorstellen.«

Bugs fuhr zusammen, und Rosie rückte rasch von ihm ab. Mit finsterem Gesicht knurrte Bugs eine Frage.

»Was ich hier mache?« wiederholte der Deputy. »Raten Sie mal. Vielleicht habe ich Geld zur Bank gebracht? Meinen unrechtmäßig erworbenen Reichtum günstig angelegt?«

»Nehme ich Ihnen ohne weiteres ab.«

»Dachte ich mir. Yes, Sir, genauso hab ich mir das gedacht. Aber vielleicht bin ich auch wegen einer anderen Sache hier. Mal angenommen – wohlgemerkt, ich hab nicht gesagt, daß es so ist –, mal angenommen, ich wäre hier, um Sie im Auge zu behalten?«

Bugs schnaubte höhnisch und lachte auf. Ford lächelte sonnig.

»Finden Sie noch besser, was? Zum Totlachen, wie? Tja, dann machen wir doch mal ein bißchen weiter in der Richtung. Nehmen wir an, ich wollte Sie im Auge behalten, weil ich den Verdacht habe, Sie könnten möglicherweise einen Hasen machen. Und nehmen wir an, ich hätte diesen Verdacht, weil ich der Meinung bin, daß Sie einen Mann umgebracht und ihm fünftausend Dollar abgenommen haben.«

Der Deputy sah aus wie einer, der seiner eigenen Meinung nach einen besonders gelungenen Witz gerissen hat.

»Nanu, Sie lachen ja gar nicht. Finden Sie das nicht lustig?«

»Ich hab keine Ahnung, wovon Sie reden«, knurrte Bugs. »Wie kommen Sie darauf, daß Dudley fünftausend Dollar hatte?«

»So was ist leicht rauszukriegen. So ein Hotel hat viele Mitarbeiter, und die haben alle einen Mund. Und ich hab zwei Ohren – falls Ihnen das noch nicht aufgefallen sein sollte. Vielleicht sind sie nicht ganz so scharf wie ihre. Ich hör zum Beispiel nur selten Sachen, die gar nicht gesagt worden sind. Hab ich behauptet, daß es Dudleys fünftausend Dollar waren?«

Bugs zuckte die Schultern. Er hatte schon gemerkt, daß er sich da einen bösen Schnitzer geleistet hatte. »Soweit ich weiß, ist hier in den letzten Tagen sonst niemand gestorben«, sagte er so beiläufig wie möglich. »Da hab ich mir eben gedacht, daß Sie von ihm sprechen.«

Ford nickte bedächtig. »Eins rauf mit Mappe, Bugs. Aber warten Sie mal, irgendwas wollte ich doch noch . . . Ja, richtig. Wollen Sie mich nicht mit Ihrer Freundin bekannt machen?«

»Sie bilden sich wohl noch ein, daß sie sich darum reißt, was?« meinte Bugs giftig, aber dann tat er doch, was Ford von ihm verlangte.

Rosalie murmelte etwas Höflich-Nichtssagendes. Ford lehnte sich vor und musterte sie interessiert.

»Hab ich Sie nicht schon mal wo gesehen? Sie sehen heute viel niedlicher aus, aber . . .«

»Danke«, sagte Rosalie. »Ja, Sir, ich arbeite im Hotel.«

»Richtig. Die Nachtschicht, stimmt's? Haben Sie Dudleys Zimmer gemacht?«

»Nein, Sir. Das hat eine der Kolleginnen von der Tagesschicht gemacht, er war ja tagsüber im Dienst.«

»Aber Sie sind nachts auch dort vorbeigekommen, nicht? Könnten ihm ohne weiteres einen Besuch abgestattet haben.«

»Ja, Sir. Aber ich habe es nie gemacht. Ich hatte keinen Grund dazu.«

»Bestimmt nicht? Sie hatten nicht vielleicht fünftausend Gründe?«

»Fünftau . . .« Sie sah ihn erschrocken an. »Aber Mr. Ford, Sie denken doch nicht etwa . . .«

»Mach dir nichts draus«, sagte Bugs verärgert. »Das ist nur so seine Art, sich die Zeit zu vertreiben, wenn er nicht gerade kassiert.«

Ford zwinkerte ihm anerkennend zu und meinte, jetzt käme Bugs noch mal eins rauf. Wieder mit Mappe natürlich. »Aber zurück zum Thema. Haben Sie mal mit Chloralhydrat gearbeitet? Wohlgemerkt, ich will nicht wissen, ob Sie es mal genommen haben.«

»Ich weiß ja nicht mal, was das ist.«

»Vielleicht kennen Sie es nicht unter diesem Namen. Bekannter ist es unter der Bezeichnung K.-o.-Tropfen.«

»K.-o.-Tropfen? Aber wieso . . .«

»Natürlich hast du nicht damit gearbeitet, und das weiß er auch ganz genau. Worauf wollen Sie hinaus, Ford? Was hat das Zeug mit Dudley zu tun?«

»Ach, hab ich Ihnen das noch nicht erzählt? Muß ich glatt vergessen haben«, nölte Ford. »Dudley hatte genug davon intus, um eine Kuh auf die Matte zu bringen. Wenn er nicht vorher aus dem Fenster gefallen wär, meint der Arzt, wär er sowieso daran gestorben.«

»Aber . . .«

»Ganz schöner Schlag für die Selbstmordtheorie, was? Und damit wird der Fall verd . . . – pardon, Miss Vara – verflixt chaotisch. In seinem Zimmer hatte er das Zeug nicht, jemand muß es mitgebracht haben. Aber wozu dann noch der Fenstersturz? Wär gar nicht nötig gewesen. Fünf oder zehn Minuten später wär der Mann doch hin gewesen, und wer sich einigermaßen mit Chloralhydrat auskennt, muß das auch wissen.«

Daß Dudley auch ohne das Gerangel mit ihm gestorben wäre, war für Bugs eine große Erleichterung. Einen Augenblick konnte er an nichts anderes denken, und deshalb sagte er etwas abwesend: »Na ja, der Betreffende, wer immer es gewesen sein mag . . .«

»Ich würde eher sagen: die Betreffende. Chloraldehyd ist die Waffe einer Frau, und eine Frau hätte wohl auch die beste Gelegenheit gehabt, es ihm unterzuschieben.«

»Na schön, die Betreffende also hat ihn wahrscheinlich aus dem Fenster gestoßen – wenn er wirklich aus dem Fenster gestoßen worden ist –, um nicht den Gedanken an Mord aufkommen zu lassen. Es sollte wie ein Selbstmord aussehen.«

»Dann muß die Betreffende aber ganz schön blöd gewesen sein. Daß in solchen Fällen eine Autopsie gemacht wird, weiß doch inzwischen jedes Kind.«

»Kann ja sein. Es gibt bekanntlich mehr dumme als kluge Menschen auf der Welt.«

Jetzt hatte Bugs Amy entdeckt. Sie stand in einem Hauseingang in der Nähe. Er sah zu ihr hin, und sie lächelte verlegen, als wollte sie jede Verbindung mit diesem Gespräch weit von sich weisen.

Er sah rasch wieder weg. »Sie verdächtigen Miss Vara doch nicht im Ernst, oder?« fragte er Ford. »Dazu besteht nämlich nicht der geringste Grund. Wenn Sie mit der Fragerei fertig sind . . .«

»Bedaure. Ich habe noch gar nicht richtig angefangen.«

»Dann machen Sie in Ragtown weiter. Fahren Sie dicht hinter uns her, wenn Sie wollen. Ich hab genug von dieser schlechten Komödie. Und Miss Vara braucht sich das nicht bieten zu lassen. Wir . . .«

»Gefällt's Ihnen hier nicht?« Ford hob die Augenbrauen. »Ich find's eigentlich ganz gemütlich. Aber wenn Sie lieber ins Gefängnis wollen? Jawohl, Sie haben ganz recht gehört. Sie sind immer noch in meinem Bezirk.«

Bugs japste vor Wut. »Was soll das? Warum sind Sie . . .«

»Na, na, wer wird sich denn so aufregen«, sagte Ford freundlich. »Vielleicht sollten wir draußen auf der Straße weiterreden, Miss Vara.«

»Sie braucht kein Wort mehr mit Ihnen zu reden«, sagte Bugs. »Wir fahren jetzt los.«

»Wär ziemlich witzlos. Nach sechs Blocks hätte euch ein Streifenwagen eingeholt. Das lohnt sich nicht, würde ich sagen. Was meinen Sie, Miss Vara?«

Rosalie stieg wortlos aus. Ford trat zu ihr.

»So, Miss Vara, jetzt erzählen Sie mal. Welche Zimmer machen Sie, außer dem von Mr. McKenna, während Ihrer Dienstzeit?«

»Die anderen vom Nachtdienst schlafen nicht im Haus, deshalb ist das das einzige Zimmer, das ich regelmäßig mache. Aber es gibt ein paar – nicht jede Nacht dieselben –, die mache ich gelegentlich.«

»Nämlich?«

»Die Suite von Mr. und Mrs. Hanlon zum Beispiel, besonders die von Mr. Hanlon. Er geht oft erst gegen Morgen schlafen, wegen seiner Schmerzen, und . . .«

Bugs war ebenfalls ausgestiegen. Er fragte Ford, was, zum Teufel, er mit diesem Verhör bezweckte. »Warum haben Sie Ihre Fragen nicht schon längst gestellt, wenn sie so wichtig waren? Warum haben Sie bis jetzt gewartet? Warum haben Sie alles laufen lassen, bis . . .«

»Kann sein, daß ich noch nicht so weit war«, sagte Ford liebenswürdig. »Was haben Sie dagegen, daß ich meine Fragen jetzt stelle?«

»Sehr viel. Miss Vara hat – hat einen anstrengenden Tag hinter sich und fühlt sich nicht wohl. Und wir müssen beide heute abend arbeiten – wenn Sie sich unter dem Begriff überhaupt etwas vorstellen können. Und wenn wir nicht rechtzeitig zurückkommen . . .«

»Verstehe. Sie brauchen Ihren Schönheitsschlaf. Bei Miss Vara scheint mir das eigentlich nicht nötig zu sein, aber bei Ihnen ist es durchaus angebracht, wenn . . .« Er unterbrach sich, griente breit und winkte, ohne sich umzudrehen. »Amy, komm mal her.«

Amy näherte sich widerstrebend. Lou Ford schob sie jovial zu Bugs hinüber.

»Ich bin mit Miss Vara noch nicht fertig«, erläuterte er. »Aber sie und Bugs müssen zurück. Und da hab ich mir gedacht, du fährst mit ihm, und ich nehme Miss Vara mit.«

Amy schlug die Augen nieder. »Ich weiß nicht, Lou . . . Natürlich fahre ich gern mit Mac, aber . . .«

»Miss Vara kommt mit mir«, sagte Bugs schroff. »Ich habe sie hergebracht und . . .«

»Nein, bitte . . .« Rosalie lächelte ihm zu. »Es ist schon in Ordnung. Machen wir es so, wie Mr. Ford sagt.«

Bugs mußte sich wohl oder übel fügen. Während Ford mit Rosalie davonfuhr, machte er die Wagentür auf und knurrte eine unfreundliche Einladung.

»Danke«, sagte Amy. »Aber ich nehme lieber den Bus.«

»Jetzt sei nicht albern. Wenn es mich nicht stört, warum . . .«

»Ja, warum?« unterbrach sie ihn mit zitternder Stimme. »Warum danke ich dir nicht auf den Knien dafür, daß du geruhst, mich mitzunehmen? Wenn du die Nerven verlierst und losbrüllst und eklig und gemein bist, ist das ja ganz in Ordnung. Du darfst das, und ich muß es mir gefallen lassen. Ich habe ja keine eigenen Gefühle. Ich darf mich ja nicht gedemütigt fühlen. Ich habe ja kein Anrecht auf Höflichkeit oder Verständnis oder . . .«

Gleich fängt sie an zu flennen, dachte Bugs erbittert. Er hatte heute schon mal eine heulende Frau am Hals gehabt, und Frauentränen machten ihn immer mürbe. Und verletzen wollte er Amy nicht, wenn er auch im Augenblick nicht so recht wußte, was er von ihr halten sollte.

Er entschuldigte sich wortreich, bis sie sich endlich doch in seinen Wagen setzte. Es herrschte noch mehr Verkehr als am Vormittag. Auf dem Bohrgelände war gerade Schichtwechsel, und zu den schweren Lastern und Traktoren kamen noch die Wagen der Arbeiter, die sich gegenseitig den Platz auf der Straße streitig machten.

Schnellfahren war ausgeschlossen, und Bugs gab schließlich jeden Versuch auf, ein Mehr an Tempo herauszuholen. Zwischen zwei Lastern dahinschleichend, sah er zu Amy hinüber, die ihn mit einem seltsamen Blick musterte, der sofort verschwand, als sie merkte, daß er sie anschaute.

Miss Vara, meinte sie und sah starr geradeaus, sei ein sehr hübsches Mädchen. »Wo kommt sie her? Spanien? Mexiko?«

»Nein, das heißt, könnte schon sein«, sagte Bugs. Nicht, weil es ihm peinlich war, und früher oder später würde Amy von Ford ja sowieso die Wahrheit erfahren. Aber im Augenblick hatte er einfach keine Lust ihr zu erläutern, warum er mit einer Schwarzen in Westex gewesen war.

»Ein sehr hübsches Mädchen«, wiederholte Amy. »Wenn man den Typ mag. Allerdings habe ich den Eindruck, daß bei ihr die Schönheit nicht lange halten wird. Vielleicht irre ich mich. Sie ist doch nicht in Schwierigkeiten?«

»Nein. Dein Freund Ford hat sich nur aufgespielt.«

Amy schüttelte den Kopf. »Das sieht aber Lou gar nicht ähnlich. Vielleicht hat er es nicht sehr geschickt angefangen, aber er hatte bestimmt einen triftigen Grund, wenn . . .«

»Blödsinn. Was hattet ihr beide überhaupt heute in Westex zu suchen? Ich meine . . .« Bugs nahm sich zusammen. »Ich meine, es geht mich natürlich nichts an, du schuldest mir keine Erklärung, aber . . .«

»Die kannst du aber gern bekommen«, sagte Amy ganz freundlich. »Lou fährt ziemlich oft nach Westex. Warum, das weiß ich auch nicht so genau, aber es ist die größte Stadt im Bezirk, hat er natürlich dort immer was zu erledigen. Und ich bin heute mitgefahren, weil ich mich nach einer Stelle umsehen wollte.«

»Dann war das purer Zufall, daß wir uns über den Weg . . . Moment mal, was wolltest du? Dich nach einer Stelle umsehen?«

»Ja. Das Schulamt hat mich gestern entlassen. Deshalb war ich so durcheinander, als du gestern abend plötzlich vor der Tür standest.«

»Aber warum . . .« Er unterbrach sich. »Wahrscheinlich redest du nicht gern drüber.«

»Ich hab's jetzt verkraftet. Zuerst war es ein ziemlicher Schlag, aber jetzt . . . Es ist wegen neulich, als ich bei Lou war. An dem Nachmittag, an dem du gekommen bist. Jemand hat beobachtet, wie ich durch die Hintertür weg bin, und es hat sich herumgesprochen. Und gestern haben sie mich gefeuert.«

»Hast du die Stelle heute bekommen?« wollte Bugs wissen.

»Nein. Lou hat dafür gesorgt, daß sie mich nicht genommen haben. Und ich habe den Eindruck, daß er auch bei meiner Kündigung die Hand im Spiel hatte.« Sie lächelte, als sie sein Gesicht sah. »Nein, ich bin ihm nicht böse. Nicht mehr. Ich weiß, daß Lou viel von mir hält. Und wenn er so etwas macht, ist das sicher zu meinem eigenen Besten.«

Bugs kniff wütend die Augen zusammen, aber er sagte nichts. Er traute sich nicht, den Mund aufzumachen. Ford hatte ihren Ruf ruiniert, hatte kräftig mitgemischt, um sie um ihre Stellung zu bringen, warf ihr Knüppel zwischen die Beine, damit sie keine neue kriegte, und gedachte offenbar, in diesem Stil weiterzumachen. Und sie saß da und nahm ihn noch in Schutz. Zu ihrem Besten? Von wegen . . .

»Lou findet nämlich«, fuhr sie fort, »daß sein eigenes Leben verpfuscht ist. Er haßt seinen Beruf, für den er sich ja auch wirklich nicht eignet, und das hat ihm einen Knacks gegeben. Er ist hochintelligent, war ein hervorragender Schüler, und . . .«

»Ford? Machst du Witze?«

»Ja, da staunst du, was? Lou war fast so etwas wie ein Wunderkind. Alle Abschlüsse hat er vorzeitig geschafft. Und dann, als er im ersten Jahr Medizin studierte, wurde Doktor Ford, sein Vater, sehr krank, und Lou kam nach Hause. Dr. Fords Zustand verschlechterte sich nicht, wurde aber auch nicht besser. Er kränkelte dahin. Jahrelang. Und Lou . . .«

Lou hatte es als seine Pflicht angesehen, dem Vater zur Seite zu stehen. Aber was sollte er in der Kleinstadt anfangen? Eine geeignete Stellung, eine echte Herausforderung für seine Intelligenz gab es dort nicht. Aber irgend etwas mußte er ja tun, und weil er zu den altansässigen Familien gehörte, hatten sie ihm eine Stelle als Deputy Sheriff verschafft. Das war kein Job für einen studierten jungen Herrn, für einen jungen Mann mit Ambitionen. Von einem Deputy wird verlangt, daß er sich anpaßt, daß er sich so verhält, wie die Öffentlichkeit es von ihm erwartet. Und Ford hatte sich angepaßt. Er hatte sich in die Rolle hineingesteigert, bis sie fast zur Karikatur geworden war. Und nicht nur äußerlich war eine Veränderung mit ihm vorgegangen, sondern auch innerlich.

». . . unheimlich selbstgefällig und arrogant«, sagte Amy gerade. »Er läßt sich nie zu Erklärungen herab. Wenn du etwas nicht so klar erkennst wie er, bist du selbst schuld daran. Und mußt dich am Riemen reißen, wie er es ausdrückt. Aber wenn er einen Menschen wirklich gern hat, setzt er sich auch für ihn ein, und was er tut, ist meist richtig.«

Bugs mußte sich zusammennehmen, um nicht auf der Stelle aus der Haut zu fahren. Mit nur ganz leiser Ironie in der Stimme erkundigte er sich schließlich, was Ford denn mit ihr für große Pläne habe.

»Ich glaube«, sagte Amy nachdenklich, »zuerst wollte er mich dazu bringen, wegzuziehen. Etwas anderes kennenzulernen. Aber jetzt ist er wohl zu der Überzeugung gekommen, daß ich hierher gehöre und . . .« Sie unterbrach sich und wurde rot. »Können wir nicht über etwas anderes sprechen, Mac? Es ist für mich schwer genug, Lou zu verstehen, und für dich muß es noch schwieriger sein.«

Bugs sagte nichts darauf, aber er dachte bei sich, daß er Ford durchaus verstand. Leider nur zu gut. Dieses Urteil hatte er nicht etwa vorschnell gefällt. Im Gegenteil, er war zunächst gern bereit gewesen, zu glauben, daß der Deputy ein ehrlicher Mensch war. Ford selbst hatte es ihm unmöglich gemacht, an diesem Glauben festzuhalten, hatte ihm, Bugs, durch seine Handlungsweise eindeutig bewiesen, daß er ein Schuft war.

Ja, so war das. Und damit war der Fall für Bugs erledigt. Daß Amy die Wahrheit nicht erkannte, machte ihn wahnsinnig.

Am gleichen Abend gegen zehn fuhr Bugs aus einem Zustand zwischen Schlafen und Wachen hoch, als er ein leises Geräusch an seiner Tür hörte.

Er setzte sich auf, wollte aufspringen, aber dann legte er sich lautlos wieder zurück und lauschte.

Ein Klicken, ein leichter Luftzug, ein kurzer Moment der Helle, während die Tür sich öffnete und schloß. Einen Augenblick herrschte Stille. Dann hörte er ein Rascheln, mehrere Sekunden lang, und leise Schritte.

Sie gingen durch den kleinen Vorraum, vorbei am Badezimmer, und verstummten vor seinem Bett.

Bugs linste vorsichtig durch fast geschlossene Lider. Er sah nicht, wer der Eindringling war, sah nur einen dunklen Schatten. Aber das genügte.

Er bewegte sich mit jener überraschenden Behendigkeit, die große, schwere Männer manchmal an sich haben. Seine Arme schlossen sich um den Schatten und hielten ihn fest. »Was, zum Teufel . . .«

Er verstummte, schluckte erschrocken. Er hatte nicht agiert, sondern reagiert, seine Bewegungen waren seinen Überlegungen zuvorgekommen.

Der Körper unter ihm bewegte sich ein wenig, rückte sich zurecht, bettete Bugs bequemer zwischen weiche, warme Rundungen.

Dann hörte er ein zufriedenes Seufzen. Spürte ein lustvoll-begieriges Zittern. Und eine Stimme flüsterte fast flehentlich: »Seien Sie mir nicht böse, Mr. McKenna. Sie werden nicht schlecht von mir denken, nein? Ich habe es mir schon so lange gewünscht, und . . .«

»Rosie . . .«, sagte Bugs.

Und dann sagten sie beide eine ganze Weile überhaupt nichts mehr.

14

Er hatte sich nach seiner Rückkehr aus Westex gegen fünf hingelegt, todmüde, aber zu überreizt zum Schlafen. Verfolgt von einem scheinbar unlösbaren Rätsel. Denn Rosalie Vara kam für ihn als Erpresserin nicht mehr in Frage, worüber er sehr froh war. Aber wer war es dann?

Eigentlich war sie seine einzige Verdächtige gewesen, denn Joyce war, als Dudley starb, in ihrer Suite gewesen. Rosalie war unschuldig, Joyce hatte ein Alibi. Und nur diese beiden Frauen konnten in Dudleys Zimmer – oder vielmehr in seinem Badezimmer – gewesen sein.

Nur diese beiden Frauen . . .

Und wenn es nun ein Mann gewesen war? Irgendjemand hatte Bugs beobachtet, und wenn es keine Frau gewesen war, dann eben ein Mann. Logisch, oder?

Ja, logisch war es schon, andererseits war ihm aber auch klar, daß hinter dieser Geschichte kein Mann stecken konnte.

Dudley veranstaltet in seinem Badezimmer eine kleine Sause. Eine Sause mit Sex. Und wie sie beim schönsten Turteln sind, versetzt ihm sein Gast eine Portion K.-o.-Drops.

Einen Mann hätte er nicht ins Badezimmer gebeten. Und wozu hätte er einen Mann vor einem anderen Mann verstecken sollen?

Und dann diese K.-o.-Tropfen, das Chloralhydrat. Es war, da hatte Ford völlig recht, eine typisch weibliche Waffe. Ein Mann gibt dir eins auf die Birne oder drückt dir seine Kanone zwischen die Rippen, eine Frau nimmt Chloral. Die Muskeln bringen es bei ihr nicht, deshalb tut sie dir schön, lenkt dich ab, läßt dich an Dinge denken, die nicht im Kindergottesdienst besprochen worden sind. Bringt dich soweit, daß von Denken überhaupt keine Rede mehr sein kann. Nur noch vom Fühlen. Dann gibt sie dir was zu trinken. Und danach ist die Party gelaufen, und du bist im Land der Träume. Und wenn die Dosis groß genug war, kommst du von dort nicht mehr zurück.

Wenn es also eine Frau gewesen sein mußte, konnte es kein Mann sein. Aber da es eine Frau auch nicht sein konnte, obgleich es eigentlich eine Frau sein mußte . . . Herrgott noch mal, so kam er nie weiter.

Bugs brummte der Kopf. Und so langsam wurde er jetzt auch schläfrig.

Wer? dachte er. Was? Kein Mann. Keine Frau. Nicht ein Mann . . . oder eine Frau. Nicht jemand, von dem man denken würde . . .

Fast hatte er sie, die einzig logische Antwort. Er hatte das scheinbare Paradox durchdacht, stand vor der kindisch einfachen Lösung. Und just in diesem Augenblick schlief er ein.

Und als er aufwachte, hatte er andere Probleme.

Als sie aus dem Badezimmer zurückkam, brachte sie ihm ein Glas Eiswasser mit. Sie setzte sich ein bißchen schüchtern auf die Bettkante und zog einen Zipfel der Bettdecke über ihre nackten Hüften. Bugs hatte sie eigentlich bitten wollen, sie solle ihn nicht mehr so förmlich anreden, aber dann ließ er es sein. Sie war ein sonderbares kleines Ding. Wenn es ihr leichter fiel, Mister zu ihm zu sagen, sollte es ihm recht sein. Zwingen wollte er sie zu nichts.

Draußen, zwischen den Bohrtürmen, war plötzlich Licht. Nicht ein einzelner Blitz, sondern ein Lichtmeer, das in atemberaubender Geschwindigkeit die Dunkelheit verdrängte und so grell und breit gestreut war, daß der Schein bis in den Hof des Hanlon reichte und durch die Vorhänge von Bugs' Fenster drang. Erst nach dem Lichtschein – der Schall pflanzt sich bekanntlich sehr viel langsamer fort als das Licht – kam die donnernde Explosion. Sie war mindestens eine Meile weit entfernt, schätzte Bugs, trotzdem ließ die Druckwelle die Fenster im Hanlon erzittern.

Rosalie schauderte und faßte Bugs bei der Hand. Er drückte sie beruhigend. »Ganz schöner Knaller. Da muß eine ganze Batterie von Boilern in die Luft gegangen sein.«

»Wie schrecklich. Ob es Verletzte gegeben hat?«

»Glaub ich nicht«, schwindelte er, gerührt von ihrem weichen Herzen. »Hör mal, Rosie, ich . . . Ist es in Ordnung, wenn du so früh zum Dienst kommst? Kriegst du da auch keinen Ärger?«

Es war eigentlich nicht die Frage, die er hatte stellen wollen. Er hatte sich aus Rücksicht auf sie unterbrochen. Denn wenn sie ihm sagte, was er wirklich wissen wollte – und wahrscheinlich hätte sie das ihm zuliebe getan –, konnte sie sich tatsächlich Ärger einhandeln.

Sie schüttelte den Kopf. »Nein. Die Hauptsache ist, daß ich meine Stunden ableiste und meine Arbeit mache. Ob ich etwas früher oder später komme, spielt dabei keine Rolle. In Grenzen natürlich.«

»Dann ist's gut«, sagte er.

In das Rauschen des Nachtwinds mischte sich jetzt der unheimlich jammernde Chor der Sirenen. Krankenwagen rasten von den Rettungsstationen – die auf den Ölfeldern so zahlreich sind wie Erfrischungsbuden auf dem Jahrmarkt – zum Unglücksort. Das Gejaule wurde allmählich leiser und verlor sich in der Ferne. Rosalie zog ihre Hand weg und stand auf.

Sie holte ihre Sachen, die sie in dem kleinen Vorraum vor dem Bad hatte liegenlassen, und begann, sich anzuziehen. Als Bugs ihr helfen wollte, wich sie scheu zurück.

»Ich möchte Ihnen etwas sagen, Mr. McKenna. Zweierlei. Erstens: Ich werde so etwas nie wieder tun. Nicht, daß es mir leid tut. Ich habe mir gewünscht, daß – daß Sie mich nehmen. Sie haben mich gegen Mr. Ford verteidigt, und ich kann Ihnen gar nicht sagen, wie dankbar ich Ihnen dafür bin. Und . . .«

»So soll es aber nicht sein, Rosie. Ich möchte nicht, daß du das Gefühl hast, du wärst mir etwas schuldig.«

»Ich weiß. So meine ich es auch nicht. Aber was ich sagen wollte, Mr. McKenna, ist, daß . . . daß . . .«

Daß dies das erste und das letzte Mal gewesen war, so meinte sie es.

Daß sie sich beide, wenn sie zusammen blieben, nur unglücklich machen würden. Bugs protestierte der Form halber. Aber im Grunde war er sehr erleichtert. Er war nicht in sie verliebt, und sie nicht in ihn. Und so, wie das Leben nun einmal eingerichtet war, hätte die Verbindung ihnen beiden nur Nachteile gebracht. Als Hausdetektiv des Hanlon, der dafür bezahlt wurde, Skandale schon im Keim zu ersticken, hatte er durchaus Chancen, der Entdeckung zu entgehen. Bessere Chancen, als sie beispielsweise Dudley gehabt hatte, der nicht zu den Wächtern, sondern zu den Bewachten gehört hatte. Aber auf lange Sicht war es unvermeidlich, daß jemand den Braten roch, und in seiner heiklen Lage wäre es sträflicher Leichtsinn gewesen, sich noch ein weiteres Problem aufzubürden.

Wenn er nur wüßte, wie er aus dieser heiklen Lage herauskommen sollte . . . Und wenn er nur wüßte, wie er mit Amy dran war. Aber da gab es im Grunde nur zwei Möglichkeiten. Entweder, er akzeptierte, was zwischen ihr und Ford gewesen war, oder . . .

»Ich wollte Ihnen noch etwas sagen, Mr. McKenna. Wegen Mr. Ford. Es . . .«

»Ich glaube, das läßt du lieber«, bremste Bugs sie.

»Doch. Es ist nämlich . . . er verdächtigt mich gar nicht. Wahrscheinlich haben Sie sich das schon gedacht. Weshalb er wirklich mit mir reden wollte . . .«

Bugs unterbrach sie wieder. »Hat er dir nicht eingeschärft, mir ja nichts davon zu erzählen, Rosie? Laß gut sein, ich nehm's dir ab. Er meint, daß zwei Personen, ein Mann und eine Frau, bei Dudley gewesen sein müssen. Die Frau hat ihm das Chloral gegeben, und der Mann hat ihn aus dem Fenster gestoßen. Und der Mann, meint er, war ich.«

»Stimmt. Aber ist das nicht verrückt, Mr. McKenna? Warum sollten Sie – warum sollte irgend jemand so was machen? Wenn die Frau ihn schon umgebracht hatte, so gut wie umgebracht, meine ich, warum . . .«

»Nach diesem Mißverständnis zwischen uns, heute auf dem Postamt, du weißt schon«, sagte Bugs, »danach hat Ford dich auch gefragt, nicht? Sag nichts, wenn du nicht magst, Rosie . . .«

»Unsinn, warum sollte ich es Ihnen nicht sagen? Ja, er hat mich danach gefragt, und – und ich wußte nicht recht, was ich sagen sollte, Mr. McKenna. Ich hab ja selber nicht durchgeblickt, und wenn ich ihn anschwindele, hab ich mir gedacht . . .«

»Ich bin froh, daß du ihn nicht angeschwindelt hast. Es war ganz richtig, daß du ihm einfach geschildert hast, was vorgefallen ist. Der Verdacht gegen mich steht auf ziemlich wackeligen Füßen, aber Ford hat es auf mich abgesehen, und er versucht, mich wegen dieser Geschichte auf dem Postamt ranzukriegen.«

»Aber ich verstehe nicht, wie . . .«

»Im Grunde ist es ganz einfach«, meinte Bugs. »Ich bin da natürlich auf Mutmaßungen angewiesen, Genaues weiß ich ja nicht. Aber mir scheint, daß Ford sich das so gedacht hat: Der Mann weiß nicht, daß die Frau in Dudleys Zimmer ist. Vielleicht hat sie sich im Badezimmer versteckt. Aber sie weiß, daß er im Zimmer ist, weiß, wer er ist. Und als er allem Anschein nach Dudley umbringt und das Geld mitgehen läßt, das sie hat stehlen wollen . . .«

Bugs unterbrach sich. Er konnte sie jetzt erkennen, seine Augen hatten sich an die Dunkelheit gewöhnt. Es war ihr Gesichtsausdruck, der ihn zum Schweigen gebracht hatte.

»Jetzt wird mir einiges klar«, sagte sie endlich. »Sie haben gedacht, daß ich die Frau bei Dudley war. Sie haben gedacht, ich hätte versucht, Sie zu erpressen, und da haben Sie . . .«

»Ich habe mir das gar nicht richtig überlegt, Rosie. Ich wußte nicht mehr ein noch aus, griff nach jedem Strohhalm. Du mußt das verstehen.«

»Ich verstehe Sie ja, Mr. McKenna«, sagte sie sanft. »Wer meine Erfahrungen hat, kann viel verstehen im Leben. Die Hauptsache ist, daß Sie es jetzt nicht mehr so sehen.«

»Ganz bestimmt nicht. Im Grunde habe ich es nie so gesehen.«

»Das freut mich. Wollten Sie jetzt sowieso aufstehen, Mr. McKenna? Ich muß ein Zimmer im Stock darunter machen, und wenn Sie sowieso aufstehen . . .«

»Klar, dann brauchst du nicht noch mal extra hier rauf«, sagte Bugs. »Für mich wird's auch Zeit.«

»Gut, dann gehe ich jetzt erst mal. Wiedersehen.«

Bugs aß, machte seine Runde und begann mit der Inspektion in den Wirtschaftsräumen. Mit Ausnahme der Küche war alles dunkel, sämtliche Ein- und Ausgänge waren dicht. Es gehörte zu Bugs' Pflichten, die Türen aufzuschließen und sich umzusehen, ob sich auch keine Einbrecher eingeschlichen hatten oder – womit man immer rechnen mußte – irgendwo Feuer auszubrechen drohte.

Bäckerei, Wäscherei, Lebensmittellager, Druckerei, die Werkstätten der Maler, Elektriker, Klempner und Schreiner. Eisblockherstellung und Speiseeisbereitung. Teppichstopferei, Polsterei, Wäschereparatur. Boiler-Raum, Maschinenraum, Wasserversorgung. Das Hotel war eine Stadt für sich mit allen Einrichtungen, die nötig sind, um eine Stadt am Leben zu halten.

Zweimal begegnete Bugs auf seiner Runde Leslie Eaton. Einmal war der Portier auf dem Weg zur Serviceabteilung, beim zweiten Mal kam er gerade aus der Telefonzentrale. Jedesmal hatte er ein Bündel großformatiger Zettel in der Hand, was sich recht dienstlich ausnahm. Aber Bugs hatte das Gefühl, daß Eaton es eigentlich gar nicht nötig gehabt hätte, so viel herumzulaufen. Das hatte auch Westbrook schon immer gesagt, und Eaton war tatsächlich fast die Hälfte der Zeit nicht auf seinem Posten am Empfang.

Der Portier lächelte gezwungen und wurde rot, als sie aneinander vorübergingen. Stirnrunzelnd sah Bugs ihm von der Tür der Telefonzentrale aus nach, dann ging er schulterzuckend hinein.

Es war eine Vermittlung mit drei Plätzen, im Augenblick hatte allerdings nur eine Telefonistin Dienst. Bugs setzte sich neben sie auf einen der hochbeinigen Drehstühle und schwatzte ein bißchen mit ihr, während er den schlafwandlerisch sicheren Bewegungen ihrer Finger zusah.

Was sie da machte, interessierte ihn. Alles am Hanlon interessierte ihn. Nicht zum erstenmal verglich er die graue Einförmigkeit seines früheren Lebens mit der stets wechselnden, stets fesselnden Welt dieses Hotels. Schaudernd dachte er an das Milieu, dem er entronnen war. Um so dankbarer war er für die Zuflucht, die ihm hier geboten wurde.

Er wußte, daß es ihm sehr schwer fallen würde, hier wieder wegzugehen. Ein Aufstieg in einen besseren Job wäre natürlich nicht schlecht, aber wenn das nicht ging, würde er sich auch nicht beklagen. Es würde ihm schon genügen, so weiterzumachen wie bisher.

Und dazu war er fest entschlossen. Noch einmal würde er sich nicht unterbuttern lassen. Er würde bleiben. Irgendwie. Um jeden, wortwörtlich um jeden Preis.

Er hatte sein Leben lang ein faires Spiel gespielt, ohne damit auf einen grünen Zweig zu kommen. Wenn er damit diesmal nicht weiterkam, mußte er eben zu anderen Mitteln greifen.

Die Telefonistin sah auf die Uhr. Sie legte sich die Zettel mit den Weckaufträgen griffbereit und stöpselte eine Leitung ein. »Guten Morgen, Sir. Es ist sechs Uhr.«

Bugs ging in die Halle hinunter, trat auf die Straße hinaus, ging einmal um den Block und betrat den Coffee Shop.

Er frühstückte und las die Zeitung. Inzwischen war es acht geworden, und sein Dienst war zu Ende. Er ging zurück in die Halle, um auf sein Zimmer zu fahren.

Er hörte, wie jemand seinen Namen rief. Er wandte sich um. Lou kam die Stufen des Seiteneingangs herauf.

»Was gibt's?« fragte Bugs.

»Ärger«, sagte Ford. »Ich muß mit Ihnen reden.«

15

Sie gingen auf Bugs' Zimmer. Ford lümmelte sich in den einzigen Sessel, zündete sich eine seiner dünnen schwarzen Zigarren an, stieß eine duftende Rauchwolke aus und fächelte sie mit einer Hand weg. Dabei betrachtete er Bugs mit nachdenklich-abwesendem Blick, den Bugs unbewegt zurückgab.

Der Deputy wirkte heute anders als sonst, aber Bugs hätte nicht sagen können, wieso. Erst nach Fords ersten Worten fiel bei ihm der Groschen.

Das Nölen, die Sprachschnitzer und Übertreibungen – all das war verschwunden. Er sprach wie ein ganz normaler und noch dazu ziemlich gebildeter Mensch.

»Ich sagte, daß es Ärger gibt, Bugs. Ärger für Sie. Vielleicht ist das ein bißchen übertrieben. Vielleicht wäre es richtiger zu sagen, daß es Ärger für Sie geben könnte. Noch können Sie ihm aus dem Weg gehen, und ich kann Ihnen dabei helfen.«

»Verstehe.«

»Wirklich? Das bezweifle ich. Aber lassen wir das zunächst. Am besten fangen wir noch einmal ganz von vorn an. An dem Tag, als ich Sie aus dem Gefängnis geholt und Ihnen diesen Job beschafft habe.« Er nahm noch einen Zug aus seiner Zigarre und klopfte die Asche in den Papierkorb ab. »Übrigens habe ich den Eindruck, daß es Ihnen hier gefällt. Sie hätten vermutlich nichts dagegen, hierzubleiben.«

»Stimmt auffallend.«

»Ich hätte auch nichts dagegen.«

Bugs zuckte die Schultern und wartete schweigend. In Fords Augen flackerte es kurz auf. Aber als er fortfuhr, war seine Stimme ganz gelassen.

»Ja, wie gesagt, fangen wir noch mal ganz von vorn an. Ich tue das nicht gern. Es ist nicht meine Art, jemandem einen Gefallen zu tun und dann ständig darüber zu reden. Aber in diesem Falle . . . Als Sie herkamen, Bugs, hatten Sie nichts. Außer einer langen Latte von Vorstrafen. Ich hole Sie aus dem Gefängnis. Ich setze auf Sie. Ich versuche, diesen Job für Sie an Land zu ziehen, vermittele Ihnen die Bekanntschaft mit . . .«

»Ich weiß schon mit wem. Aber die lassen wir besser aus dem Spiel.«

»Na schön, reden wir weiter von mir. Sie waren verbittert, empfindlich, die reinste Mimose. Deshalb habe ich versucht, es so zu drehen, daß es nicht nach Wohltätigkeit aussieht. Daß Sie das Angebot akzeptieren konnten und vielleicht sogar noch das Gefühl dabei hatten, mir einen Gefallen zu tun. Ich habe Ihnen gesagt, daß das Hotel einen guten, harten Hausdetektiv braucht. Daß Sie mir und meinen Jungs damit Arbeit abnehmen.«

Er machte eine Pause und zog wieder an seine Zigarre. Bugs gähnte ziemlich unverhohlen.

»Wär nicht schlecht, wenn Sie langsam zur Sache kommen könnten«, meinte er. »Sie haben mir die Welt als ein Geschenk mit rosa Schleifchen drumrum präsentiert. Jetzt verlangen Sie eine Gegenleistung. Schön, ich will nichts geschenkt. Was soll's sein?«

»Nicht so viel, wie ich gegeben habe, Bugs. Bei weitem nicht so viel. Ich gehöre hier zu den Etablierten. Ich hätte einiges zu verlieren, wenn ich mich in Ihnen geirrt hätte. Und wenn man nach Ihrem Vorstrafenregister geht, hätte ich da sehr wohl danebenhauen können. Aber ich habe Ihnen vertraut. Und jetzt möchte ich, daß Sie mir etwas von diesem Vertrauen zurückgeben.«

»Das sagt mir gar nichts. Da müssen Sie schon . . .«

»Sagt Ihnen gar nichts? Herrgott noch mal . . .« Ford klappte sehr plötzlich den Mund zu. Als er weitersprach, war der nölende Tonfall wieder da, fast unmerklich schlüpfte er wieder in die gewohnte Rolle. »Auch recht. Reden wir also ohne Verzierungen. Sie haben aus irgendeinem Grund Dudleys Zimmer betreten, es kam zu einem Handgemenge, und er ist aus dem Fenster gefallen. Und jetzt . . .«

»Nichts zu machen. Ich habe ein Alibi für die Tatzeit.«

»Ach ja? Um welche Zeit ist er denn hopsgegangen?«

»Ich – ich meine, daß ich nachweisen kann, wo ich in der Nacht war. In meinem Zimmer nämlich. Von dort aus bin ich direkt zum Aufzug gegangen, und danach bin ich erst wieder raufgekommen, als . . .«

»Stimmt. Sie sind von Ihrem Zimmer zum Aufzug gegangen. Und Sie waren auffallend scharf darauf, sich Zeugen dafür zu sichern. Aber daß Sie vorher die ganze Zeit in Ihrem Zimmer verbracht haben, das können Sie nicht beweisen, oder? Sobald Sie mir den Beweis dafür präsentieren können, verschwinde ich sofort.«

»Das brauch ich Ihnen nicht zu beweisen.«

»Nein? Darauf würde ich aber nicht wetten. No, Sir, ehrlich nicht.«

Bugs blieb stur. »Was wollen Sie überhaupt von mir? Wenn jemand in Dudleys Zimmer gewesen ist, muß das doch nicht unbedingt ich gewesen sein.«

»Unbedingt fest steht aber folgendes: Der Typ hat sich nicht mit Gewalt Einlaß verschafft. Er hatte auch keinen Nachschlüssel oder etwas Ähnliches. Ein Dieb wäre einfach rein und wieder raus, der hätte sich nicht auf ein Handgemenge mit Dudley eingelassen oder . . .«

»Warum nicht? Mal angenommen, Dudley hätte ihn auf frischer Tat ertappt?«

Ford zwinkerte ihm zu. »Schätze, daß Dudley inzwischen Besseres zu tun hatte. Aber gut, nehmen wir mal an, daß Dudley den Mann tatsächlich ertappt hätte. Der Typ hatte in seinem Zimmer nichts zu suchen, und Dudley war zwar eine Flasche, aber er hätte todsicher Krawall gemacht, um Hilfe geschrien oder sonstwas. Und wir wissen, daß er das nicht getan hat. Und dann diese Puppe im Badezimmer . . . Glauben Sie, die hätte in unserem angenommenen Fall viel länger zu leben gehabt als Dudley? Der Mann, von dem wir da sprechen, müßte ein Profi gewesen sein, der hätte nichts dagelassen, was das Mitnehmen gelohnt oder was ihn belastet hätte. Er hätte also im Badezimmer nachgesehen, das ist so sicher wie das Amen in der Kirche. Und hätte die Puppe erledigt.«

Ford lehnte sich im Sessel zurück und schlug die Stiefel übereinander. Bugs sah ihn hilflos an und wünschte sich nichts sehnlicher, als dem Deputy eins in die ironisch grinsende Fresse zu geben.

»Eigentlich gar nicht so schwer zu begreifen, wie sich's abgespielt haben muß«, sagte Ford. »No, Sir. Eher was für Vierjährige. Dudley hat den Mann reingelassen. Der Mann konnte verlangen, reingelassen zu werden. Wer kann in einem Hotel verlangen, daß ihm mitten in der Nacht die Tür aufgemacht wird? Im Hanlon wüßte ich nur zwei. Der eine war Westbrook, und der andere . . .«

»Westbrook können Sie vergessen«, fuhr Bugs dazwischen. »Der hat damit bestimmt nichts zu tun.«

Ford nickte. Seine Stimme klang jetzt viel freundlicher. »Freut mich, daß Sie das sagen, Bugs. Ich mag Leute, die zu ihren Freunden halten, auch wenn's ihnen selber weh tut. Und Sie haben natürlich recht. Westbrook habe ich mir zuerst vorgenommen, und ich weiß, daß er nicht zu Dudley gegangen wäre. Ihm waren die Hände gebunden. Immer wieder hatte er beteuert, auf Dudley sei Verlaß. Nein, das konnte er nicht machen . . . Aber wozu das noch mal ausgraben? Ebenso wie die Sache in Westex . . .«

»Und was möchten Sie statt dessen ausgraben?«

»Wie ist es gelaufen, Bugs? Hat Westbrook Sie gebeten, es mal bei Dudley zu versuchen?«

»Nein. Das heißt, ja, er hat mich darum gebeten, aber ich habe es abgelehnt.«

»Schon klar, Sie wollten nichts riskieren.« Ford zog an seiner Zigarre und ließ einen dünnen Rauchfaden zur Decke steigen. »Und dann haben Sie es sich anders überlegt. Und sind prompt in der Scheiße gelandet – wie Sie es befürchtet hatten.«

Bugs zuckte die Schultern. Ford konnte reden und theoretisieren, bis er schwarz wurde. Beweisen konnte er ihm nichts.

Der Deputy musterte ihn aus verengten Augen und sagte, als habe Bugs seine Gedanken laut ausgesprochen:

»Nein, aber ich habe mich auch noch nicht ernsthaft darum bemüht. Ich weiß noch nicht mal, ob ich es Ihnen beweisen möchte. Aber wenn . . .«

»Dann ist das nicht der einzige Beweis, den Sie brauchen. Dann müssen Sie sich auch mit der Frau befassen, die Dudley das Chloralhydrat verpaßt hat.«

»Warum?«

»Warum?« wiederholte Bugs stirnrunzelnd. »Weil . . . verdammt, Sie können doch nicht . . . Sie würden doch nicht . . .«

»Wer sollte mich daran hindern?« Ford breitet die Hände aus. »Vielleicht war das mit dem Chloralhydrat ganz anders. Vielleicht hat die Puppe Sie aus Dudleys Zimmer kommen sehen und war gar nicht selber drin.«

»Aber sie war drin, das haben Sie doch schon zehnmal gesagt.«

»Vielleicht hab ich mich geirrt. Vielleicht sag ich beim elften Mal was anderes. Wenn sie nämlich bereit wäre auszusagen, ihrer verdammten Bürgerpflicht nachzukommen, wie das so schön heißt, könnte man wohl davon ausgehen, daß sie okay ist. Yes, Sir, das könnte man wohl, selbst wenn's einem nicht so recht in den Kram passen würde.«

»Und selbst wenn man nicht sowieso tun und lassen könnte, was man wollte.«

»Sehen Sie, jetzt dämmert's Ihnen langsam«, sagte Ford freundlich. »Jetzt fängt's an zu klickern. Wenn Sie so weitermachen, Bugs, können Sie bald Sand aus dem Stiefel schütten, ohne daß Sie 'ne Gebrauchsanweisung dazu brauchen.«

Er lachte, ein herzliches, ansteckendes Lachen, und strich sich mit der schmalen, schlanken Hand übers Kinn.

»Stören Sie sich nicht dran, wie ich rede, Bugs. Ich mach das so lange, daß ich's mir nicht mehr abgewöhnen kann, selbst wenn ich wollte. Wir haben alle so unsere kleinen Ticks, und so wie ich das sehe, gibt's meist auch einen guten Grund dafür. Und solange einer dem anderen das nicht aufs Butterbrot schmiert . . .«

»Hören Sie, wenn Sie mir was zu sagen haben . . .«, fuhr Bugs dazwischen.

»Ich weiß schon: Sie sind müde, und ich bin manchmal ein bißchen anstrengend. Also bringen wir es rasch zu Ende. Daß Sie Dudley absichtlich um die Ecke gebracht haben – weil Sie auf das Geld scharf waren oder aus einem anderen Grund –, kann ich mir einfach nicht vorstellen. Außerdem – ist vielleicht 'ne komische Einstellung von mir, aber so bin ich nun mal – hab ich so das Gefühl, daß es um ihn nicht besonders schade war. Hat dem Gericht Arbeit gespart. Wenn Sie mir sagen, daß es ein Unfall war, nehme ich es Ihnen ab, und die Sache ist für mich erledigt.«

»Da können Sie lange warten.«

Ford zögerte und machte schmale Lippen. »Na schön, ich betrachte die Sache trotzdem als erledigt. Ich hab am Anfang 'ne Menge Vertrauen in Sie investiert, und ich bin bereit, noch was nachzuschießen. Aber jetzt, Bugs . . .« – er lehnte sich vor und senkte die Stimme – ». . . jetzt will ich Dividende sehen. Sie wissen, was sich hier zusammenbraut. Sie wissen, warum Mrs. Hanlon so schnell dabei war, Ihnen zu dem Job zu verhelfen. Sie wären ja blöd, wenn Sie das inzwischen nicht gespannt hätten. So, und jetzt sind Sie dran.«

Er lehnte sich wieder zurück. Bugs rutschte unruhig auf seinem Stuhl herum. Er war in der Ecke. Wie konnte er sich da bloß wieder rauswinden?

»Hören Sie mal . . . verdammt, was . . . ich meine, was glauben Sie . . . «

»Das kann ich Ihnen nicht sagen, Bugs, ich weiß ja nicht, wie Sie drüber denken. Und wenn Sie was anderes denken, seh ich ganz schön beschissen aus.«

»Aber . . .«

»Ich habe schon zu viel gesagt, Bugs. Ich hab Ihnen ein Pferd gesattelt und hab Ihnen draufgeholfen. Jetzt halt ich die Zügel, bis ich merke, in welche Richtung Sie wollen.«

»Und wenn es nicht Ihre Richtung ist, fall ich auf die Schnauze.«

»Ja, weil Sie dann nämlich schön dämlich wären. Und ich hab was gegen dämliche Typen. Für mich sind die schlimmer als ein Kaktus unter der Satteldecke.«

»Aber was . . .«

Es war sinnlos, die Frage zu wiederholen. Ford war praktisch in derselben Lage wie Bugs.

Ging es ihm um Mike Hanlons Tod, brauchte er Bugs' Hilfe bei der Ermordung des Alten? Möglich, sogar wahrscheinlich. Aber damit konnte Ford nicht rausrücken, ehe er wußte, wie Bugs dazu stand.

Oder wollte er Joyce Hanlon eine Anklage wegen Mordversuch anhängen? Auch das war denkbar. Aber auch das konnte Ford nicht zugeben, ohne sich über Bugs' Einstellung im klaren zu sein. Er mußte damit rechnen, daß Bugs sich mit Joyce in Verbindung setzte, und wenn sie gewarnt war, würde sie ihre Pläne zurückstellen, und Hanlon wurde seines Lebens überhaupt nicht mehr froh.

»Was ist, Bugs?« fragte Ford.

»Ich weiß nicht, wovon Sie reden. Und ich will's auch nicht wissen«, sagte Bugs.

Ford nahm die Zigarre aus dem Mund, betrachtete sie abwesend, rollte sie zwischen den Fingern und ließ sie in den Papierkorb fallen.

»Sie wissen es also nicht. Sie haben nicht die leiseste Idee, wovon ich rede. Kann sein, daß das auch schon eine Antwort ist – womit ich natürlich nicht sagen will, daß sie mir gefällt.«

»Hören Sie mal, Ford – finden Sie nicht, daß Sie da eine ganze Menge verlangen?«

Ford nickte bedächtig. »Kann sein. Yes, Sir, ehrlich wahr. Von einem richtigen Mann wär's vielleicht nicht zuviel verlangt. Aber von einem Kerl, der nur aussieht wie ein Mann und eigentlich noch ein Kindskopf ist . . .«

»Tun Sie sich bloß keinen Zwang an«, knurrte Bugs. »Mit mir können Sie's ja machen.«

Ford redete weiter. Volle fünf Minuten lang. Mit erbarmungsloser Deutlichkeit, mit dieser nölenden Stimme, bis Bugs vor Angst und Wut zitterte und Übelkeit empfand. Und dann war es endlich vorbei, und der Deputy stand auf.

»Das hab ich Ihnen schon lange mal sagen wollen«, erklärte er ganz freundlich. »Weil ich Ihnen helfen will. Mit dem Problem, über das wir gesprochen haben, hat's nicht direkt was zu tun. Was das betrifft – diese Nichtantwort vorhin, die auch 'ne Antwort ist –, da müssen wir einfach mal abwarten. Abwarten und Tee trinken, wie's so schön heißt. Ich warte ab – und Sie können ja inzwischen den Tee trinken. Vielleicht nützt es was.«

16

Bugs war an diesem Abend bei Amy eingeladen. Das Essen – Baked Beans, Salat und Maisbrot – war einfach, aber schmackhaft. Aber an Bugs war Amys Mühe verschwendet. Sie hätte ihm genausogut Sägespäne und Backsteine vorsetzen können, er hätte es nicht gemerkt.

Nachdem sein Bauch befriedigt war, beruhigte sich auch sein aufgewühltes Gemüt etwas. Aber statt der Unruhe stellte sich eine unbehagliche Trägheit ein. Er half Amy beim Abwaschen und Abtrocknen, und dann gingen sie ins Wohnzimmer, setzten sich auf das alte Roßhaarsofa und unterhielten sich. Bugs wurde immer schweigsamer. Endlich verstummte er ganz.

Amy gab ihm einen sanften Rippenstoß. Dann stand sie plötzlich auf, setzte sich auf seinen Schoß und küßte ihn auf den Mund. Vielleicht, meinte sie, würde er davon endlich aufwachen. Bugs wachte auf. Die Methode war offenbar selbst in schweren Fällen von Depression unschlagbar. Amy ließ sich vorführen, wie wach er war. Hellwach. Dann rückte sie ein Stück von ihm ab.

»Was ist los mit dir, Mac? Dich drückt doch etwas?«

Bugs zuckte die Schultern. »Hab nur einen etwas dummen Kopf. Wohl weil ich nicht besonders geschlafen habe.« Er schaute weg. »Was sollte mich denn drücken?«

»Das weiß ich nicht. Würdest du es mir sagen, wenn du Ärger hättest?«

»Aber natürlich, warum denn nicht? Ich würde denken, daß es dich interessiert.«

»Du hättest also nicht das Gefühl, daß du mir nicht trauen könntest?«

Bugs küßte sie. Hauptsächlich deshalb, weil er die Frage nicht einmal sich selbst gegenüber beantworten konnte. Amy schien damit zufrieden zu sein und ließ das Thema fallen.

Aber als er am nächsten Abend gerade gehen wollte, fing sie wieder davon an.

»Ich will ja nicht aufdringlich sein, Mac, aber wenn dich doch etwas drückt . . .«

»Jetzt hör mal, Amy . . .«

»Entschuldige. Ich dachte nur, du würdest vielleicht, wenn . . . Ich meine . . . warum hast du mir nicht gesagt, daß . . . Ach, was mußt du von mir denken, ich rede wirklich einen furchtbaren Unsinn zusammen.« Ihr Lachen klang schrill und künstlich.

»Amy . . .«, fing Bugs an.

»Nein, bitte, Mac.« Sie trat ins Haus zurück und ließ ihn auf der Vortreppe stehen. »Ich bin müde, und es ist schon spät. Geh jetzt, wir sehen uns morgen.«

Die Tür klappte zu, der Riegel wurde vorgeschoben, das Licht in der Diele erlosch. Bugs drehte sich unsicher um und fuhr ins Hotel zurück.

Es war noch nicht ganz halb elf, als er zum Hanlon kam. Noch reichlich Zeit bis zum Dienstbeginn. Er parkte seinen Wagen am Seiteneingang, blieb darin sitzen, grübelte vor sich hin und starrte auf die Straße vor sich.

Je länger er darüber nachdachte, desto mehr machte ihm die Fahrt nach Westex City zu schaffen. Mit dieser Dummheit hatte er sich einen Strick um den Hals gelegt und das andere Ende Lou Ford in die Hand gegeben. Und selbst wenn Ford ihm nicht – zufällig oder absichtlich – über den Weg gelaufen wäre, wäre die Fahrt doch nur verlorene Zeit gewesen.

Er konnte ja nicht ständig am Schalter für postlagernde Sendungen herumlungern, er konnte ja nicht endlos das Postamt beobachten. Das heißt, er konnte schon, aber was sollte das bringen? Denn jeder Idiot konnte sich ja ausrechnen, daß der Erpresser sich nicht selbst dort blicken lassen würde. Er mußte einen Mittelsmann haben, jemanden, den Bugs nicht kannte. Warum er darauf nicht gleich gekommen war . . .

Weil ich aus naheliegenden Gründen noch nicht in diese Richtung gedacht habe, entschuldigte er sich vor sich selbst. Weil ich fest davon überzeugt war, daß Rosalie Vara mich erpreßt hat und naiv genug sein würde, mir in die Falle zu gehen. Hätte ich da schon gewußt, daß die Betreffende mit K.-o.-Tropfen arbeitete, hätte ich mir wahrscheinlich etwas anderes einfallen lassen. Aber das, fand Bugs, hatte er nicht wissen können. Also war das, was er getan hatte, unter den gegebenen

Umständen gar nicht mal so dumm gewesen. Und außerdem war es sinnlos, sich hinterher deswegen verrückt zu machen.

Der springende Punkt war, daß die herkömmliche Erpresserfalle – die einzige, die ihm einfallen wollte – in diesem Fall nicht funktionieren würde. Nicht bei einem Mann, der selber auf der falschen Seite des Zauns war und keine Hilfe von der anderen Seite zu erwarten hatte. Irgendwie mußte er herausbekommen, wer sie war – wenn es eine Sie war. Und er wußte schon, daß das nicht sein konnte, und er wußte auch, daß . . .

Wütend warf Bugs seine Zigarette aus dem Wagenfenster und durchbrach damit den Teufelskreis seiner Gedanken.

Er lehnte es auch ab, sich darüber Gedanken zu machen, was er tun würde, falls er sie oder ihn zu fassen kriegte. Irgendwas würde er unternehmen, das war klar. Aber was es sein würde, das mußte sich entscheiden, wenn es soweit war.

Ein Page vom Hanlon überquerte die Kreuzung vor ihm. Ein Junge mit glattem Haar und einem blassen, phlegmatischen Gesicht. Eine Zigarette baumelte in seinem Mundwinkel, und er hatte einen leinenen Postsack über der Schulter.

Am Seiteneingang des Hotels nahm er einen langen Zug aus seiner Zigarette, schnippte sie auf die Straße und verschwand fast im Laufschritt in der Halle. Bugs grinste vor sich hin. Diese Jungs arbeiteten im Hotel, aber nicht für das Hotel. Das Hotel war nur einer ihrer zahlreichen Bosse. Sie fertigten es ab, so wie sie seine Gäste abfertigten, die Verrückten und die Trunkenbolde, die Griesgrame und die Meckerer, die Provinzler und die Großstadthaie. Sie waren mit allen Wassern gewaschen und mit allen Hunden gehetzt, die Pagen des Hanlon, das gehörte zu ihrer Überlebenstaktik. Und ohne Tricks und Kniffe fühlten sie sich nicht wohl.

Der hier hatte wahrscheinlich auf dem Weg zur Post und zurück genüßlich herumgebummelt. Dafür hechelte er jetzt wie ein Langstreckenläufer kurz vor dem Ziel.

Bugs rauchte noch eine Zigarette. Dann stieg er aus und ging langsam zum Seiteneingang. Die Post, die der Page gebracht hatte, war die letzte für heute, so spät abends kam nie sehr viel. Inzwischen war bestimmt schon alles verteilt, und er konnte feststellen, ob . . .

Aber das hatte Zeit. Wenn ein Brief auf ihn wartete, war das nicht zu ändern. Aber wer drängt sich schon danach, sich vom Schicksal einen linken Haken verpassen zu lassen?

Er setzte sich in den Coffee Shop, trank Kaffee und aß Kirschtorte dazu, dann ging er in die Halle.

Unbewußt langsamer werdend ging er über das schwarzweiße Schachbrettmuster des Marmorbodens zum Empfang. Vor den Postfächern blieb er stehen.

Kein Brief. Nur wieder eine Telefonmitteilung. Joyce Hanlon hatte angerufen. Er nahm den Zettel mit einem unterdrückten Seufzer der Erleichterung entgegen und begann seine Runde.

Wahrscheinlich mußte er irgendwann mal Joyce anrufen. Vielleicht wollte sie ja über ganz was anderes reden als über die Sache, die er im Hinterkopf hatte. Und wenn's beim Reden blieb, konnte ja nicht viel passieren. Vielleicht war es sogar ganz nützlich. Konnte ja sein, daß er von ihr was Interessantes erfuhr. Zum Beispiel, wie sie zu Lou Ford stand.

Um zwei hatte er seine Runde beendet und Appetit auf eine vernünftige Mahlzeit. Er stieg aus dem Aufzug und steuerte den Coffee Shop an. Als er am Empfang vorbeikam, blieb er plötzlich wie angewurzelt stehen.

Er machte ein ungläubiges Gesicht. Langsam trat er an den Empfang heran. Statt Leslie Eaton machte Ted Gusick dort Dienst. Er holte den Brief aus dem Fach und reichte ihn Bugs. Bugs betrachtete die mit Bleistift geschriebene Adresse, den sich schwach abzeichnenden Poststempel – Westex City –, klopfte abwesend damit auf die Tischplatte und machte sich so seine Gedanken.

Seit der Sendung, die der Page unter seinen Augen ins Hotel gebracht hatte, war keine Post mehr gekommen. Wäre dieser Brief dabei gewesen, hätte er schon vor Stunden in seinem Fach liegen müssen.

Bugs hob den Blick und sah in das ausdruckslos-höfliche Gesicht von Ted Gusick.

»Ist was, Mr. McKenna? Kann ich was für Sie tun?«

»Wie?« Bugs blinzelte. »Nein, nein, alles bestens. Ich hab mir nur – äh – gerade überlegt, wo Eaton steckt. Ist nicht weiter eilig, aber . . .«

»Ich hab gerade drei dringende Anrufe, der eine Gast meldet sich schon zum zweiten Mal.«

»Ja, ja, sicher«, sagte Bugs zerstreut.

»Wir sollen ja einen neuen Betriebsingenieur haben. Großer, kräftiger Kerl. Vielleicht erklärt er unserem Sonnyboy den Boiler.«

Lachend zwinkerte er Bugs zu, aber weil er Bugs' verblüfftes Stirnrunzeln mißdeutete, zog er sich rasch wieder in seine Rolle beflissener Diskretion zurück. »Kein guter Witz, Mr. McKenna, was? Natürlich denke ich von einem netten jungen Mann wie Mr. Eaton nicht im Ernst so was.«

Nicht im Ernst? Nun ja – wenn man genau genug hinsah, war es nicht zu übersehen. Und das mußte des Rätsels Lösung sein. Es war keine Frau in Dudleys Badezimmer gewesen. Jedenfalls nicht buchstäblich . . .

»Also wenn ich's mir genau überlege«, meinte Ted jetzt, »ist Mr. Eaton vielleicht bei den Hausdienern. Er wollte dort die Konten prüfen, und wahrscheinlich läßt er sich bei dieser Gelegenheit umsonst die Hosen bügeln.«

»Die Hosen bügeln?« wiederholte Bugs gedankenlos.

»Entschuldigen Sie, Mr. McKenna, haha, hört sich ulkig an, aber es war wirklich nicht als blöder Spruch gemeint. Der Hausdiener macht das gern für einen Kollegen, wenn er grade Zeit hat.«

Bugs wandte sich unvermittelt ab und ging davon. In dem Gang, der zum Coffee Shop führte, blieb er stehen und nahm den Brief aus der Tasche.

Den ersten Brief – oder vielmehr den Umschlag – hatte er sich nicht genauer angesehen, trotzdem hatte er unbewußt das eine oder andere registriert. Nachdem dieselben Sachen bei diesem Umschlag wieder auftauchten, drängten sie sich mit Nachdruck in sein Bewußtsein und gewannen an Bedeutung.

Er ließ seine Finger über das Papier gleiten, betrachtete das fast unkenntliche Datum des Stempels, dann ging er mit grimmiger Miene weiter. Den Brief steckte er ungeöffnet wieder in die Tasche.

Was darin stand, war nicht so wichtig. Wichtig war, wer ihn geschrieben hatte.

Er setzte sich auf einen Hocker an einem Ende der hufeisenförmigen Theke, gab seine Bestellung auf, dann erhob er sich mit einem erschrockenen Ausruf. »Ich muß rasch mal telefonieren, ist mir gerade noch rechtzeitig eingefallen. Warten Sie noch einen Augenblick, ehe Sie mir das Essen bringen, ja?«

Die Bedienung nickte lächelnd. Bugs legte seinen Hut auf den Hocker, quetschte sich durch die Service-Luke zwischen Theke und Wand und ging rasch zum hinteren Teil des Restaurants. Dahinter lag die Hotelküche. Bugs eilte durch den langgestreckten, trüb beleuchteten Raum, der zur Zeit – das Hotelrestaurant war geschlossen – nicht besetzt war. Er verließ die Küche durch die gegenüberliegende Tür, die zur Hintertreppe führte. Hier schnappte er sich einen der stillgelegten Aufzüge und fuhr damit ins erste Kellergeschoß hinunter. Leise machte er die Tür auf und lauschte in die Dunkelheit hinein.

Der Raum der Hausdiener war ein paar Meter nach rechts. Von dort kam Eatons Stimme.

»Sei doch nicht so eklig. Ich mußte die Konten überprüfen, oder?«

»Konten? Daß ich nicht lache. In der Zeit hättest du ganz Fort Knox überprüfen können!«

Eaton kicherte. Bugs trat unruhig von einem Fuß auf den anderen. Zwar herrschte im Coffee Shop noch immer lebhafter Betrieb, trotzdem konnte die Bedienung leicht ungeduldig werden. Wenn er zwanzig, dreißig Minuten wegblieb, fiel das nicht weiter auf, aber wenn es länger dauerte, gefährdete er sein Alibi. Und so wie Eaton, dieser Idiot, sich anstellte . . .

»Was willst du eigentlich? Ich geh ja schon.«

»Wird auch Zeit. Mach, daß du rauskommst, damit ich endlich wieder an meine Arbeit komme.«

Eaton murmelte etwas Unverständliches, dann ging eine Tür, und man hörte Schritte im Gang.

Bugs' Muskeln spannten sich. Seine Hand schoß vor, packte Eaton, zog ihn in die Aufzugkabine und warf ihn gegen die Rückwand, daß ihm der Atem wegblieb. Dann ließ er, fast noch ehe sich die Tür geschlossen hatte, den Aufzug nach oben sausen.

17

Zwischen dem siebenten und achten Stock hielt er an, machte Licht und drehte sich langsam um.

Eaton gab seinen Blick lächelnd zurück. Er war ein bißchen blaß um die Lippen, hatte aber offenbar keine Angst. Seine Dreistigkeit brachte Bugs zur Weißglut.

»Keine Mätzchen«, knurrte er. »Jetzt wird geredet.«

»Geredet?« Der Portier kicherte nervös. »Egal worüber, Mr. McKenna?«

»Wenn Sie versuchen, mich zu verarschen, können Sie schon immer anfangen, Ihre Knochen zu numerieren.«

»Aber, Mr. McKenna . . .« Eatons Lächeln war wie festgefroren. »Ich verstehe nicht, Mr. McKenna . . .«

»Halten Sie mich für blöd? Glauben Sie, daß ich so einen miesen Trick nicht durchschaue? Vor etwa zwei Wochen sind Sie nach Westex

City gefahren und haben mehrere Briefe aufgegeben, die Sie an sich hier im Hotel adressiert haben. Mit Bleistift. Dann haben Sie Ihren Namen ausradiert und meinen darübergeschrieben. Und . . .«

»Aber das ist nicht wahr. Wie käme ich denn dazu?«

»Um sich ein Alibi zu verschaffen. Ich bekomme einen Brief – aber Sie sind vorgestern, an dem Tag, an dem er eigentlich an mich abgegangen sein müßte, nicht in Westex gewesen. Sie wären damit vielleicht sogar durchgekommen, wenn Sie den Poststempel ein bißchen besser ausradiert hätten.« Bugs packte ihn an den Jackenaufschlägen. »So, das wär's. Und jetzt . . .«

Eaton blieb noch immer ruhig. »Mr. McKenna, wozu sollte ich Ihnen einen Brief schreiben?«

»Das wissen Sie ganz genau, Sie . . .« Bugs unterbrach sich. Es war denkbar, daß Eaton in seinen Informationen nicht so ganz sattelfest war. Er durfte ihm keine zusätzliche Handhabe liefern. »Ich weiß, daß die Briefe nicht mit der normalen Post gekommen sind. Jedenfalls nicht der, den ich heute bekommen habe. Und deshalb . . .«

»Der erste auch nicht, Mr. McKenna, das weiß ich jetzt. Deshalb habe ich mir auch Gedanken darüber gemacht.«

»Los, weiter.«

»Ich habe ihn zwischen dem Empfangstisch und den Postfächern auf dem Boden liegen sehen. Zuerst habe ich gedacht, daß er aus dem Fach rausgefallen ist, hab ihn abgestaubt und wieder reingelegt.« Der Portier senkte den Kopf, und seine Stimme wurde sehr leise. »Aber – aber Sie bekommen doch nie Briefe, und – und mich interessiert alles, was Sie betrifft. Und da ist mir das Datum aufgefallen. Eigentlich hätte es der Poststempel vom Vortag sein müssen, aber er war zwei Tage davor abgestempelt. Und da bin ich eben neugierig geworden und . . .«

»Na los, reden Sie schon«, sagte Bugs schroff und unerklärlich befangen.

»Sie haben den zweiten Brief noch nicht aufgemacht, nicht? Sonst wüßten Sie, daß . . .« Er unterbrach sich. »Na ja, jedenfalls hab ich den zweiten Brief genau da gefunden, wo der erste war. Auf dem Boden, zwischen dem Empfangstisch und den Postfächern für die Gäste. Und er war am gleichen Tag abgestempelt wie der erste. Das hat mich natürlich stutzig gemacht. Ich hatte kein Recht dazu, ich weiß, Sie haben bestimmt nicht das mindeste Interesse an . . .«

»Schon gut.« Bugs wurde rot. »Sie haben den Brief heute gefunden, ja?«

»Nein, ich . . .« Der Portier flüsterte jetzt nur noch. »Ich – es war an dem Abend, wo Sie so müde ausgesehen haben. Sie waren wohl den ganzen Tag auf den Beinen gewesen . . .«

Es mußte der Tag gewesen sein, an dem er in Westex gewesen war. Eaton hatte den Brief so lange zurückgehalten.

»Ich hab ihn aufgemacht, Mr. McKenna. Nicht den ersten, da war ich noch nicht neugierig genug. Aber diesen zweiten, und ich – ich wollte Ihnen helfen . . .«

»Verstehe«, sagte Bugs verlegen. »Nun nehmen Sie sich's nicht so zu Herzen.«

»Ich hab auf mein Gehalt gewartet, Mr. McKenna, deshalb hab ich ihn zurückgehalten. Ich wollte nicht aufdringlich sein oder Sie in Verlegenheit bringen, aber ich hab mir gedacht, Sie würden schon wissen, daß das Geld von mir kommt und . . .« Eaton schlug die Hände vors Gesicht. »Ich schäme mich ja so, Mr. McKenna.«

Bugs nahm den Brief aus der Tasche und riß den Umschlag auf. Der Brief war kurz.

»Ich brauche das Geld, Mr. McKenna. Lange warte ich nicht mehr.«

Der Umschlag enthielt außerdem einen Fünfzigdollarschein.

Eaton sah ihn flehend an. »Meinen Sie, daß Ihnen das weiterhilft, Mr. McKenna? Ich weiß ja nicht, wieviel Sie brauchen, aber . . .«

»Ich brauche überhaupt kein Geld«, erklärte Bugs entschieden. »Das Ganze ist nur ein ziemlich geschmackloser Witz, den sich jemand mit mir erlaubt. Wer es ist, weiß ich noch nicht, aber das bringe ich schon noch in Erfahrung. Sie halten sich am besten da raus, ich werde allein damit fertig. Wenn noch mehr solche Briefe kommen, legen Sie sie mir einfach ins Fach und vergessen Sie sie.«

»Ja, Sir. Wird gemacht, Mr. McKenna. Ich . . .«

»Ich brauche keine Hilfe, aber Sie brauchen welche.« Bugs nahm fünfzig Dollar aus seiner Brieftasche, legte sie zu dem Schein aus dem Umschlag und drückte dem Portier beides in die Hand. »In Westex gibt es bestimmt einen Psychiater oder einen guten Psychologen. Gehen Sie hin, sehen Sie zu, daß er Sie wieder ins Lot bringt. Wollen Sie mir das versprechen? Vielleicht müssen Sie sich dann in anderen Dingen etwas einschränken, aber . . .«

Eaton hob den Kopf. »Das schaffe ich schon. Vielleicht greift mir ja auch mein Vater ein bißchen unter die Arme. Er hat sich nie groß um mich gekümmert, aber er ist ganz gut betucht.«

»Wenn Sie ihm sagen, was Sie vorhaben, tut er das bestimmt.« Bugs schlug ihm ermutigend auf den Rücken. »Und diese andere Sache vergessen wir. Die hat es nie gegeben.«

Eaton nickte. »Jawohl, Sir. Aber ich bin mächtig froh, daß es passiert ist.«

Bugs fuhr den Aufzug ins Erdgeschoß und ging wieder in den Coffee Shop. Leslie Eaton ging mit sehr geraden Schultern zurück zum Empfang.

Da wären wir also wieder bei Joyce Hanlon gelandet, dachte Bugs. Bei Joyce, die von Anfang an seine Verdächtige Nummer eins gewesen war. Wie Lou Ford konnte sie ihm ihren Vorschlag nicht offen unterbreiten. Wie Ford zwang sie ihn, die Karten auf den Tisch zu legen, ehe sie ihm ihre zeigte.

Sie war der einzige Mensch in Bugs' Bekanntschaft, der willens und in der Lage war, ihm einen sehr beträchtlichen Gefallen zu tun. Er würde sich natürlich dafür revanchieren müssen. Und wie das zu geschehen hatte, war ihm bereits angedeutet worden. Aber er mußte den ersten Schritt tun. Sie mußte, ehe sie ihn vom Haken ließ, sicher sein, daß er spuren würde.

Und wenn er diesen ersten Schritt nicht tat? Wenn er die Briefe einfach ignorierte?

So leicht würde sie sich nicht abwimmeln lassen. Sie und Lou Ford hatten es auf die Millionen des Alten abgesehen, und von einem Versager, einem dreimal abgestiegenen Absteiger, würden die beiden sich nicht in die Suppe spucken lassen. Wenn er nicht bereit war zu kicken, würden sie ihn einfach aus dem Spiel nehmen – für immer. Und sich einen Ersatzspieler beschaffen, der die Bälle so schoß, wie sie es wollten.

Aber, verdammt noch mal, das war ja alles graue Theorie. Und noch dazu eine Theorie mit einem großen Loch, weil sich bekanntlich Joyce zu der Zeit, als Dudley aus dem Fenster gefallen war, in ihrem Zimmer aufgehalten hatte.

Bugs beendete seine Mahlzeit, verließ den Coffee Shop und begann seine Runde in den Wirtschaftsräumen.

Wie immer war er gegen halb sechs auch damit fertig. Gähnend betrat er die Telefonzentrale und setzte sich auf einen der hohen Stühle.

Er zündete sich eine Zigarette an und unterdrückte einen zweiten Gähner.

Die Telefonistin lächelte mitfühlend. »Lange Nacht gehabt, Mr. McKenna?«

»Kann man wohl sagen. Bin froh, wenn ich Feierabend habe.«

Am Schaltbrett flammte ein Lämpchen auf, sie meldete sich höflich und stellte die gewünschte Verbindung her. Dann wandte sie sich wieder an Bugs.

»Warum machen Sie nicht Schluß, Mr. McKenna? Sie sind bestimmt müde.«

Bugs lachte. »Und wenn der Alte mich haben will?«

»Na wenn schon . . .«

»Aber ich . . . Ach so, ich verstehe, wie Sie's meinen. Er weiß ja nicht, wo ich stecke. Sie könnten sagen, daß Sie es im Coffee Shop versucht haben oder so.«

»Genau. Für jeden würde ich das nicht tun, aber bei jemandem, von dem ich genau weiß, daß er ein anständiger Kerl ist . . .«

Bugs sah sie an, ohne sie richtig wahrzunehmen. Er führte die Zigarette zum Mund, hielt aber auf halbem Wege inne. Die Telefonistin nahm den Stöpsel heraus.

»Fassen Sie das bitte nicht falsch auf, Mr. McKenna«, sagte sie. »Ich möchte nicht, daß es so aussieht, als ob ich es mir zur Gewohnheit mache, die Leute zu hintergehen.«

»Wie? Nein, natürlich nicht. Ich finde das sehr nett von Ihnen.«

» Tut ja schließlich niemandem weh. Wir sind doch eine große Familie, und wenn wir uns gegenseitig hier und da mal einen kleinen Gefallen tun können . . .«

»Eben, so sehe ich es auch.« Bugs wandte den Blick ab und versuchte so gleichmütig wie möglich zu sprechen. »Eins möchte ich Sie aber fragen. Mal angenommen, wir machen es umgekehrt. Ich habe einen schweren Dienst hinter mir, und Hanlon gibt mir den dienstlichen Befehl, in meinem Zimmer zu bleiben und mich auszuruhen. Mir geht das aber gegen den Strich. Also verlasse ich mein Zimmer und . . .«

Die Telefonistin nickte eifrig. »Ich weiß schon, was Sie meinen. Aber das ist doch ganz einfach. Sie sagen mir, wo Sie hingehen, und wenn er sagt, ich soll bei Ihnen oben anrufen, rufe ich statt dessen dort an und verbinde Sie.«

Ein Schriftsteller, meinte Bugs, könnte aus so was eine spannende Geschichte machen. »Vielleicht so in der Art: Sie tun mir den Gefallen, aber während ich aus dem Zimmer bin, begehe ich ein Verbrechen. Sie hören davon, und natürlich ist es eigentlich Ihre Pflicht, zur Polizei zu gehen. Aber wenn Sie das tun, stecken Sie auch mit drin. Sie werden Ihren Job los, und . . .«

Die Telefonistin lachte. »Nun machen Sie's aber halblang, Mr. McKenna. Sie träumen wohl selber davon, ein berühmter Schriftsteller zu werden?«

Bugs zuckte die Schultern. »Warum nicht? Wenn man erst mal die Handlung hat, braucht man sich doch nur noch hinzusetzen und zu schreiben.«

»Stimmt. Aus einer guten Idee kann jeder eine gute Story machen, dazu gehört nicht allzuviel.«

»Ja, aber zurück zu meiner Geschichte. Was würden Sie als Frau in so einem Fall machen? Ich wüßte nicht so recht, wie ich mich entscheiden würde. Wahrscheinlich würde ich zu dem Schluß kommen, daß es besser wäre, den Mund zu halten.«

Er wartete, warf seine Zigarette auf den Boden und sah nach unten, während er sie mit dem Fuß austrat. Er wußte, daß sie ihn beobachtete, sich überlegte, wieso er heute so anders war als sonst.

Für einen Mann, der sonst nicht besonders redselig war, hatte er wohl heute auffallend viel geschwatzt.

Das Schweigen dehnte sich. Endlich blickte er hoch, reckte sich und stand auf.

»Eine Telefonistin vermittelt in jeder Nacht Hunderte von Gesprächen, Mr. McKenna. Man kann nicht erwarten, daß sie sich noch an eins besonders deutlich erinnert.«

»Da haben Sie recht«, meinte Bugs zustimmend. »Jedenfalls könnte man ihr kaum einen Vorwurf daraus machen.«

»Und woher sollte sie wissen, daß der Gast, dem sie den Gefallen getan hat, das Verbrechen begangen hat? Nur weil er gerade dort war, braucht er ja noch nicht der Schuldige zu sein.«

Auch damit, meinte Bugs, hatte sie wohl recht. Es sei wohl doch, setzte er bedauernd hinzu, keine so gute Idee gewesen.

»Möchten Sie sonst noch was wissen?« fragte sie.

»Nein, ich glaube, Sie haben mir alles gesagt, was Sie mir sagen konnten.« Er wünschte ihr eine gute Nacht und verließ die Zentrale.

Er hatte nichts Konkretes erfahren, nichts, womit er beweisen konnte, daß Joyce sich zu der Zeit, als Dudley ums Leben gekommen war, in seinem Zimmer aufgehalten hatte. Aber sie hätte sich dort aufhalten können – und das besagte schon eine ganze Menge. Dudley war ein ziemlich mieser Typ gewesen. Möglich, daß er versucht hatte, sie zu schröpfen, und dabei selbst geschröpft worden war.

Ja, das konnte hinkommen. Trotz der einen nominellen Diskrepanz paßte alles zusammen. Gegen ihren Mann konnte Joyce nicht selbst vorgehen, weil sein Vermögen automatisch ein überzeugendes Tatmotiv lieferte. Bei Dudley würde ein solcher Verdacht nicht aufkommen.

Endlich war die Dienstzeit zu Ende, und Bugs legte sich ins Bett. Wie üblich verbrachte er den Abend bei Amy. Die Zeit mit ihr war – auch das war inzwischen schon üblich – gleichzeitig wunderschön zum Auf-die-Bäume-Klettern. Er ging ziemlich zeitig und deutlich eingeschnappt. Als er wieder auf seinem Zimmer war, rief er Joyce Hanlon an.

18

Als sie zu ihm kam, war sie zuerst ziemlich frostig. Sie hatte sich bemüht, nett zu ihm zu sein, sagte sie. Sie hatte ihm diesen Job verschafft, hatte alles getan, damit er sich hier wohl fühlte. Und zum Dank dafür hatte er ihr die kalte Schulter gezeigt. Das brauchte sie sich nicht gefallen zu lassen. Von niemandem. Und besonders nicht von einem Typ, wie er es war. Und das konnte er nun auffassen, wie er wollte.

Bugs wartete geduldig, bis sie ein bißchen Dampf abgelassen hatte. Jetzt lag sie auf dem Bett, die Knie angezogen, ein seidenbestrumpftes langes Bein über das andere geschlagen. Sie paffte eine Zigarette und ließ träge den Rauch zur Decke steigen. Mit ihrem Schweigen stellte sie eine Frage und bereitete sich auf die Antwort vor.

Sie ist wie eine Katze, dachte Bugs. Völlig entspannt und gleichzeitig sprungbereit.

Er räusperte sich und rutschte unbehaglich auf seinem Stuhl herum. »Joyce, ich möchte dich etwas fragen.«

»Ja?«

»Du brauchst doch eigentlich keine fünftausend Dollar, oder?«

»Fünftausend . . .« Sie lachte auf. »Ach, weißt du, es läppert sich zusammen. Fünftausend hier, fünftausend da . . .«

»Du weißt ganz genau, was ich meine. Du brauchst meine fünftausen Dollar nicht.«

»Wär ja auch schön blöd von mir, fünftausend Dollar von dir zu wollen. Einem nackten Mann kann man nicht in die Tasche greifen.«

»Jetzt hör mir doch mal zu, Joyce . . .«

»Das tu ich doch die ganze Zeit, Bugs. Aber du mußt schon ein bißchen deutlicher werden.«

Bugs zögerte. Dann lehnte er sich vor. »Ich habe Briefe bekommen. In denen verlangt man fünftausend Dollar von mir. Als Schweigegeld in einer bestimmten Sache. Die hast du geschrieben.«

»Wie kommst du denn darauf?«

»Weil es dabei um Dudley geht. Um seinen Tod. Weil ich weiß, daß du zu der Zeit bei ihm warst.«

»Interessant.«

Sie stützte sich auf einen Ellbogen, ließ ihre Zigarette in den Aschenbecher fallen, legte sich wieder zurück und bedeckte die Augen mit dem Handrücken.

»Das kannst du nur deshalb so genau wissen, Bugs, weil du zu der Zeit auch bei ihm warst.«

»Sagen wir es so: Ich bin mir nicht hundertprozentig sicher. Ebensowenig wie du bei mir. Es ist ein Patt. Du kannst mich nicht tiefer reinreiten, als ich dich reinreiten kann.«

»Wirklich nicht, Schätzchen? Dann brauchst du dir doch wegen dieser Briefe, die ich dir angeblich geschrieben habe, keine grauen Haare wachsen zu lassen.«

»Vielleicht bin ich einfach smarter als du«, sagte Bugs. »Vielleicht hast du viel mehr Grund, dir graue Haare wachsen zu lassen.«

»Na, du bist gut«, sagte Joyce. »Denk mal an dein Vorstrafenregister.«

»Und was ist mit deinem Vorstrafenregister? Erzähl mir bloß nicht, daß du so was nur vom Hörensagen kennst.«

»So ist es aber, Schätzchen. Ehrlich wahr.«

»Quatsch. Du bist kein unbeschriebenes Blatt mehr, und Dudley war bestimmt nicht der erste, dem du das Zeug eingeflößt hast. Es ist das Markenzeichen für eine bestimmte Branche. Manche Mädchen machen's mit Selbstbedienung in Warenhäusern, mit Blüten oder mit Brieftaschenziehen. Andere machen's mit Chloralhydrat.«

Das holte sie aus ihrer gespielten Gleichgültigkeit. Ihr Körper versteifte sich, und unter den schützenden Fingern waren die Augen in plötzlicher Angst geweitet. Einen Augenblick blieb sie fast regungslos liegen. Dann setzte sie sich langsam auf.

Bugs grinste. Sie sah ihn einen Augenblick an, ohne ihn richtig wahrzunehmen. Dann lächelte auch sie – aber auf eine ganz andere Art.

»Jawohl«, sagte sie. »Manche machen's mit Chloralhydrat. Die

Abgebrühten. Die was riskieren wollen. Was nützt es dir also, wenn du mir so was anhängst, Bugs? Gar nichts – wenn ich nicht mitspiele. Und wenn ich nicht mitspiele . . .«

»Dann wärst du sehr dumm.«

»Vielleicht wäre ich das. In einer anderen Situation. Aber du weißt ganz genau, daß du mit dem Aufrechnen von irgendwelchen Vorstrafen nicht weiterkommst. Der Blitz schlägt nur an einer Stelle ein – nämlich da, wo du stehst. Das merk dir mal.«

»Du redest von Ford. Daß er dich decken wird.«

»Liegt doch nahe, oder? Aber gesagt hast du das, Bugs.«

»Aber du sagst mir ja nichts«, fuhr Bugs auf. »Ich hab nichts, woran ich mich halten kann. Ich weiß ja nicht . . . ich bin nicht sicher, wo Ford steht oder . . .«

»Müßtest du aber eigentlich. Brauchst dir doch nur anzusehen, was hier in der Stadt los ist. Brauchst nur daran zu denken, wie er dich aus dem Nichts geholt und zu mir gebracht hat. Ich würde sagen, daß er ein netter, gemütlicher Typ ist, wenn es ihm in den Kram paßt. Wenn man ihm was direkt unter die Nase reibt, kann er es natürlich nicht ignorieren, aber sonst . . .«

»So kommen wir nicht weiter. Los, Joyce, spuck's schon aus. Was willst du von mir, und woher weiß ich, daß ich damit durchkomme?«

Sie lachte leise, mit falscher Freundlichkeit, und sah ihn aus verengten Augen an. »Das ist wirklich das netteste Kompliment, das ich je gehört habe. Natürlich bilde ich mir auch ein, daß ich für mein Alter noch recht gut aussehe, aber . . .«

»Komplimente? Was quatschst du da?«

»Was du eben gesagt hast, bedeutet doch praktisch, daß du glaubst, ich bin von gestern – also gerade einen Tag alt.«

Wieder lachte sie, aber es klang jetzt anders. Belustigt, höhnisch. Dann stand sie auf und warf sich die Zobelstola wieder um die Schultern.

»Du hast dir mit diesem Gespräch lange genug Zeit gelassen, Bugs. Jetzt hast du nichts zu sagen. Aber ich habe den Eindruck, daß ich bis zum nächsten Mal nicht mehr so lange werde warten müssen. Ich werde bald wieder von dir hören. Es könnte nämlich sein, daß ich sonst übelnehme. Und wenn ich einmal übelnehme . . .«

Bugs stieß ein wütend-frustriertes Knurren aus. Er wollte noch einmal fragen, was, zum Teufel, sie von ihm erwartete, aber sie brachte ihn mit einer nachdenklichen Handbewegung zum Schweigen.

»Ich überlege gerade, Bugs – wozu brauchen wir überhaupt noch Worte? Die sind doch eigentlich gar nicht mehr nötig, oder?«

Bugs sah ihr in das spöttische Gesicht. Er hob müde die Schultern und schwieg.

»Jedenfalls nicht viele Worte. Ein oder zwei sollten genügen, glaubst du nicht? *Okay* zum Beispiel. Oder *allright.*«

Damit verschwand sie. Ihre Worte blieben in der Luft hängen.

Bugs ließ sich Eiswasser übers Gesicht laufen und ging wie betäubt zum Dienst.

Da hatte er wohl wieder mal Mist gebaut. Er hatte so gut wie zugegeben, daß er in Dudleys Zimmer gewesen war, während sie sich völlig bedeckt gehalten hatte. Und es tröstete ihn auch nicht, daß sie vielleicht nur bluffte, vielleicht nur Trittbrettfahrer bei einem anderen Erpresser war.

Aber nein, es war Joyce, mußte Joyce sein. Denn von diesem Gespräch an blieben die Erpresserbriefe aus.

Joyce hatte gesagt, was sie zu sagen hatte. Jetzt brauchte sie keine Briefe mehr zu schreiben. Jetzt brauchte sie nur noch abzuwarten und ihm den nächsten Zug zu überlassen.

Die Tage vergingen, und sie begann, ihn zu diesem Zug zu drängen. Noch immer kam sie nicht offen damit heraus. Sie sagte oder tat nichts, was sie auch nur im entferntesten belastet hätte. Gelegentlich rief sie ihn an, hin und wieder stattete sie ihm auf seinem Zimmer einen kurzen Besuch ab, mehr nicht. Es blieb bei dem unverfänglich-freundschaftlichen und nach außen hin harmlosen Interesse, das sie ihm von Anfang an entgegengebracht hatte. Fühlte er sich wohl? Kam er zurecht? Na, wunderbar, mehr wollte sie nicht wissen. Und so weiter und so fort.

Bugs wurde immer nervöser, konnte sich kaum noch auf seine Arbeit konzentrieren. An Entspannung war überhaupt nicht mehr zu denken. Das halte ich nicht mehr aus, dachte er. Ich muß das Handtuch werfen, sonst . . .

Und eben das bekam er nicht fertig. Mit wachsender Nervosität, wachsender Besorgnis verstärkte sich auch seine Dickköpfigkeit.

Er dachte nicht daran, sich von einem korrupten Cop herumschubsen zu lassen, er dachte nicht daran, nach der Pfeife einer billigen Nutte zu tanzen. Kein Mensch konnte ihn zu etwas zwingen.

Das hatte noch keiner gekonnt, und wem das nicht gefiel, der sollte ihm am Abend begegnen. Sie konnten ihn umbringen, aber ummodeln würde ihn keiner mehr. Sie konnten ihn zusammenschlagen, aber sie wußten genau, daß er ihnen einen erbitterten Kampf liefern würde.

Die Partie stand patt – und daran konnte Joyce auch mit den raffiniertesten Drohungen nichts ändern. Sein Überlebensinstinkt lag im Kampf mit seiner Sturheit. Und da er unterbewußt diese Situation genoß, in dem Gefühl des Edelmuts und Märtyrertums schwelgte, ging er keinen Schritt vor und keinen zurück.

Schließlich setzte er dem Patt selbst ein Ende. Mit der gleichen Begründung – und auf ebenso schmerzliche Weise – wie schon so oft zuvor in seinem Leben. Weil er genug hatte. Weil er der Situation alles an selbstquälerischem Genuß abgewonnen hatte, was sie hergab. Was er allerdings sich selbst gegenüber nicht zugeben konnte.

Es war Amys Schuld. Es war Amy, die ihm den letzten, entscheidenden Stoß gab, während er noch schwankte.

Wenn Amy fair gewesen wäre . . . wenn sie Verständnis, Versöhnlichkeit gezeigt hätte . . .

Ja, wenn sie eine Heilige gewesen wäre und kein ganz gewöhnlicher Mensch wie er selber auch . . .

Wenn sie bereit gewesen wäre, alles hinzunehmen, was er ihr zumutete, anbetend und voller Selbstverleugnung zu ihm aufblikkend . . . Denn mehr erwartete er ja gar nicht von ihr. Obgleich er es natürlich etwas anders ausgedrückt hätte.

19

Später, als er die Dinge wieder einigermaßen rational sah, begriff er sein Benehmen selbst nicht mehr, begriff er nicht, wie sich ein erwachsener Mann so taktlos, so rüde hatte aufführen können. Zu entschuldigen war das nicht. Dabei war Amy heute lange nicht so energisch und selbstsicher wie sonst. Sie lächelte über seine aufreizenden Bemerkungen, ging lachend über Feststellungen hinweg, die an Beleidigung grenzten. Sie streichelte ihn – buchstäblich und bildlich. Dabei wäre es ihr nicht zu verdenken gewesen, wenn sie ihm eins über den Schädel gegeben hätte.

Und gerade das wirkte auf Bugs noch provozierender. Je mehr sie auf ihn einging, desto ausfallender wurde er. Insgeheim wußte er, daß er sich unmöglich benahm und mit jeder Minute unleidlicher wurde. Aber er konnte nicht dagegen an. Es war wie in einem

Traum, in dem man Spaß an Dingen hat, die einen gleichzeitig anekeln und schockieren.

Amy hatte Leber zum Abendessen gemacht, die Bugs weder besonders gern noch besonders ungern mochte. Aber heute beschloß er, sie nicht zu mögen. Nach ein paar lustlosen Bissen schob er seinen Teller beiseite.

»Doch, natürlich hat es geschmeckt«, sagte er ohne rechte Überzeugungskraft. Er habe nur keinen rechten Appetit.

»Das tut mir aber leid, Mac. Fühlst du dich nicht wohl?«

»Wie kommst du denn darauf? Ich hab ja nur gesagt, daß ich keinen rechten Appetit habe.

»Ich hätte lieber was anderes machen sollen«, sagte sie entschuldigend. »Eigentlich hatte ich auch was anderes geplant, aber sie hatten heute Leber im Angebot, und du weißt ja, Sonderangeboten können wir Frauen einfach nicht widerstehen. Wenn ich gewußt hätte, daß du nicht gern Leber ißt . . .«

»Herrgott, Amy . . . Na schön, laß gut sein.«

»Entschuldige, Schatz, ich sag ja nichts mehr. Wenn du keinen Appetit hast, ist die Sache erledigt.«

Bugs rang sich ebenfalls zu einer halbherzigen Entschuldigung durch, aber es hörte sich nicht überzeugend an, und er meinte es auch nicht so. Nur ganz tief drin, da tat es ihm wirklich leid. Sie kritisiert an mir rum, dachte er. Ausgerechnet sie will mir was am Zeug flicken.

Er trank Kaffee und rauchte eine Zigarette, während sie hastig zu Ende aß, und betrachtete sie grüblerisch.

Lächerlich jung sah sie heute aus. Wie ein fröhliches, zutrauliches Kind mit dem Körper einer Frau. Die zarte Haut trug kein Make-up, das hellbraune Haar war zu einem Pferdeschwanz zusammengebunden. Die grauen Augen unter den seidigen Wimpern blickten klar und aufrichtig.

Sie trug ein Hauskleid. Gestärkt und pieksauber, aber verblaßt und eingelaufen, reichte es ihr knapp bis zu den Knien und umschloß die Rundungen ihres Körpers wie eine zweite Haut. Die vollen Brüste wurden nach oben gedrückt, und Bugs konnte tief in das Tal dazwischen sehen.

Sein unvernünftiger, unerklärlicher Groll verstärkte sich noch. Er begehrte sie, er wollte sie wieder so sehen, wie er sie bei jenem ersten Mal gesehen hatte, und das machte ihn rasend. Was dachte sie sich eigentlich dabei, sich so verdammt unschuldig und mädchenhaft herzurichten, wo sie doch beide wußten, daß sie alles andere als das war?

Er starrte sie unentwegt an. Sie wurde dunkelrot und versuchte vergeblich, ihren Ausschnitt enger zusammenzuhalten.

»Ich sehe sicher aus wie eine Vogelscheuche«, sagte sie verlegen. »Ich habe den ganzen Tag im Haus herumgewirtschaftet, da blieb einfach keine Zeit mehr zum Umziehen. So knapp bin ich sonst nicht dran, aber seitdem ich nicht mehr arbeite, ist meine Planung ein bißchen durcheinandergeraten. Mac, was ist los mit dir? Sag es mir, Liebling. Bitte.«

Liebling. Schatz. Liebster. So nannte sie ihn neuerdings. Und so hatte sie auch Ford genannt – wenn sie es nicht immer noch tat.

»Was soll denn los sein?«

»Warum siehst du mich so an?«

Bugs zuckte die Schultern. »Ich hab nur nachgedacht. Hab mir überlegt, wie du jetzt zu Ford stehst.«

»Aber . . .« Sie setzte ihre Tasse ab. »Ich bin nicht mehr mit Lou zusammen, das habe ich dir doch gesagt.«

»Ja, das hast du mir gesagt«, bestätigte er doppeldeutig. »Wo er sein Geld herkriegt, hast du wohl noch nicht rausbekommen, was?«

»Bitte, Mac . . .« Sie legte ihre Hand über die seine. »Laß uns heute abend nicht wieder davon anfangen. Du regst dich nur wieder auf, und es ändert ja doch nichts.«

»Ich begreife dich nicht«, fuhr er plötzlich auf. »Die Stadt ist das reinste Sündenbabel, und er schwimmt im Geld. Willst du das bestreiten? Dabei weißt du ganz genau, daß er nicht viel mehr als dreitausend Dollar im Jahr hat. Und du sitzt da und willst mir erzählen, daß er nicht die Hand aufhält.«

»Bitte, Liebster, können wir nicht . . .«

»Gib's doch zu.« Er zog seine Hand weg. »Verteidige ihn doch nicht dauernd. Du kennst die Fakten, warum bist du trotzdem . . .«

»Mac, ich habe doch schon versucht, dir das zu erklären. Die Stadt war immer mehr oder weniger ein – ein Sündenbabel, wie du das nennst. Die Leute wollen das so. Sie würden nie Steuern bewilligen, um etwas zu bekämpfen, was in ihren Augen nichts Schlimmes ist. Und bei so vielen tausend Neubürgern ist es doch verständlich, daß ein Mann mit ein paar Deputys einfach nicht mehr tun kann. Zumindest sorgt er dafür, daß sich alles mehr oder weniger öffentlich abspielt, damit er notfalls eingreifen kann.«

»Ja, ja, die Sprüche kenn ich. Jeder korrupte Cop hat dieselbe

Ausrede.«

»Ich sage ja nicht, daß es richtig ist, Mac, und ich glaube, Lou findet es auch nicht richtig. Aber er ist eben Realist und . . .«

». . . und er macht ein gutes Geschäft dabei.«

Sie sah ihn einen Augenblick nachdenklich an. Dann schob sie ihren Teller zurück und sagte sehr ruhig:

»Ich weiß nicht, wo Lous Geld herkommt, Mac. Ich habe ihn nie danach gefragt, und er hat nie mit mir darüber gesprochen. Er wird seine guten Gründe dafür gehabt haben. Nein, warte . . .« Sie hob eine Hand. »Laß mich ausreden. Wenn ich ›gute Gründe‹ sage, meine ich das wörtlich. Denn man mag zu Lou stehen, wie man will – Unredlichkeiten gibt es bei ihm nicht. Ich weiß es. Und jeder, der ihn lange genug kennt, weiß das auch.«

»Aber das gibt doch keinen Sinn.« So leicht gab Bugs sich nicht geschlagen. »Wenn er . . .«

»Mag sein, daß es keinen Sinn gibt. Aber es ist die Wahrheit.«

Bugs drückte mit finsterem Gesicht seine Zigarette aus. Amy kämpfte sichtlich mit sich. Die Stille war elektrisch geladen. Dann lächelte sie, und es war, als sei die Sonne hinter einer Wolke hervorgekommen. Und widerstrebend lächelte Bugs zurück. Widerstrebend, aber sehr erleichtert.

Amy kam um den Tisch herum, küßte ihn auf die Stirn und fuhr ihm zärtlich durchs Haar. Es war sehr friedlich. Nie in seinem Leben hatte er einen solchen Frieden empfunden. Unvermittelt zog er sie auf seinen Schoß.

»Amy«, sagte er. »Amy, ich . . .«

»Sag es mir, Liebling, sag es mir.« Ihre warmen Lippen streiften liebevoll über seine Wange. »Egal, was es ist, es kommt schon wieder in Ordnung, oder wir bringen es gemeinsam wieder in Ordnung.«

»Es ist nichts«, sagte Bugs. »Ich meine . . .«

Und dann gab es nichts mehr zu sagen, denn da war plötzlich nur noch Amy. Das heißt, da war ein Po, da waren Brüste und Schenkel und . . .

Er nahm ihre Lippen, er grapste und grapschte und fummelte. Hatte eine Hand unter das brave Kleidchen geschoben und schickte sie rücksichtslos auf Entdeckungsreise, während er die andere um eine Brust legte. Sie sagte kein Wort, machte keine Bewegung, sah ihn nur an.

Er ließ sie sehr plötzlich los und schob sie von sich weg. Dann sprang er auf und ging zur Tür. Dort blieb er stehen, drehte sich nicht um.

»Sag's doch«, sagte er barsch. »Warum sagst du nicht, was du denkst?«

»Ich dachte, *du* wolltest *mir* etwas sagen, Mac.« Sie wartete einen Augenblick. »Aber – ach, ich weiß selber nicht so recht, was ich gedacht habe, und deshalb . . .«

»Ja?«

»Deshalb gibt's vielleicht nichts zu sagen. Geh schon ins Wohnzimmer, ich will nur schnell noch das Geschirr zusammenstellen.«

Als sie zu ihm kam, hatte sie offenbar wieder mal beschlossen, alles zu vergeben und zu vergessen. Laß gut sein, sagten ihm ihre Augen, ihr Lächeln, ihre Herzlichkeit. Er hatte es nicht so gemeint, und sie wußte das.

Sie setzte sich neben ihn. Sie redete, redete für zwei, versuchte ihn aus der Reserve herauszuholen. Dann spielte sie ein paar Stücke auf dem Klavier und sang dazu, mit ihrer weichen, melodischen Stimme. Aber es half alles nichts. Die schwarze Bitterkeit schloß sich immer enger um ihn.

Was ist nur los mit mir, dachte er verzweifelt. Ich habe doch nur sie, sie ist das einzige, was mir geblieben ist in einem kaputten Leben, und jetzt versuche ich, sie auch noch kaputtzumachen.

»Mac . . .« Sie saß wieder neben ihm. »Ich möchte nicht drängen, aber . . .«

Er sah sie böse an. Wenn sie noch einmal fragte, ob er etwas auf dem Herzen hatte, dann . . . Sie ließ den Satz unbeendet und ging rasch auf ein anderes Thema über.

»Du kennst das Haus noch nicht, Mac. Sehr viel gibt's darin nicht zu sehen, aber wenn du willst . . .«

Sie begannen mit dem Keller, Hintertreppe zum Boden hinauf, einem großen geisterhaften Raum voller Schatten und Gerümpel aus vergangenen Tagen, und von dort hinunter in den ersten Stock.

Amy führte ihn von Zimmer zu Zimmer, unerschütterlich freundlich, mit aller Macht gegen seine immer schwärzer werdende Stimmung ankämpfend.

Wie ihm das Haus gefiele, wollte sie wissen, und ob er sich vorstellen könne, selbst einmal in so einem großen, altmodischen Kasten zu wohnen. Dann sagte sie, sie würde es wohl verkaufen müssen, denn hier in Ragtown sei an eine neue Stellung für sie nicht zu denken. Aber was sie machen sollte, wenn sie hier wegziehen müßte, sei ihr noch unklar. Sie habe ihr ganzes Leben hier verbracht, wie schon ihre Eltern, und . . .

»Das war ihr Zimmer.« Es war der größte Raum im Haus. Zwei Himmelbetten standen darin. »Sie hatten es sehr schwer, die beiden. Dad hat sich bei einem Sturz vom Pferd das Rückgrat verletzt, er war bettlägerig, bis er starb. Nach seinem Tod war Mutter ganz verändert. Sie hatte für nichts mehr Interesse und . . .«

Muß verdammt hart für dich gewesen sein, dachte er. Härter als alles, was ich mit meinen Eltern erlebt habe. Sie haben es gut mit mir gemeint, auch wenn es ein bißchen auch an ihnen gelegen hat, daß ich so ein verkorkster Typ geworden bin. Sie haben nichts von mir verlangt, und ich hätte ihnen auch nicht viel geben können. Niemandem hätte ich viel geben können. Aber ein Mädchen wie du, vergnügt und lebenslustig und bildhübsch, das hier in einem Provinzkaff an zwei kranke Menschen angebunden war, während die Jahre vergingen . . .

Ja, das dachte er. Aber laut sagte er etwas ganz anderes.

Er hätte später nicht mehr die genauen Worte wiederholen können. Aber der Sinn war klar genug.

Sie sah langsam, mit sehr blassem Gesicht, zu ihm auf. In ihren Augen stand Schock. Dann ging sie wortlos voran in ihr eigenes Zimmer.

Sie deutete auf ein dünnbeiniges, mit verschossenem rosa Satin bezogenes Zweiersofa. Er setzte sich und wollte ihr Platz machen, aber sie zog sich einen unbequemen Stuhl heran.

»Zu den Fragen, die du gestellt hast, Mac«, sagte sie leise. »Die Antwort . . .«

»Laß das doch«, sagte er unbehaglich. »Ich habe ja nicht . . .«

»Die Antwort auf die erste Frage ist: Ja. Ich habe mir nicht groß Gedanken darüber gemacht, aber ich glaube wirklich, daß die Krankheit seines Vaters und meiner Eltern ein Bindeglied zwischen Lou und mir war. Und die Antwort auf die zweite Frage ist nein. Die Krankheit unserer Eltern hat es uns nicht leichter gemacht. Wir haben die Gelegenheit nicht ausgenutzt. Nicht so, wie du es gemeint hast.«

»Schwamm drüber. Das hab ich gar nicht damit sagen wollen.«

»Natürlich hast du es damit sagen wollen. Seit unserer ersten Begegnung hat dir diese Frage auf der Seele gebrannt. Verdenken kann ich es dir nicht, aber ich bin trotzdem verletzt und enttäuscht. Ich hatte gehofft, du würdest mich ohne Vorbehalt akzeptieren können, so wie ich es umgekehrt bei dir getan habe. Aber da du das offenbar nicht fertigbringst, will ich dir eine Geschichte erzählen . . .«

Sie hatte sich eingebildet, in Lou Ford verliebt zu sein. Hatte es sich eingeredet. Und sie hatte sich an ihn geklammert, war ihm nachgelaufen, hatte um ihn gekämpft, obgleich er offenkundig entschlossen war, sich nicht zu binden und im übrigen für eine Ehe auch gänzlich ungeeignet war. Denn sie hatte gemeint, ihn heiraten zu müssen. Sie war nie mit anderen Männern gegangen. In einem Alter, in dem andere Mädchen heiraten, hatte sie alleinbleiben müssen, und nun war er als einziger Heiratskandidat übriggeblieben. Als einziger Mann aus ihren Kreisen. Und ohne ihn, so sah sie es, gab es keine Zukunft für sie, nichts, was das Leben lebenswert machte. Nur eine entsetzlich Öde über die endlosen Jahre hin, die noch vor ihr lagen.

Die Aussicht war ihr unerträglich gewesen. Sie hatte sich eingeredet, daß das unbedingt verhindert werden mußte. Um jeden Preis. Und Lou Ford hatte sie in dem Glauben gelassen, daß das möglich sei – unter bestimmten Bedingungen. Deshalb hatte sie sich dazu durchgerungen, sich ihm zu geben, und als sie so weit war, hatte er sie ausgelacht. Ein andermal, hatte er gemeint. Wozu etwas wegwerfen, was sie später vielleicht noch einmal brauchen konnte?

Zuerst war sie zutiefst empört gewesen. Sie hatte ein paar Tage gebraucht, um zu begreifen, weshalb er es getan hatte. Mit seiner kalkulierten Grausamkeit hatte er ihre Wertvorstellungen so nachdrücklich wieder zurechtgerückt, daß sie nicht mehr so leicht ins Wanken kommen konnten. Er hatte sie gelehrt, daß es Dinge gibt, die, so begehrenswert sie auch sein mögen, einen zu hohen Preis haben – und der Preis ist entschieden zu hoch, wenn der Käufer sich damit ruiniert. Ein paarmal noch hatte er ihr diese Erkenntnis mit schmerzhafter Deutlichkeit vor Augen geführt. Es war eine bittere Pille gewesen. Aber sie wußte, daß er recht hatte, und nachdem sie Bugs kennengelernt hatte . . .

»Was ich getan habe, war sehr billig, Mac, und ich schäme mich jedesmal, wenn ich daran denke. Und es liegt nicht an mir, wenn ich mich nicht noch billiger gemacht habe. Aber dabei ist es geblieben. Bei – bei dem, was du gesehen hast.«

Bugs runzelte die Stirn. »Du meinst, du warst splitter – ich meine, du hattest nichts an, und du hast nicht . . .«

»Genau das meine ich. Glaubst du mir nicht?«

Er zuckte die Schultern. »Wenn du es sagst . . .« Er fuhr sich mit der Hand über den Mund, um sein ungläubiges Lächeln zu verbergen. Aber er war wohl nicht schnell genug gewesen. »Allerdings, das mußt du zugeben, es hört sich ein bißchen . . .«

». . . komisch an, das wolltest du doch sagen, Mac? Ja, es ist komisch. Aber da fällt mir etwas ein, was womöglich noch komischer ist.«

Sie stand auf und ging zur Tür. Auch er erhob sich, weil er dachte, sie wollte das Zimmer verlassen. Statt dessen machte sie die Tür zu und knipste das Licht aus.

Und in dem schwachen Mondschein, der durchs Fenster drang, sah er ihren Körper geschmeidig federn, während sie sich das Kleid über den Kopf zog. Sie tastete sich durchs Zimmer, zog sich die anderen Sachen aus und ließ sie liegen, wo sie hinfielen.

Das Bett knarrte. »Jetzt, Mac.«

Sein Mund war trocken. Er fuhr sich mit der Zunge über die Lippen.

»Nein, Amy. Selbst wenn du . . .«

»Eben«, sagte sie. »Jetzt komm schon.«

Na schön, wenn sie es unbedingt wollte, konnte sie ihm keinen Vorwurf machen. Schließlich und endlich war er ein Mann, und ein Mann kann nun mal nichts für seine Gefühle. Und Männer erwarten einfach, daß Frauen die besseren Menschen sind.

Also?

Na also.

Bugs hatte nicht viel Erfahrung mit Frauen. Aber soweit reichte es immerhin, daß er erkannte: Amy hatte die Wahrheit gesagt. Und zugleich mit der unvermeidlichen Ekstase der Vereinigung stellten sich tiefste Scham und würgende Trauer ein. Denn natürlich hatte er sie damit verloren. Er wußte es, noch ehe er sich von ihrem Bett, von dem widerwärtigen Triumph über ihren Körper erhob.

»Amy, ich möchte dir etwas sagen. Ich . . .«

»Ich will es nicht hören. Bitte geh.«

»Aber – aber ich habe es nicht so gemeint. Ich habe Probleme, ich bin krank vor Sorgen. Ich wollte es dir nicht sagen, weil . . .«

»Weil du mir nicht vertraut hast. Weil du keinem Menschen vertrauen, keinen Menschen lieben und verstehen kannst. Weil du nur Haß kennst und Groll und Mißtrauen. Jetzt geh. Und komm nie wieder.«

»Amy, kannst du nicht . . .«

»Hast du mich nicht verstanden? Raus.«

Sie war aufgestanden und kam mit blitzenden Augen, die kleinen Hände zu Fäusten geballt, auf ihn zu.

Er griff sich seine Sachen und floh hinaus auf den Gang.

Unten in der Diele zog er sich an, hopste unbeholfen von einem Fuß auf den anderen, knöpfte sein Hemd schief zu, riß einen Schnürsenkel entzwei, machte alles verkehrt, was verkehrt zu machen war. Nur weg von hier, das war sein einziger Gedanke. Er hatte das seltsame Gefühl, neben sich zu stehen, musterte sehr sachlich den rotgesichtigen, keuchenden, ungeschickt herumfummelnden Klotz von Kerl. Es war, als schaue er in einen Zerrspiegel auf dem Rummelplatz. Er kam sich lächerlich klein und häßlich vor, wand sich vor Scham und Verlegenheit.

Er haßte sich, und er haßte sie, weil sie ihn dazu gebracht hatte, sich selbst zu hassen.

In wenigen Minuten – Minuten, die ihm wie Stunden vorkamen – war er angezogen und aus dem Haus. Er betrat die erstbeste Kneipe, goß fünf Drinks hintereinander herunter und nahm eine Flasche mit. Auf seinem Zimmer trank er weiter.

Aber er bekam keinen Rausch. Die Whiskeyvorräte von ganz Ragtown hätten nicht ausgereicht, um ihm in dieser Nacht zu einem Rausch zu verhelfen. Der Alkohol intensivierte nur seine Wut, bis sie wie eine große Ratte war, die in einem winzigen Winkel gefangen sitzt und wie eine Verrückte herumtobt, um wieder rauszukommen.

Heute nicht mehr, dachte er. Heute nacht läuft nichts mehr bei mir. Aber morgen. Morgen nacht . . .

Morgen würde er ihn tun, den entscheidenden, den unwiderruflichen Schritt. In die eine oder in die andere Richtung.

Es klopfte leise. Er kannte es schon, dieses Klopfen. Mit grimmigem Lächeln stand er auf, öffnete die Tür, machte sie wieder zu und schloß ab, während Joyce an ihm vorbeiging. Er kam ihr nach und musterte sie nachdenklich.

»Nun, Bugs?«

»Ja?« Er trat näher heran und drängte sie gegen das Bett. »Ja, Joyce?«

»Ich . . . Es ist nichts weiter, Bugs.« Sie lächelte etwas unsicher. »Ich bin nur mal vorbeigekommen, um – um . . .«

»Um zu sehen, wie ich zurechtkomme«, nickte er. »Um zu fragen, wie's mir geht. Danke der Nachfrage. Paßt mir gut in den Kram, daß du vorbeigekommen bist, weil . . .«

»Bugs, nicht . . . du hast getrunken.«

». . . weil ich mich ziemlich mies fühle. So mies, wie ein Mann sich nur fühlen kann. Damit bin ich zwar noch nicht auf deiner Ebene angelangt, denn bei dir, nicht wahr, ist ja alles dran, es fehlt nur der Griff zum Wegschmeißen, aber mir reicht's auch so schon. Ich . . .«

»Du Schwein. Du gemeines Schwein.« Ihre Handfläche landete in seinem Gesicht. »Ich gehe.«

»Ohne deine Sachen? Das versuch mal. Schwirr du ruhig ab. Aber deine Sachen bleiben hier. Du bleibst, bis ich dich weglasse, ist das klar? So, und jetzt raus mit der Sprache.«

Sie biß sich auf die Lippen, zwang sich zu einem Lächeln und drehte an einem der falsch geknöpften Knöpfe seines Hemdes.

»Aber Bugsylein, was ist denn in dich gefahren, mein Kleiner?«

»Wart nur ab, was gleich in dich fahren wird, du Luder.«

Sie lachte unwillkürlich auf. In ihren Augen flackerte eine seltsame Erregung.

»Nicht, Bugs, laß das. Ich will nicht, Bugs, und zwingen kannst du mich nicht, du . . .«

»Ach nein, kann ich das nicht?« Seine Finger gruben sich in ihr Fleisch. »Ich kann dich nicht zwingen, Joyce? Wirklich nicht?«

»Bugs . . .« Ein Zittern überlief ihren Körper. »Bugs . . . du . . . du . . . aahhh . . .«

Sie lag auf dem Bett, erschöpft, ausgepumpt, neu aufgeladen, und atmete tief und genußvoll. Bugs saß auf der Bettkante, starrte verdrossen in die Dunkelheit und rauchte. Erstaunlich, wie tief der Mensch sinken kann, überlegte er, immer noch eine Stufe tiefer, als man denkt. Selbst nach dieser Nacht gab es wahrscheinlich noch weitere Niederungen, und vermutlich würde er auch die noch erreichen.

»Bugs, Schätzchen . . .« Sie griff nach seiner Hand, er zog sie ihr rücksichtslos wieder weg. »Vielleicht könnten wir später, wenn alles geregelt ist, weggehen von hier. Irgendwohin. Zusammen.«

»Höchstens bis zum nächsten Puff, da kannst du dann für mich anschaffen.«

»Sei doch nicht so, Bugs. Wenn's sein muß, würde ich es natürlich machen. Ich würde alles für dich machen, Schätzchen. Aber . . .«

»Wer sagt denn, daß es nicht sein muß? Woher willst du denn sonst deine Mäuse kriegen?«

Sie setzte sich unvermittelt auf. »Was soll denn das heißen?« Als sie sein höhnisches Lächeln sah, spielte sie wieder die Nachgiebige. »Es geht ja nicht nur um mich, Bugs. Wenn ich allein zu entscheiden hätte, wäre ich nie auf die Idee gekommen, dich zu etwas zu überreden, was du nicht willst. Aber . . .«

»Daß ich nicht lache. Du hast es auch gar nicht versucht, was?«

»Aber ich kann nicht anders, Schätzchen, das weißt du doch. Es ist noch eine dritte Person im Spiel, da sind mir die Hände gebunden.«

Bugs warf seine Zigarette in einen Aschenbecher. Er wandte sich halb um, sah sie aber nicht an.

»Nehmen wir mal an, es wäre so, wie du sagst. Trotzdem will ich jetzt wissen, was Sache ist. Mit diesen verdammten Andeutungen, mit dem Auf-den-Busch-Klopfen ist Schluß, ist das klar? Schluß mit dem geht's dir gut und kommst du zurecht. Du wirst mir jetzt eindeutig sagen, was du von mir willst.«

»Aber das weißt du doch schon, Schätzchen. Weshalb sollte ich . . .«

»Ich will, daß du es aussprichst. Spuck's aus, und zwar ein bißchen schnell, ich werde nämlich ganz rasch ungeduldig. Keine Drohungen, sonst brech ich dir deinen gottverdammten Hals. Entweder du sagst mir jetzt, was du von mir willst, oder du brauchst nicht noch einmal davon anzufangen.«

»Aber . . .«

Sie bewegte den Kopf unruhig auf dem Kissen, holte tief Luft, stieß sie in einem leisen, resignierenden Seufzer wieder aus.

»Na schön, Bugs. Ganz wie du willst, Schätzchen. Du traust mir nicht, aber . . .«

»Heraus damit.«

»Ich möchte, daß du ihn umbringst. Ich möchte, daß du meinen Mann umbringst.«

Er hatte eine Art von Frieden gefunden auf dieser neuen Daseinsstufe, auf der er sich befand. Es war ein beklommener Frieden, aber dennoch war er eine Erlösung nach dem innerlichen Aufruhr, den er hinter sich hatte.

Warum, fragte sich Bugs, mußte die grinsende Fratze von Chief Deputy Lou Ford so beharrlich diesen Frieden stören?

Denn Ford sah ihn natürlich ganz falsch. Der Deputy hatte sich offenbar intensiv mit seinem Vorleben beschäftigt. Er hatte die Fakten ausgegraben, die hinter den spärlichen Angaben der Polizeiakten standen. Und dann hatte er Bugs' Lebensgeschichte zu dieser scheinbar sachlichen, aber grausam und bösartig verzerrten Anamnese verbogen, die er Bugs vor einigen Tagen vorgesetzt hatte.

Bugs schuf sich seinen Ärger selbst, hatte Ford gesagt. Freiwillig begab er sich in eine kritische Situation nach der anderen. Um sich damit weitere Bestätigung für seine von Selbstmitleid durchtränkte Überzeugung zu holen, daß die ganze Welt gegen ihn stand. Was sehr viel angenehmer und sehr viel einfacher war, als etwas Positives zu unternehmen.

Da war zum Beispiel dieses Luder, das er geheiratet hatte. Klar, Bugs war, was Frauen betraf, ein Greenhorn, aber das war keine Entschuldigung. Ein Zehnjähriger, wenn er nur genug Verstand hatte, vor dem Regen ins Haus zu flüchten, hätte merken müssen, daß sie ein Luder war. Und er, Bugs, hatte das ganz genau gewußt, er hatte es nur nicht zugeben wollen. Er war mit offenen Augen in sein Verderben gelaufen, weil er es genoß, eins auf den Deckel zu bekommen.

Ein weiteres Beispiel: Dieser verrückte Kriminalbeamte, den Bugs erschossen hatte. Daß der Mann gemeingefährlich war und es auf Bugs abgesehen hatte, mußte ein Blinder sehen. Aber Bugs hatte nichts getan, um die Katastrophe abzuwenden, er war stur stehengeblieben, bis der Blitz einschlug.

Stolz? Mut? Quatsch. Er würde ja auch nicht auf den Gedanken kommen, ein Stinktier zu treten oder sich neben einer Klapperschlange zur Ruhe zu begeben. Um sich lächerlich zu machen, brauchte man weder Stolz noch Mut, stimmt's? Na also.

Ford hatte noch mehr gesagt, aber es lief alles darauf hinaus, daß Bugs sein Unglück genoß, daß ihm Pech lieber war als Glück.

Was natürlich höherer Blödsinn ist, dachte Bugs. Ford wollte sich nur wichtig machen, wollte ihn nur ärgern, weil er wußte, daß er sich nicht wehren konnte. Der Kerl konnte doch nicht den Mund aufmachen, ohne einem den Marsch zu blasen. Und wenn er jemanden vor sich hatte, mit dem er so was ungestraft machen konnte . . .

Bugs machte Feierabend, legte sich hin, leicht verkatert von dem vielen Alkohol, den er in sich hineingeschüttet hatte, und klammerte sich an dieses beklommene Gefühl des Friedens, das ihm immer wieder zu entgleiten drohte. Er begann zu dösen, und ein beunruhigender Gedanke drängte sich in seinen Kopf, setzte sich dort fest und machte ihn wieder wach.

Alles ist gut gelaufen, es gab keine Schwierigkeiten, keiner hatte was gegen mich. Und dann bin ich zu Dudley gegangen. Ollie hatte nicht das Recht, das von mir zu verlangen, er konnte nicht von mir erwarten, daß ich das für ihn tun würde. Aber ich bin hingegangen. Ich hab genau gewußt, daß es zwecklos sein würde, mit Dudley zu reden, und daß ich es nicht wagen würde, etwas anderes zu tun als zu reden. Kurz und schlecht, ich hätte nicht hinzugehen brauchen.

Bugs bewegte sich unruhig und drehte sich mit einer heftigen Bewegung auf den Rücken. Mit verkniffenem Gesicht und halbgeschlossenen Augen lag er da und starrte die Decke an.

Angenommen, in Dudleys Badezimmer wäre keine Frau gewesen, angenommen, Dudley wäre nicht aus dem Fenster gefallen. Hätte er, Bugs, sich nicht trotzdem mit großer Wahrscheinlichkeit Ärger eingehandelt? War es nicht praktisch unvermeidlich, daß er sich Ärger eingehandelt hätte?

Und hatte er das nicht ganz genau gewußt, als er zu Dudley gegangen war?

Ja . . . das heißt, natürlich nicht. Im nachhinein ist man immer klüger. Hätte er gewußt, daß er sich Ärger einhandeln würde, hätte er doch . . .

Er drehte sich wieder auf die Seite. Vergrub seinen Kopf in den Kissen, machte die Augen fest zu. Und endlich schlief er ein. Und als er aufwachte, war es Nacht. *Die* Nacht.

21

Mike Hanlon war im Badezimmer, als Bugs in seiner Suite eintraf. Sich am Waschbecken abstützend, wusch er sich die Hände. Dann ließ er sich in den Rollstuhl zurückfallen und fuhr ins Wohnzimmer hinaus.

Die cleveren alten Augen musterten Bugs nachdenklich.

»Jetzt machen wir beide also doch noch unsere Runde, Bugs. Ich hatte schon gedacht, Sie hätten mich ganz vergessen.«

»Nein, ich hatte Sie nicht vergessen.« Bugs wandte den Blick ab. »Ich – ich habe es immer wieder verschoben, und dann . . .«

»Macht ja nichts. Ich bin gleich bei Ihnen. Nehmen Sie sich inzwischen einen Drink.«

Genau das, was ich brauche, dachte Bugs. Er schenkte sich aus der bereitstehenden Karaffe einen tüchtigen Shot ein, ging damit ins Badezimmer, gab Eiswasser dazu und goß den Drink in einem Zug hinunter. Als er sich vorbeugte, um sich noch ein Glas Wasser einlaufen zu lassen, stieß er mit dem Kopf an den Medizinschrank, und die Spiegeltür ging auf.

Er trank schluckweise und sah dabei abwesend auf die mit Fläschchen und Pillenschachteln vollgepackten Regale. Eine Flasche stand ganz am Rand, sie konnte jeden Augenblick herunterfallen. Er schob sie nach hinten, runzelte die Stirn, sah sie einen Augenblick genauer an.

Sie war fast leer und enthielt eine wasserklare, leicht ölig wirkende Flüssigkeit. Bugs hätte nicht sagen können, warum ausgerechnet diese Flasche seine Aufmerksamkeit erregt und ihn auf unerklärliche Weise beunruhigt hatte. Medikamente, die wasserklar sind und leicht ölig wirken, gab es haufenweise.

Er streckte die Hand aus, wollte die Flasche umdrehen, um nach dem Etikett zu sehen, aber da rief Hanlon nach ihm. Rasch machte er die Tür zu und ging ins Wohnzimmer.

Er rollte Hanlon auf den Gang hinaus, schloß einen Fahrstuhl auf, machte Licht und schob den Alten hinein.

»Das haben Sie also nicht vergessen, daß ich eine Vorliebe für beleuchtete Aufzüge habe«, lachte Hanlon. »Aber bei Ihnen hätte ich mir keine Sorgen zu machen brauchen. Sie machen bestimmt nichts Leichtsinniges.«

»Hm.« Bugs machte die Tür zu und drehte ihm den Rücken. »Wo möchten Sie anfangen, Mr. Hanlon?«

»Auf dem Dach?«

Bugs nickte stumm. Es war nicht so, daß er zu aufgeregt gewesen wäre, um etwas zu sagen. Aber die richtigen Worte wollten nicht kommen, und eine leise Stimme mahnte ihn, es auch gar nicht zu versuchen. Wenn schon geredet werden sollte, konnte das Hanlon allein besorgen.

Dann standen sie auf dem Dach. Bugs rollte ihn über den gefliesten Boden zur Brüstung, und sie sahen auf die Ölfelder hinaus.

Bugs dachte an nichts. Er hatte reichlich Zeit. Noch brauchte nichts getan, nichts entschieden zu werden. In diesem Moment gab es nur ihn und den Alten und die Nacht und den glühenden, donnernden Dschungel aus Stahlkonstruktionen.

Aus tausend Rohren leckten Flammen zum Himmel, die das überschüssige Gas abfackelten, bald leise glimmend, bald dreißig Meter hohe Feuersäulen in die Dunkelheit speiend.

»Finden Sie immer noch, daß es nach faulen Eiern riecht, Bugs?«

»Wie? Nein, eigentlich nicht. So langsam gefällt es mir sogar.«

»Hab ich mir gedacht«, sagte Hanlon nachdenklich. »Den möchte ich sehen, dem das auf die Dauer nicht gefällt. Mag sein, daß manch einer zu Schaden gekommen ist, weil ich so scharf aufs Öl war. Aber viele waren's bestimmt nicht, und allzu schlimm kann's auch nicht gewesen sein. Und die meisten haben auf lange Sicht davon profitiert. Vielleicht lachen Sie mich jetzt aus, Bugs, aber das war es eigentlich, was mich ursprünglich an dem Geschäft gereizt hat. Man konnte sich bedienen, konnte sogar reich werden, ohne anderen auf die Hühneraugen steigen zu müssen, ohne sie auszunützen. Man brauchte nicht zu treten, um selber hochzukommen. Wenn man das Öl gefunden hatte, war allen gedient, und man hatte niemandem weh getan. Außer vielleicht sich selber.«

»Ja, Sir?« sagte Bugs.

»Ja, denn wenn einer reich ist, braucht er am nötigsten etwas, was er nicht kaufen kann. Einen Menschen, dem er vertrauen kann, den kann er sich nicht kaufen. Wenn er das könnte . . . Glauben Sie, so was wäre möglich, Bugs? Glauben Sie, wenn ich einen Mann kaufen, ihm jeden Preis zahlen würde, den er fordert – in Grenzen natürlich –, daß er dann loyal bleiben würde?«

Er sah Bugs wartend an. Bugs zuckte stumm und scheinbar gleichgültig die Schultern, aber sein Herz begann schneller zu schlagen.

»Tja«, seufzte Hanlon. »Das wär's wohl.«

Sie blieben noch einen Augenblick an der Brüstung stehen, dann deutete Hanlon auf einen etwa fünf Meter entfernten, schattenhaften Umriß. »Das ist der Umbau, die Terrasse, nicht? Wollen wir sie uns mal ansehen?«

Bugs rollte den Stuhl über die Fliesen bis zu dem aufgestapelten Baumaterial und blieb stehen, damit Hanlon sich in Ruhe umsehen konnte. Er wartete ein, zwei Minuten, dann schob er ihn weiter, aber der Alte bremste ihn.

»Da drüben gibt's nichts zu sehen, glaube ich. Außer Holz und Ziegelsteinen. Aber vielleicht könnten Sie mich durch dieses Zeug durchmanövrieren und auf die Terrasse schieben? Von dort hat man bestimmt eine gute Aussicht.«

»Kann schon sein, aber . . .«

Er sah unbewegt auf Hanlon herunter. Es kam ihm vor, als habe er stundenlang zaudernd dort gestanden, und doch konnten es nur Bruchteile einer Sekunde gewesen sein. Denn es gab nichts zu entscheiden. Die Entscheidung hatte von Anfang an festgestanden.

»Warten Sie«, sagte er. »Ich will's mir erst mal selber ansehen.«

Er räumte einen Schubkarren aus dem Weg und ging den schmalen Gang entlang, den Zementsäcken auf der einen, ein langer Mörteltrog auf der anderen Seite bildeten. An der Terrassentür schob er zwei aufeinandergestapelte Sägeböcke beiseite, machte die Tür auf und ging vorsichtig noch ein, zwei Schritte weiter. Dann blieb er abrupt stehen.

Vor ihm war eine Lücke in der Brüstung – wie eine offene Tür ins Nichts. Links, wo der Terrassenanbau geplant war, hatte man die Brüstung ganz entfernt.

Man mußte hier oben verdammt vorsichtig sein. Und trotzdem war es in der trügerischen Dunkelheit nur zu leicht möglich . . .

Bugs zögerte, überlegte. Dann ging er zu Hanlon zurück.

»Ich glaube, das lassen wir lieber«, sagte er. »Es ist zu gefährlich.«

»Gefährlich? Aber . . .«

»Ja. Sie könnten auf der Straße landen. Ich stelle nur eben die Böcke wieder vor die Tür, und dann . . .«

»Ich will aber dort hinaus, Bugs«, unterbrach ihn Hanlon scharf. »Und ich weiß, daß Sie . . . Ich meine, Sie brauchen sich wirklich keine Sorgen zu machen. Ich übernehme die volle Verantwortung. Jeder weiß, daß ich meinen eigenen Kopf habe, und . . .«

Er sah Bugs erwartungsvoll an, dann lachte er nervös auf und schlug die Augen nieder. »Dieser verdammte Morgenrock. Ich brauche ihn so wenig wie die Kanone, die ich neulich dabei hatte. Hätte ihn unten lassen sollen. Wie die Kanone. Was ist jetzt, Bugs?«

»Ich schlage vor, daß wir uns langsam auf den Rückweg machen«, sagte Bugs. »Auf mich wartet die Arbeit, und . . .«

»Moment.« Der Alte griff in die Räder seines Rollstuhls. »Was ist los mit Ihnen? Ich hab Ihnen doch gesagt, daß Sie keine Angst zu haben brauchen. Es ist überhaupt kein Risiko für Sie, und . . .«

Seine Stimme erstarb, und er wischte sich mit einer zitternden Hand übers Gesicht. Dann seufzte er auf, ein wenig müde, ein wenig ratlos.

»Bugs, ich weiß nicht, wie ich das sagen soll. Ich hatte recht, nicht? Ich hatte recht und unrecht zugleich. Man kann einen Menschen nicht kaufen, und es ist auch nicht nötig. Man braucht nur . . .« Er unterbrach sich und seufzte wieder. »Sie werden hierbleiben, Bugs, nicht wahr? Hier in Ragtown, hier im Hotel. Ich versuche nicht, Sie zu kaufen, aber Sie können hier mehr werden als nur Hausdetektiv. Und . . .«

Bugs schüttelte ehrlich verwirrt den Kopf. Denn mit dem Kopf begriff er überhaupt nichts mehr. Sein Weg war kurze Zeit dicht am Abgrund verlaufen, aber das war schon eine kleine Ewigkeit her. Es war eher wie ein böser, fast vergessener Traum denn vergangene Wirklichkeit.

»Es tut mir leid, Bugs«, sagte Hanlon entschuldigend. »Ich hätte wissen müssen, daß Sie es nicht tun würden. Sie können es gar nicht. Sie können keinen kaltblütigen Mord begehen.«

»Hab ich Ihnen doch gesagt«, ließ sich Lou Fords Stimme aus der Dunkelheit vernehmen. »Leider kann ich von Ihnen nicht dasselbe behaupten, Mr. Hanlon.«

22

Gefolgt von einem zweiten Deputy kam er hinter einem Backsteinstapel hervor. Er schlenderte zu Bugs und Hanlon herüber. Dabei riß er ein Streichholz an und hielt die Flamme an seine Zigarre.

»Yes, Sir.« Er lächelte Bugs freundschaftlich zu. »Ich hab ihm gesagt, daß Sie es nicht machen würden. Sie tun doch nie das, was man von Ihnen erwartet.«

Bugs sah ihn benommen an, er hatte die Worte gar nicht so richtig mitgekriegt, weil er noch an dem kaute, was Hanlon gesagt hatte. Fords Lächeln änderte sich fast unmerklich. Einen Augenblick verlor seine Stimme an Schärfe.

»Sie machen es nicht, punktum. Sie sind nicht so geschaffen. Bei Mr. Hanlon ist das was anderes, er würde so was vermutlich sogar recht geschickt anstellen. Er könnte zum Beispiel der Polizei erzählen, daß er um sein Leben fürchte, und während die braven Beamten woanders hinsehen . . .«

»Schluß«, fuhr Hanlon ihn an. »Ich habe einen Fehler gemacht und bin sehr froh, daß er sich als Fehler erwiesen hat. Wenn Sie glauben, ich hätte Sie über Gebühr beansprucht, dann sagen Sie es ganz offen, und ich geb Ihnen was extra.«

»Viel?« fragte Ford erwartungsvoll. »Vielleicht ein schönes blankes Zweidollarstück? Ist ja toll, Mister Hanlon. Wie findest du das, Al? Zwei ganze Dollar für uns beide.«

»Große Klasse«, sagte der Kollege. »Wenn wir da bloß nicht leichtsinnig werden und das schöne Geld sinnlos verprassen.«

Ford lachte leise. »Schluß, habe ich gesagt«, knurrte Hanlon ärgerlich. »Spielen Sie anderswo den Clown. Ich brauche mir das nicht gefallen zu lassen.«

»Schade«, sagte Ford betrübt. »Wenn wir unsere zwei Dollar nicht bekommen und Sie uns nicht mal einen Drink spendieren . . . Hat Ihre Frau heute abend was mit Ihnen getrunken, Mister Hanlon?«

»Was, zum Teufel, hat das . . .«

»Ja oder nein?«

»Ich – ich glaube schon. Sie war heute abend in meiner Suite. Meist kommt sie mindestens einmal am Tag vorbei, und dann trinken wir gewöhnlich etwas zusammen.

»Ein richtig inniges Familienleben also. Haben Sie Chloralhydrat in Ihrer Suite, Mr. Hanlon?«

»Ich glaube ja. Es ist mir mal verschrieben worden. Wegen der Nebenwirkungen nehme ich es nur selten, aber . . .«

»Dann ist die Flasche also praktisch noch voll?«

Hanlon wollte schon nicken, dann besann er sich und schwieg einen Augenblick.

»Muß ich Ihnen das wirklich noch sagen, Ford? Wenn Sie wissen, daß ich das Zeug habe, wissen Sie auch, wieviel noch übrig ist. Worauf wollen Sie hinaus? Wollen Sie andeuten, ich hätte meiner Frau Chloralhydrat in den Drink gekippt?«

»Andeuten ist wohl nicht das richtige Wort.«

»Verstehe. Halten Sie mich wirklich für so dumm?«

Fords Augen glitzerten. »Sie waren jedenfalls dumm genug, eine Menge Leute, die Sie mochten und die Ihnen vertrauten, zu begaunern. Aber das ist in Ihren Augen wohl keine Dummheit, nicht? Im Gegenteil, dabei sind Sie sich wahrscheinlich noch wer weiß wie schlau vorgekommen.«

Der Alte ließ die Schultern hängen, machte eine müde Handbewegung, dann legte er die Hände in den Schoß. »Wie geht es – Nein, lassen Sie nur. Wie lautet die Anklage? Mord oder Mordversuch?«

»Mord.«

»Das arme, dumme Ding.« Hanlon schüttelte den Kopf. »Muß wohl versucht haben, mir einen Mordversuch anzuhängen und hat eine zu große Dosis geschluckt. Bei Mordanklage kann ja wohl keine Kaution gestellt werden?«

»No, Sir. Kaution ist da nicht drin. Ehrlich nicht.«

»Worauf warten wir dann noch?«

Im zwölften Stock hielt Ed Gusick den Aufzug an. Ford gab Bugs einen Rippenstoß, und der stieg gehorsam aus. Der Deputy folgte ihm ein paar Schritte den Gang entlang.

»Sie bleiben besser eine Weile auf Ihrem Zimmer«, sagte er schnell und leise. »Haben Sie mich verstanden, oder träumen Sie?«

Bugs nickte. Schüttelte den Kopf. »Aber was . . . warum . . .«

»Weil jemand Sie besuchen will. Und weil es sehr wichtig ist, daß Sie dann da sind. Moment mal.« Er sah den Gang entlang. »Ist das nicht Ihr Zimmer, das mit der offenen Tür?«

Bugs sah hin. Er hörte das leise Summen eines Staubsaugers. »Das ist nur Rosie, das Zimmermädchen. Und jetzt . . .«

»Soso, das Zimmermädchen. Ihr Besuch wird gleich kommen.«

Er gab Bugs einen herzhaften Schlag auf die Schulter und ging rasch zum Fahrstuhl zurück. Bugs betrat sein Zimmer.

Sein Kopf schmerzte. Sein Körper war naß vor Schweiß von der überstandenen Aufregung. Für heute hab ich genug, dachte er. Jetzt darf einfach nichts mehr passieren, sonst . . .

Er hätte eigentlich erleichtert sein müssen, daß Joyce ihm nun nichts mehr anhaben konnte. Denn damit war auch Ford aus dem Spiel – wenn er je drin gewesen war. Er hatte also allen Grund zur Dankbarkeit und Erleichterung. Und Bugs war auch dankbar und erleichtert. Aber nicht sehr. Dafür brachte er im Augenblick einfach keine Kraft auf.

Abwesend nickte er Rosie zu. Ihr freundliches Lächeln erlosch, und sie sah ihn besorgt an, während er in einen Sessel sank.

»Ist etwas, Mr. McKenna? Kann ich etwas für Sie tun?«

»Nein, danke. Ich bin nur ein bißchen durcheinander.« Er erzählte ihr, daß Joyce tot und Hanlon verhaftet war. In Rosies schöne Augen trat ein Ausdruck des Entsetzens.

»Wie schrecklich. Sie muß das Gift schon in sich gehabt haben, als ich heute abend bei ihr war, Mr. McKenna. Sie sah gar nicht gut aus, aber sie meinte, sie würde sich ein bißchen hinlegen, dann würde es schon wieder gehen. Deshalb habe ich mich besonders beeilt, mit ihren Räumen fertig zu werden. Hätte ich nur gewußt . . .«

»Schwamm drüber. Du konntest es ja nicht wissen.«

»Mag sein, aber ein schlechtes Gewissen habe ich jetzt doch. Ist sie wirklich tot, Mr. McKenna? Gibt es keine Chance, daß sie sich wieder erholt?«

»Nein, man hat sie wohl schon tot aufgefunden.«

»Wie schrecklich«, wiederholte Rosie. »Hätte ich nur . . .«

Es klopfte laut an die noch offenstehende Tür, und Amy Standish betrat das Zimmer. Sie wirkt steif und frostig. Als Bugs unbeholfen aufstand und zögernd einen Schritt auf sie zuging, deutete sie auf Rosie.

»Nein, Miss Vara, Sie brauchen nicht zu gehen. Machen Sie nur weiter. Was ich Mr. McKenna zu sagen habe, dauert nur eine Minute.«

»Amy, ich möchte . . .«

»Nein, bitte.« Sie hob die Hand. »Ich will das hinter mich bringen. Du bist in Schwierigkeiten, du hast es neulich erwähnt. Ich weiß nicht, ob der Betrag dir aus der Klemme helfen würde, aber ich habe fünftausend Dollar bei mir im Haus. Wenn du bei mir vorbeikommst, gebe ich sie dir.«

»Aber . . .« Bugs runzelte die Stirn. »Woher hast du so viel Geld? Und weshalb willst du es mir geben?«

»Spielt das eine Rolle?«

»Du hast es von Ford, stimmt's? Du willst in Wirklichkeit ihm helfen und nicht mir.«

»Meinst du?«

»Natürlich. Er hat keine Verwendung mehr für mich. Sein Plan ist danebengegangen, und wenn ich hierbleibe, könnte das lästig für ihn werden. Ich soll kassieren und mich trollen.«

Amy lächelte halb belustigt, halb resigniert. Bugs' Gesicht verfinsterte sich noch mehr. Was war so komisch an dem, was er gesagt hatte? Klang doch ganz vernünftig, oder? Ein bißchen sonderbar war es schon, daß Ford ihm noch Geld hinterherwarf, nur damit er die Stadt verließ. Als Deputy hätte er ihn auch einfach rauswerfen können, keiner hätte ihm deshalb einen Vorwurf gemacht. Und denkbar war es natürlich, daß Amy eine Hypothek auf ihr Haus aufgenommen hatte, um an das Geld heranzukommen. Aber trotzdem . . .

Er hätte nicht sagen können, weshalb er so reagiert hatte. Es war wie ein Zwang gewesen. Als hätte eine unsichtbare Macht ihn von einem glatten Weg auf einen steinigen Trampelpfad gedrängt.

»Es ist nicht zu fassen«, sagte Amy staunend. »Lou hat mir vorausgesagt, daß du so reagieren würdest. Fast wortwörtlich. Und ich . . .«

»Du gibst also zu, daß er dahintersteckt?«

»Habe ich das wirklich zugegeben?«

»Aber . . . Na schön, sag mir, daß ich das falsch sehe. Sag es mir, und . . .«

»Ich habe alles gesagt, was ich zu sagen hatte. Das Geld ist bei mir im Haus. Wenn du es haben willst, gebe ich es dir.«

»Aber . . .«

Die Tür klappte geräuschvoll hinter ihr zu. Bugs blieb, eine Hand halb ausgestreckt, stehen und kam sich in der hallenden Stille einsam und verloren vor. Du fühlst dich einfach nicht wohl, wenn was glatt geht, dachte er. Irgendwo machst du immer Murks, du kannst es eben nicht lassen.

Er hörte ein leises Geräusch. Ein unterdrücktes Lachen. Rasch ließ er die Hand sinken, wirbelte wütend herum. Rosie wollte sich inzwischen ausschütten vor Lachen, ihre Augen tanzten vor Vergnügen.

»Was gibt's denn da zu lachen, verdammt noch mal?« fragte er.

»Über dich muß ich lachen, du süßer, dummer, sturer Brummbär.«

Sie zog ihn an sich und legte ihren Kopf an seine Brust. Ihre Arme schlossen sich fester um ihn, drückten ihn an ihren weichen Körper, und dann begannen ihre Hände sinnlich-behutsam auf Wanderschaft zu gehen.

»Du, Rosie, ich kann mir nicht denken, daß . . .«

»Nein, mein Kleiner, du kannst nämlich überhaupt nicht denken. Und das ist gerade das Nette an dir. Wenn alles nur ein kleines bißchen anders gelaufen wäre, hätte ich dich mitgenommen. Ich habe Grips genug für uns beide, und du bist so leicht zu lenken und ein so angenehmer Bettgenosse . . .«

»Rosie, was . . . was soll das?«

»Ja, mein kleines Bählamm, ich fand es wirklich sehr hübsch mit dir im Bett. Im Bett kann ich nämlich nicht Komödie spielen, das kriege ich einfach nicht hin. Natürlich ging es mir nicht in erster Linie um Sex. Nachdem ich das Geld in deinem Zimmer nicht gefunden hatte, dachte ich mir, daß du es vielleicht an deinem Körper versteckt hast. Und als ich merkte, daß es da auch nicht war . . . Danach haben die Briefe aufgehört, stimmt's? Und auf die Idee, daß das eine mit dem anderen etwas zu tun haben könnte, bist du natürlich nicht gekommen. Nein, Schätzchen, tu's nicht. Ich an deiner Stelle würde es nicht einmal versuchen. Diese 38er Special macht eine große Schweinerei, wenn sie losballert.«

Sie trat rasch zurück und richtete die Kanone – seine eigene Kanone – auf ihn. »Tu's nicht, Schätzchen«, wiederholte sie. »Es wäre mir sehr unangenehm, dich umzubringen, aber . . .«

»So unangenehm, wie der Mord an Joyce, nicht wahr? Und der an Dudley.«

»Wer will mir beweisen, daß ich es war? Nein, bisher hat mich wegen Mord noch keiner rangekriegt, und so soll's nach Möglichkeit auch bleiben. Und deshalb holst du jetzt ganz brav deine Wagenschlüssel raus und wirfst sie auf den Boden. Los, tu, was ich sage.«

Bugs gehorchte eilig. Rosalie befahl ihm, sich umzudrehen. Als er zögerte, machte sie eine ungeduldige Bewegung.

»Es ist mir ernst, mein Kleiner. Ich gebe mir Mühe, es bei dir auf die nette Art zu machen, aber mit meinem Langmut ist es nicht weit her.«

»Aber Ford hat nichts gegen dich in der Hand«, sagte Bugs hartnäckig. »Warum machst du dann Sachen, die . . .«

»Mr. Ford ist ein sehr sonderbarer Mensch, mein Schatz. Sollte er plötzlich auf den Gedanken kommen, daß es da doch etwas gibt, woraus er mir einen Strick drehen könnte – und ich hab so das Gefühl, daß das sehr bald passieren kann –, würde er keine Ruhe geben, bis die Schlinge geknüpft ist. Außerdem hält mich nichts mehr in diesem Kaff. Was ich mir eigentlich vorgenommen hatte, habe ich nicht geschafft, aber der erste Schritt ist getan. Selbst wenn ich mir einen ausgedehnten Urlaub in Mexiko leiste, bleibt mir noch genug, um . . .«

»Um?«

»Tut mir leid, das kann ich dir nicht verraten. Und jetzt dreh dich bitte um.«

»Moment mal«, sagte Bugs. »Du sprichst von den fünftausend Dollar, nicht? Du willst sie dir bei Amy holen, stimmt's?«

»Erraten, mein Kleiner. Aber keine Angst, es wird ihr nichts geschehen. Wenn sie vernünftig ist.«

Bugs sah in das schöne Gesicht, das so ohne Wärme, so ohne jede menschliche Regung war, daß es ihm vorkam wie ein Marmorbild. Vernünftig? Was bedeutete dieses Wort einer Frau wie Rosalie Vara?

»Tu es nicht, Rosie«, bat er. »Das ist bewaffneter Raubüberfall. In Texas kriegst du dafür unter Umständen lebenslänglich. Willst du das wirklich riskieren? Für fünftausend Dollar? Das ist doch nicht nötig. Ein Mädchen mit deinem Aussehen . . .«

»Besten Dank. Aber glaub mir, manchmal ist es erstaunlich schwierig, fünftausend Dollar zu bekommen. Besonders für ein Mädchen mit meinem Aussehen. Das merken sich die Leute nämlich, und wenn ich dann irgendwo auftauche, wo's was zu holen gibt, kann das leicht ins Auge gehen.«

»Aber . . .«

»Schluß jetzt. Umdrehen, oder ich schieße.«

In ihrer Stimme war unbeugsame Entschlossenheit. Bugs gehorchte.

»Gut so. Jetzt zu dem Schrank da drüben. Mach die Tür auf. So ist's brav. Hinein mit dir.« Die Police Special half mit einem Stoß in den Rücken nach. »Los, du Riesenbaby, du paßt schon rein, mußt dich eben klein machen. Auf die Knie mit dir.«

Bugs quetschte sich mühsam in den Schrank und kniete sich hin.

»Brav, mein Kleiner. Und jetzt schlaf schön.«

Der Revolverlauf landete unsanft auf seinem Schädel. Die Tür schloß sich, das Schloß klickte. Aber das hörte Bugs nicht mehr.

23

Es war sehr friedlich in dem großen Eckzimmer des Städtischen Krankenhauses. Das Licht glomm sanft und freundlich, es roch diskret nach Desinfektionsmitteln, man hörte gedämpftes Stimmengemurmel, hin und wieder schauten Schwestern in weißer Tracht und Herren in weißem Kittel herein. Das Leben war da, mit allen seinen Geräuschen, Gerüchen und Erscheinungen, es umgab einen, ohne einen zu bedrängen. Ließ einen in Ruhe, bis man bereit war, sich ihm wieder zuzuwenden.

Mike Hanlon gähnte genüßlich und rückte seinen zähen Körper auf dem kühlen Laken zurecht. Zum ersten Mal seit einer kleinen Ewigkeit war er wirklich entspannt. Vielleicht sollte ich mich öfter mal unter Mordanklage verhaften lassen, dachte er. Und sagte es laut zu Lou Ford, als der ins Zimmer kam.

Ford setzte sich. Er wirkte leicht betreten. Hanlon lachte gutmütig.

»Ich will Ihnen nicht den Spaß verderben, Ford. Jetzt kann ich wieder lachen, aber zuerst haben Sie mich ganz schön zum Schwitzen gebracht.«

»Glauben Sie mir, Mr. Hanlon, es ging mir nicht darum, Sie in die Mangel zu nehmen. Aber es mußte echt wirken, sonst . . .«

»Alles klar, ich nehm's Ihnen nicht übel. Wie geht es Joyce?«

»Sie redet immer noch wie ein Wasserfall. So ein tüchtiger Schuß Todesangst ist immer noch das beste Mittel, um die Leute zum Reden zu bringen.« Ford schob sich eine Zigarre zwischen die Lippen und hielt ein brennendes Streichholz daran. »Dabei war sie nie in Lebensgefahr. Dazu kam die Hilfe zu schnell.«

»Wie hat sich das eigentlich abgespielt?« erkundigte sich Hanlon interessiert. »Hatten Sie einen Anschlag auf Joyce erwartet?«

»Nein. Obgleich er gewissermaßen in der Luft lag. Daß Joyce noch lebt, hat sie ihrer schnellen Reaktion zu verdanken. Sobald sie merkte, daß das Zeug anfing zu wirken, kippte sie um und stellte sich tot. Rosie verschwand, und Joyce konnte noch telefonieren, ehe sie ganz hinüber war.«

Hanlon nickte. »So war das also. Aber da ist noch etwas anderes, was ich nicht kapiere.« Er zögerte. »Im Grunde kapiere ich herzlich wenig von der ganzen Geschichte. Wahrscheinlich hängt es Ihnen zum Hals raus, immer wieder dasselbe zu erzählen, aber . . .«

»Überhaupt nicht«, versicherte Ford. »Wenn Sie mich nicht danach gefragt hätten, wär Ihnen die Geschichte wahrscheinlich trotzdem nicht erspart geblieben. So einen interessanten Fall kriegt man nicht alle Tage, und . . .« Das Telefon läutete. Ford murmelte eine Entschuldigung und hob ab. »Hier Lou Ford . . . Ja, prima . . . Nein, hat wohl Zeit bis morgen . . . Bestens. Bis dann also.«

Er legte auf, und Hanlon sah ihn fragend an. »War das . . .«

»Wer, meinten Sie?« fragte Ford unschuldig. »Hören Sie, Hanlon, Sie wollen doch wohl die ganze Story hören, nicht? Wenn ich nämlich nur hier und da ein Stückchen rauspicke, kriegen Sie am Ende gar nicht mit, wie clever ich bin.«

Hanlon lachte. »Das habe ich schon längst mitgekriegt. Aber natürlich will ich die ganze Story hören. Also fangen Sie von vorn an. Bei Dudleys Tod.«

»Aber das ist nicht der Anfang. Angefangen hat es mit Dudleys Einstellung. Warum hat Westbrook ihn eingestellt, warum hat er Stein und Bein geschworen, daß Dudley astrein ist, und warum hat sich herausgestellt, daß Dudley in die Kasse gegriffen hat?«

Hanlon runzelte die Stirn. »Ich verstehe nicht recht . . .«

»Westbrook ist ein alter Hase, ein Mann mit jahrzehntelanger Erfahrung, das ist doch auch Ihre Meinung, nicht? In seinem Beruf braucht man Menschenkenntnis. Als er sich gegen Sie durchsetzte und Dudley einstellte, riskierte er seinen Job. Woher wollte er wissen, daß Dudley tatsächlich okay war? Da gibt es nur eine Antwort – oder?«

Hanlon zögerte einen Augenblick. »Ja, natürlich«, sagte er dann. »Westbrook war seiner Sache so sicher, weil Dudley wirklich zuverlässig war. Aber wenn das so ist, Ford, warum . . .«

Ford nickte. »Dieses Warum ist der Schlüssel zu dem Fall. Dudley war schon in mittleren Jahren. Er hatte sein Leben lang in der Hotelbranche gearbeitet und sich nie etwas zuschulden kommen lassen. Und jetzt hatte ein guter Freund ihm einen guten Job besorgt. Er hatte keine Kinder, die nach Brot schrien. Er hatte keine persönlichen Geldprobleme. Er brauchte nur so weiterzumachen wie bisher, dann konnte ihm überhaupt nichts passieren. Aber genau das tat er nicht. Er tat etwas, was ihn, wie er genau wußte, seinen Job und seinen guten Ruf kosten würde. Er enttäuschte Westbrook, und er wußte, daß der ihn in der ganzen Branche unmöglich machen würde. Mit anderen Worten – er ruinierte sich für lausige fünftausend Dollar. Bißchen komisch, was? Und die Sache wird noch komischer, wenn man bedenkt, daß er ebensogut zehntausend Dollar hätte beiseite schaffen können.«

Ford unterbrach sich, um seine Zigarre neu anzuzünden. Er nahm einen Zug und lächelte. »Na? Dämmert Ihnen was?«

»Nun ja, eins liegt auf der Hand: Dudley brauchte offenbar nur fünftausend Dollar. Wie er für den Rest seines Lebens mit fünftausend Dollar . . .« Er unterbrach sich. »Ja, natürlich, das ist die Lösung. Er hoffte, mit Hilfe der fünftausend Dollar ein reicher Mann zu werden. Er wollte sie investieren. In Öl natürlich. Hier in der Gegend kann es nur Öl sein. Aber fünftausend Dollar sind in diesem Geschäft ein Klacks. Selbst wenn er zehnmal soviel gehabt hätte, wäre er damit nicht auf einen grünen Zweig gekommen.«

»Wieder ein Fall, wo nicht sein kann, was nicht sein darf«, meinte Ford. »Aber es gab, so sah ich es jedenfalls, jemanden, der mir des Rätsels Lösung liefern konnte. Nämlich die Person, die Dudley umgebracht hatte. Und damit kommen wir zu Bugs McKenna. Für mich steht fest, daß es zwischen ihm und Dudley ein Handgemenge gab. Wahrscheinlich ist er Westbrook zu Gefallen zu ihm gegangen.«

»Ja, das würde ihm ähnlich sehen.«

»Aber Dudley war schon ein toter Mann, ehe er aus dem Fenster fiel, deshalb war nicht McKenna der Mörder. Allem Anschein nach war es eine Frau, die Dudley auf dem Gewissen hat, und da kamen nur zwei in Frage. Joyce schied meiner Meinung nach aus. Hätte sie wirklich dringend fünftausend Dollar gebraucht, hätte sie etwas von ihrem Schmuck versetzen oder Ihnen die fünftausend Dollar aus der Nase ziehen können. Blieb Rosalie Vara. Und an Rosalie habe ich mir eine Weile ganz schön die Zähne ausgebissen.

Mit K.-o.-Tropfen arbeiten nur Profis, und die sind meist bei der Polizei kein unbeschriebenes Blatt mehr. Aber Rosie hatte keine Vorstrafen. Zwei-, dreihundert Anfragen habe ich losgeschickt, in jede Stadt, die auch nur halbwegs groß genug war, um Platz für so eine wie sie zu haben. Ergebnis gleich Null. Aber ich hatte trotzdem das Gefühl, daß ich auf der richtigen Fährte war. Und als ich mitbekam, wie Bugs sie vor dem Postamt in Westex City filzte, stand es für mich fest. Sie muß versucht haben, ihn zu erpressen, und zwar in der Dudley-Sache, das war das einzige, was in Frage kam. Und wenn sie wußte, daß er in Dudleys Zimmer gewesen war, mußte sie auch dagewesen sein. Sie war zu gerissen, um sich von Bugs fangen zu lassen.« Ford lachte leise, abwesend. »Armer Bugs. Vor lauter Angst, was Falsches zu machen, ist er einfach nicht auf das Richtige gekommen. Ich hab ihn ganz schön hart angefaßt, hab ihn unter Druck gesetzt, damit er irgendeine Dummheit macht. Aber das mußte sein, so wie ich das sah. Da ging's nämlich noch um eine dritte Person, eine junge Lady, von der ich sehr viel halte. Und ich mußte wissen, ob Bugs wirklich sauber blieb, weil sonst . . . Langweile ich Sie?«

»Nein, gar nicht.« Hanlon unterdrückte ein Gähnen. »Was erzählen Sie da von einer jungen Lady?«

»Das war schon ziemlich alles. Zurück zu Rosie und dem Tag in Westex. Ich hab sie auf der Rückfahrt zu mir in den Wagen genommen, und mein Verdacht wurde immer stärker. Sie war einfach zu gut, um echt zu sein. Bildhübsch, gute Manieren, intelligent, offenbar recht gute Schulbildung. Und so verdammt offenherzig. Eine Offenherzigkeit, die ihr schadete und niemandem nützte. Die Kleine sah weißer aus als ich. Sie konnte höchstens ein paar Tropfen Negerblut haben. Weshalb machte sie so ein Getue damit? Ich erzählte ihr, daß ich in Wirklichkeit Bugs auf dem Kieker hatte und bat sie, ihn ein bißchen im Auge zu behalten. Sie machte große Augen und kriegte ein bißchen das Bibbern, aber sie versprach es.

Wenn ich ein Foto von ihr rausgeschickt oder ihr die Fingerabdrücke abgenommen hätte, wär ich ihr natürlich gleich draufgekommen. Aber dafür hatte ich keinen Anlaß, und dann wäre sie mir bestimmt durch die Lappen gegangen, es sei denn, daß sie anderweitig gesucht wurde. Und außerdem war der Mord in meinem Bezirk begangen worden, und den wollte ich aufklären, ehe ich sie irgendwohin auslieferte. Deshalb schickte ich noch einmal eine Anfrage los, praktisch mit demselben Text wie vorher, nur ein Wort fehlte. In meiner Beschreibung stand nicht mehr, daß es sich um eine Farbige handelte.

Also ich sage Ihnen, so was hab ich noch nicht erlebt. Mindestens fünfzig Antworten hab ich bekommen. Mit der K.-o.-Tropfen-Masche hatte sie angefangen, da war sie praktisch noch nicht aus den Kinderschuhen raus. Wegen einer bestimmten Sache wurde sie im

Augenblick nicht gesucht, aber aus den Orten, von denen ich Antwort bekommen hatte, war sie überall ausgewiesen worden, und wenn sie irgendwo neu auftauchte, wurde sie prompt rausgeschmissen.

Ihre Eltern stammten von hier. Arme, aber ehrliche Leute mexikanischer oder spanischer Herkunft. Ihr richtiger Name war Vera Rodriguez. Ach ja, sie hatte eine Freundin, eine gewisse Joyce. Und Joyce war etwa zwei Wochen nach Rosie aus ihrem derzeitigen Revier verschwunden.

Ganz recht, es war unsere Joyce, Ihre Frau, Mr. Hanlon. Zuerst reiste Rosie hier an, dann tauchte Joyce auf. Sah mir so aus, als ob Rosie sie hatte kommen lassen.

Rosie war darauf aus, irgendwo unterzutauchen, soviel war klar. Aber warum ausgerechnet hier? Warum war sie 1500 Meilen gereist, um sich in einer Stadt zu verkriechen, in der sie mit ihrer Masche nicht landen konnte und in der sie keine Seele kannte? Sie mußte einen Grund dafür haben, und zwar einen verdammt guten Grund. Das einzige, was mir dazu einfiel, war, daß es etwas mit ihrer Familie zu tun haben könnte, und da ihre Familie spanischer oder mexikanischer Herkunft war . . .

Ich muß Ihnen dazu wohl sagen, daß ich von der Seite meiner Mutter her spanisches Blut in mir habe. Die Vorfahren sind schon im 16. Jahrhundert hergekommen, und einer bekam vom spanischen König riesige Ländereien geschenkt. Wie oft die Eigentumsverhältnisse in den nächsten drei-, vierhundert Jahren wechselten, weiß kein Mensch – aber daß das Land mal unserer Familie gehört hat, daran ist nicht zu tippen. Und wer dafür Beweise hat – und die hatte ich –, und wer nachweisen kann, daß er ein Nachkomme des ursprünglichen Landbesitzers ist – und das konnte ich –, der ist gut dran. Natürlich würde er sich verdammt schwer tun, dem derzeitigen Besitzer das Land wieder wegzunehmen, ein Menschenalter dürfte kaum ausreichen, um den Prozeß durch sämtliche Instanzen zu kriegen, und kosten würde es auch mehr, als die ganze Sache wert ist. Aber dem derzeitigen Besitzer kann er ganz schön die Hölle heiß machen. Zweifel an der Echtheit seines Besitzanspruches wecken kann man in einem solchen Fall immer, oder verhindern, daß mit dem Land irgendwelche Geschäfte gemacht werden. Ja, und dann bleibt dem geplagten Besitzer nichts anderes übrig, als ihm eine Beteiligung anzubieten.

Yes, Sir, da kriege ich mein Geld her. Aus einer Beteiligung an zwei Ölgesellschaften in Westex. Ich mußte schwören, den Mund zu halten, weil hier in der Gegend natürlich eine Menge Leute spanisches Blut haben und auf dumme Ideen kommen könnten. Aber vor Gericht kommt es jetzt doch heraus und . . . Sind Sie müde? Dann mach ich am besten Schluß für heute.«

»Aber nein, erzählen Sie nur weiter«, bat Hanlon. »Ich hab nur einen Augenblick meine Augen ausgeruht.«

»Ich werd's kurz machen. Die Vermutungen und Schlußfolgerungen schenk ich mir, ich sag Ihnen nur das, was tatsächlich passiert ist. Spanier sind sehr familienstolz, und Mexikaner führen ihre Herkunft gern auf spanische Vorfahren zurück. Deshalb hat Rosie von klein auf von ihrem Vater großspurige Geschichten über die edlen Herren und Damen aus Spanien gehört, die ganz unten irgendwo auf dem Familienstammbaum hockten. Es waren Geschichten, die er seinerseits vermutlich von seinen Eltern hatte. Und als er starb, hinterließ er Rosie einen Haufen alter Dokumente und Landkarten, die einen halbwegs amtlichen Eindruck machten. Als sie eines Tages untertauchen muß, weil ihr wieder mal der Boden unter den Füßen zu heiß geworden ist, geht sie mit dem Zeug zu einem Anwalt. Vielleicht ist ja da wirklich noch was rauszuschlagen. Ja, sagen die Rechtsverdreher, da ist was drin für Sie, Sie haben Anspruch auf mehrere tausend Morgen Land. Und um den Anspruch vor Gericht für Rosie durchzufechten, wollen sie fünftausend Dollar haben.

Damit hatten sie natürlich sofort die Katze aus dem Sack gelassen. Es waren Winkeladvokaten. Denn wenn der Fall eine so sichere Sache gewesen wäre, hätten sie sich eine Erfolgsbeteiligung gesichert. Aber Rosie ist ihnen auf den Leim gegangen und hat sich wohl auch selber mächtig in die Geschichte reingesteigert. Und weil sie sowieso auf Achse war, ist sie eben mal hier aufgekreuzt. um sich das Land anzusehen, das ihr angeblich zustand. Ihr Land, Mr. Hanlon, milliardenschweres Bohrgelände. Und mit nur fünftausend war Rosie dabei.

Sie läßt Joyce kommen und verspricht ihr einen Anteil. Joyce hatte etliche halbseidene Sachen gemacht, aber sie hatte noch keine Vorstrafen. In einer Boomstadt, werden die beiden sich gesagt haben, wird es nicht allzu schwer sein, irgendwo ein paar Tausender abzusahnen.

Aber es lief anders. Joyce läßt sich die Geschichte durch den Kopf gehen und kommt auf eine bessere Idee. Warum soll sie halbe-halbe mit Rosie machen – die beiden trauen einander im Grunde nicht über den Weg –, wenn sie eine Möglichkeit hat, alles zu vereinnahmen? Sie heiratet Mike Hanlon und überlegt sich sofort, wie sie ihn am geschicktesten wieder loswerden kann. Sie weiß, daß sie sich beeilen muß. Wenn ich warte, bis ich den Alten beerbe, wird sie sich gedacht haben, ist vielleicht nichts mehr da, weil Rosie es ihm inzwischen abgeknöpft hat.

Verpfeifen konnte sie Rosie natürlich nicht, die hätte sofort gesungen wie ein Kanarienvogel und mehr oder weniger nachgewiesen, daß Joyce bei der Eheschließung gewisse Hintergedanken gehabt hatte – womit ein Grund zur Auflösung der Ehe vorgelegen hätte. Joyce hat also versucht, Rosie hinzuhalten und ihr einzureden, daß sie ehrlich bemüht sei, die fünftausend Dollar ranzuschaffen. Klar, daß das bei Rosie nicht gezogen hat. Sie ließ sich allerdings nichts anmerken, sondern besuchte Joyce ab und zu in ihrer Suite, und nach außen hin war alles Friede, Freude, Eierkuchen. Aber so ganz unter der Hand bearbeitete sie Dudley, bis er die fünftausend Dollar unterschlug in der Hoffnung, mit der Hälfte an Rosies Anspruch beteiligt zu werden.

Als er das Geld beisammen hatte, ging sie zu ihm und machte ihn kalt. Sie hatte nie die Absicht gehabt, mit jemandem zu teilen. Aber das Geld war weg. Wo es geblieben ist, weiß ich nicht, aber das werde ich noch rauskriegen. Rosie jedenfalls glaubte, daß Bugs es hatte, und versuchte, es ihm aus der Nase zu ziehen, bis sie schließlich merkte, daß sie sich an den Falschen gehängt hatte.

Nach meinen Berechnungen mußte sie sich jetzt nach einem neuen Opfer umsehen. Andererseits traute sie sich nicht, so schnell wieder zuzuschlagen. Und wenn es ihr gelang, Joyce aus dem Weg zu räumen, konnte sie sich ja auch Zeit lassen.

Sie greift sich also, als sie Ihr Zimmer macht, das Chloralhydrat. Wie schon einmal, als sie Dudley umgebracht hat. Sie füllt ihren Füller oder das Feuerzeug oder was immer sie benutzt, um das Zeug zu transportieren, und bei einem ihrer freundschaftlichen Besuche kippt sie Joyce die Tropfen in den Drink. Joyce tritt ab, Rosie wäscht die Gläser aus, räumt sie weg und füllt den Rest des Chloralhydrats in eine leere Parfümflasche. Es soll wie Selbstmord aussehen. So, als ob Joyce Dudley umgebracht hat und jetzt aus Angst oder aus Reue . . . Entschuldigung.«

Ford griff wieder nach dem Hörer. »Lou Ford hier . . . Ach, du bist's, Amy. Wie geht's? Ich habe schon gehört, daß meine Jungs Rosie bei dir erwischt haben.«

»Mir geht es nicht um Rosie«, erwiderte Amy scharf. »Mac ist eben gekommen und . . .«

Ford lachte leise. »Hab mir schon gedacht, daß er jetzt so langsam aufkreuzen müßte. Ist wohl die ganze Strecke gerannt, was?«

»Allerdings. Er war völlig außer sich, der Ärmste, geweint hat er, weil er gedacht hat, mir wäre etwas passiert. Und . . . Hör auf zu lachen, Lou.«

»Was ist denn, Amy? Bist du sauer über irgendwas?«

»Und ob ich sauer bin, wie du so schön sagst. Du hast mich belogen, Lou. Du hast mir erzählt, daß ihm nichts geschehen würde. Daß sie . . . sie . . .« Vor Zorn verschlug es Amy einen Augenblick die Stimme. Dann schluchzte sie. »Es . . . es ist furchtbar. Er hat eine Beule am Kopf, so groß wie ein Hühnerei.«

»Na so was. Aber weißt du, ich glaub nicht, daß er viel gespürt hat, er muß gleich hinüber gewesen sein.«

»Mit dir bin ich noch nicht fertig, Lou Ford. Warte nur, wenn ich dich erwische, dann . . . Nein, du kannst Mac nicht sprechen, er hat sich hingelegt, mit einem Eisbeutel auf dem Kopf. Und er steht erst wieder auf, wenn ich es erlaube.«

Fords Gesicht verspannte sich. Sein Herz zog sich rasch und schmerzhaft zusammen, und Pein verdunkelte die spöttischen schwarzen Augen. Für Sekunden war seine Welt, diese abgeschlossen-einschichtige Ein-Mann-Welt, durchlässig geworden. Es war ein Gefühl, das körperlich weh tat.

»Recht so, Amy«, sagte er freundlich. »Kümmere dich um ihn, das hat er verdient. Er ist ein anständiger Kerl, und er wird gut für dich sorgen.«

»Lou, warte mal. Was . . .«

Aber Ford hatte schon aufgelegt.

Er biß die Spitze einer Zigarre ab, schob sie sich zwischen die Lippen und riß ein Streichholz an. »Was die verschwundenen fünftausend Dollar betrifft . . .«

Er unterbrach sich, als er das leise Schnarchen hörte. Hanlons Mund stand ein wenig offen, seine Augen waren geschlossen. Er schlief den Schlaf der Gerechten. Oder derer, die sich arrangiert haben.

Wieder drohten Einsamkeit und Bitternis Ford zu überwältigen, aber das war gleich wieder vorbei. Er grinste sich eins, erhob sich leise und verließ auf Zehenspitzen das Zimmer.

Er ging, den Stetson in den Nacken geschoben, die Zigarre zwischen den Zähnen, auf seinen hohen Absätzen wippend, durch die Hotelhalle und lachte leise vor sich hin. Lachte sich aus. Nur wer sich selbst nicht ernst nimmt, erträgt das Unerträgliche.

Unter der Tür blieb er einen Augenblick stehen, atmete die kühle Nachtluft ein und sah zu der Pracht und der Herrlichkeit des Himmels von Far West Texas hinauf.

Eine schöne Nacht, dachte er. Yes, Sir, ehrlich wahr, eine verdammt schöne Nacht . . .

Jim Thompson Bibliographie
Von Martin Compart

ECONOMY OF SCACITY
Cooperative Books (Okl.) 1939
NOW AND ON EARTH
Modern Age Books, 1942
HEED THE THUNDER
Greenberg (N. Y.) 1946
NOTHING MORE THAN MURDER
Harper & Brothers (N. Y.) 1949
THE KILLER INSIDE ME
Lion Books (N. Y.) 1952
Deutsch: DER MÖRDER IN MIR (UB 10170)
CROPPER'S CABIN
Lion Books, 1952
SAVAGE NIGHT
Lion Books, 1953
THE ALCOHOLICS
Lion Books, 1953
BAD BOY
Lion Books, 1953
RECOIL
Lion Books, 1953
THE ROUGHNECK
Lion Books, 1954
THE CRIMINAL
Lion Books, 1954
THE GOLDEN GIZMO
Lion Books, 1954
HELL OF A WOMAN
Lion Books, 1954
THE NOTHING MAN
Dell Publ. Co. (N. Y.) 1954
A SWELL-LOOKING BABE
Lion Books, 1954
AFTER DARK, MY SWEET
Popular Library (N. Y.) 1956
Deutsch bei Ullstein in Vorbereitung
THE KILL-OFF
Lion Books, 1957
WILD TOWN
Signet, 1958
Deutsch: GEFÄHRLICHE STADT (UB 10241)
THE GETAWAY
Signet, 1959
Deutsch: GETAWAY (UB 10186)
THE TRANSGRESSORS
Signet, 1961
THE GRIFTERS
Regency Books, 1963
POP. 1280
Gold Medal, 1964
Deutsch: (UB 10201) 1280 SCHWARZE SEELEN
(TEXAS BY THE TAIL)
Gold Medal, 1965
Deutsch: als König Taschenbuch: vergriffen
IRONSIDE
Popular Library, 1967
(Novellisierung der Fernsehserie DER CHEF)

SOUTH OF HEAVEN
Gold Medal, 1967
THE UNDEFEATED
Popular Library, 1969
(Novellisierung des Films von Andrew Mac Laglen)

NOTHING BUT A MAN
Popular Library, 1970
CHILD OF RAGE
Lancer Books, 1972
KING BLOOD
Sphere Books, 1973

Ruth Rendell

Urteil in Stein

Ullstein Buch 10134

ein Ullstein Krimi

Die Coverdales sind eine glückliche Familie. Sie leben auf dem Land in einem gemütlichen Haus in idyllischer Umgebung. Um das Glück vollzumachen, fehlt ihnen nur noch eine tüchtige Haushaltshilfe. Auf eine entsprechende Annonce meldet sich lediglich eine ältere, unsympathisch wirkende Frau. Widerstrebend wird sie eingestellt . . . und sie erweist sich als absolute Perle. Doch die Coverdales wissen nicht, daß sie sich den Tod ins Haus geholt haben . . .

»Ein Klassiker unter den psychologischen Kriminalromanen.« THE TIMES

»Ruth Rendell ist hier auf der allerhöchsten Höhe ihrer Fähigkeiten. Es wäre erstaunlich, wenn sie je ein besseres Buch schriebe.«
DAILY EXPRESS